Joachim Riedl
Das Geniale
Das Gemeine

Joachim Riedl

DAS GENIALE
DAS GEMEINE

Versuch über Wien

Mit 7 lavierten Federzeichnungen
von Walter Schmögner

Piper
München Zürich

ISBN 3-492-03292-3

Gesetzt aus der Garamond-Antiqua
Gesamtherstellung: Clausen & Bosse, Leck
Printed in Germany

Justament nicht!
Johann Nestroy

Inhalt

I. ANNÄHERUNG

II. VOR DEM SÜNDENFALL

III. VERTREIBUNG AUS DEM PARADIES

IV. WIEN RETOUR

V. CODA

I. ANNÄHERUNG

Sei's drum

Nur der geistlose Mensch kann den Harm übersehn, der überall durch die fadenscheinige Gemütlichkeit durchblickt.

Johann Nepomuk Nestroy

Wohl sprichwörtlich ist der schwerelose Charme, mit dem sie ihre Lebenslügen genießen, das selbstverliebte Gefühlsgeflatter, das die Wiener in ihr vielbesungenes Refugium erhebt. Dies ist die Stadt, die um alles in der Welt den Überschwang des Gemütes nicht mehr bändigen kann. Überdruß verwandelt sich in Leidenschaft, aus Todessehnsucht wird Lebenslust.

Das Wiener Panoptikum ist vollzählig versammelt: Ganzseidene Herren, die nur ein bittersüßer Hauch von Schwermut umweht; an ihrer Seite barocke Damen, die leise ächzen müssen unter all der verblühten Pracht, die sie schmückt und immer schwerer drückt; hingebungsvoll schmachten sentimentale Poeten nach zerbrechlichen Engeln; es erscheint der junge Galan aus der Vorstadt und führt, wie sich's gehört, an jedem Arm ein Wäschermädel, so kokett, so adrett; Nacht für Nacht träumen ölige Strizzis in den Armen eines naiven Luders vom betörend schweren Duft der Fliederblüten, und selbstverständlich wird in dieser Stadt jede lustige Witwe umschwirrt von ihrer Fledermaus.

Die Wiener, das weiß man ja, sind ein freundliches Gegenüber, liebenswürdige Küß-die-Hand-Menschen, die ihr Leben geben für den Taumel einer lauen Frühlingsnacht, einen Himmel voller Geigen und ein Henkelglas, in dem der heurige Wein nicht versiegt. Lebensrhythmus: Dreivierteltakt. Und das Leben selbst ein Walzertraum, in dem sich die Tänzer so lange und so schnell und so selbstvergessen linksrum, rechtsrum wirbelnd drehen, bis sie die Gesinnung verloren haben. *Eins,* zwei, drei, *eins,* zwei, drei, Brüderlein fein, Brüderlein fein, niemals muß geschieden sein.

Wiener Blut ist allerdings ein besonders träger Saft. Es läßt sich nicht so leicht in Wallung bringen. Zäh ist es durch die Jahrhunderte geflossen, noch bevor es stockte, immer wieder vermischt und aufgefrischt; in zwei Weltkriegen wurde diese Stadt kräftig zur Ader gelassen, und so bleibt ihr heute nur noch ein anämisches Gerinnsel: Blutgruppe Nullundnichtig.

Die Wiener haben sich immer geduckt und kleingemacht; sie haben sich von der Zeit, in der sie leben, und von ihrer Geschichte überrollen lassen. Sie fühlen sich doch absolut nicht zuständig und lassen sich daher auch nicht zur Verantwortung ziehen. So lehren es die Wiener Wirtshausphilosophen: Der konsequente Bürger sei kategorisch zur Inkonsequenz verpflichtet.

Er ist ein Nebbochant, der sich der allmächtigen, unüberwindlichen Ignoranz verschworen hat. Schaf im Wolfspelz, das er ist, wird er stets seine Unschuld beteuern, beklagen, er sei das Opfer widriger Umstände – oder *von de Judn,* wenn Sie es schon so genau wissen wollen. Wider*stand* kann er freilich keinen leisten, denn über einen *Stand*punkt verfügt er nicht. So lebt er unbehelligt jenseits von Gut und Böse, in einer Grauzone, die mit moralischen Kategorien nur unzulänglich beschrieben werden kann; bestenfalls mit jenen Kategorien, die aus der Moral der Schuldlosen, der Befehlsempfänger und der Pflichterfüller, stammen: einem bereits pathologischen Unzuständigkeitssyndrom. Das wahre Antlitz der Stadt, es verbirgt sich hinter einem Tarnkappengeflecht aus Phrasen und schönen Worten.

Die individuelle wie die kollektive Geschichte sind in

dieser Stadt nichts weiter als dienstbare Geister, jedermann zu Willen. Historische Begriffe, die untrügerisch benennen und richten, haben schon vor langer Zeit ihre Gültigkeit verloren. An ihre Stelle traten Anmaßungen. Geschichte hat in Wien aufgehört, Geschichte zu sein. Sie verwandelte sich in ein launisches Kompendium von G'schichterln. Das Wesen dieser Stadt ist das Anekdotenhafte. Man ist begriffslos geworden, hat nichts begriffen und wird daher auch nicht begriffen, wo Begriffe fehlen: unverstand'nes Eiland, umspült vom Strom der Zeit.

In der Fachsprache der Wienerlichkeit haben sich deshalb Spezialbegriffe eingebürgert. »Simulieren« bedeutet beispielsweise »untätig den Anschein der Teilnahme wahren«. »Tachinieren« bezeichnet eine fortgeschrittene Form des »Simulierens«, nämlich »ohne Auffallen zu erregen sich der Teilnahme entziehen«. »Richten« – entweder »sich's richten« oder »der Papa wird's schon richten« – heißt die Ultima ratio der Wiener Lebenskunst: Es hat »sich's gerichtet«, wer seine Pflicht erfüllt, indem er in höherem Auftrag »simuliert« oder »tachiniert« und obendrein dafür auch noch belohnt wird.

Treffen sich zwei an einer belebten Ecke vor einem Gebäude, in dem sich beide unverdiente Vorteile erhoffen. Sagt der eine: »Ich geh' rauf, mir's richten.« Antwortet der andere: »Fesch, ich komm' mit.« Das ist es, was man in Wien unter *upward mobility* versteht.

Sie schweben über allen Wolken in einem Elysium paradiesischer Unbelangbarkeit: ein Volk von Sich's-Richtern, das, wie es in einer ihrer weinseligen Hymnen heißt, keines Richters bedarf. Jetzt nicht und nimmerdar, solange nur der selbstgefällte Richtspruch erstes und einziges Dogma bleibt, das man eifersüchtig behütet und mit aller Gift und Galle, die sich in der Stadt aufbieten lassen, zu verteidigen wissen wird. Man hat sich's eingerichtet, das heißt, die Existenz nach Wiener Recht paragraphiert.

Man sieht, die Überlebenstechnik der Wiener entsagt nicht der Logik. Es hat lange gedauert, bis dieses System fest genug gefügt war, um den Stürmen der Geschichte zu trotzen. Als im übrigen Europa die Aufklärung das Unterste zuoberst kehrte, gekrönte Häupter vom Schafott rollten, da wurde in Wien die Angst vor jeder Veränderung zum alleinigen Regierungsprinzip erhoben. Man beschloß, den Atem anzuhalten. Der feudale Staat begann bei lebendigem Leib zu verfaulen; noch heute dringt Modergeruch aus den seit ehedem verfestigten Strukturen. »Die Verworrenheit, Unordnung und Unproduktivität, die dem Feudalismus zu eigen ist, war überdies von dem unentwirrbaren Netz einer umständlichen, pedantischen und anmaßenden Bürokratie überspannt. Diese Bürokratie hatte dafür zu sorgen, daß nichts geschehe. Ein riesiger Apparat war unablässig in Bewegung, um keinerlei Bewegung zuzulassen, unablässig in Tätigkeit, um jegliche Tätigkeit lahmzulegen. Das Wohl des Staates schien davon abzuhängen, daß über jeden Schritt jedes Bürgers ein Akt angelegt, zugleich aber davon, daß niemals ein Akt erledigt wurde. Diese zum Staatsgrundsatz erhobene Untätigkeit, die Passivität als Inbegriff der Bürgertugend, dieses unruhige Auf-der-Stelle-Treten bemächtigte sich der ganzen Gesellschaft und jedes einzelnen« (Ernst Fischer: *Von Grillparzer zu Kafka*).

Einer der großen Lehrmeister war Franz Grillparzer, Hofrat und k. k. Hofkammerarchivdirektor, der in Wien als der »österreichische Goethe« verehrt wird: »Der repräsentativste Österreicher seines Zeitalters« (Ernst Fischer). Was er zu seinen »besten Sachen« zählte, verfaßte er im »Amtslokale«, wenn er sich unbeobachtet wußte. »Hörte ich nun draußen manchmal die Tür knarren, aus welcher der Herr Chef kam, um bei mir nachzuschauen – flugs ins Ladel mit der ›Sappho‹ und eifrig in den Akten studiert«, gestand der ergraute Staatsdiener einmal einem Freund.

Nach seinem Befinden befragt, pflegte er bereits in jungen Jahren »lausig« zu raunzen – und bettelte unentwegt in Eingaben an den Kanzleivorsteher um Krankenurlaub, da er an gänzlicher Zerrüttung des Ganglien-Nerven-Systems leide. Als ihm während der Arbeit an einem seiner pathossteifen hellenischen Dramen ein Zahn gezogen werden mußte, versiegten die Verse. Das Tagebuch: »Furchtbar mein Zustand. Der Wunsch, etwas Poetisches hervorzubringen, verfolgt mich allenthalben, und ich bin's wahrhaftig nicht imstande. In dieser Zerworfenheit habe ich meine Jugend zugebracht, in ihr wird sich mein Alter erledigen.« Vergrämt aufgrund mangelnder Anerkennung zog er sich schließlich von der Bühne zurück. In den letzten Jahren seines Lebens verfaßte der griesgrämige Hypochonder mitunter noch ein zorniges Epigramm, das er aber, kaum geschrieben, sofort in einer Lade seines Pultes einschloß, in der man nach seinem Tode auch noch drei Dramen fand.

Hörte Grillparzer vom Zensur- und Spitzelstaat des Fürsten Metternich, meinte er nur: »Sei's!«

Man sagt, diesem patriotischen Jambenklopfer, der sich in manchen Stücken zu peinlichem Herrscherhausdusel verstieg (»Heil! Heil! Hoch Österreich! Habsburg für immer!«, so beschloß er sein Staatsräsondrama »König Ottokars Glück und Ende«), sei der biedermeierliche Würgegriff der Metternichschen Restauration aus tiefster Seele verhaßt gewesen. Man schreibt jedoch Vormärz. Seelenqual führt zu Lähmung. Selbstmord wird in Betracht gezogen: Durch behutsames Atemanhalten könnte man in einen Dämmerzustand versinken, in dem all die Lebenslasten plötzlich federleicht wiegen und in dem man den Prüfungen der Zeit entgleitet. Stillstand, melancholisches Beharren, bewegungsloses Träumen: Jeder Schritt vorwärts, muß Grillparzer gefürchtet haben, sei ein Schritt in Richtung Zerfall und Zusammenbruch.

»Der Wiener denkt nicht, er läßt nur allerhand an sich vorüberrinnen, das nennt er simulieren«, behauptete der Linzer Hermann Bahr, Dichtervater der jungen Wiener Poeten der Jahrhundertwende. »So wartete Grillparzer. Und lauschte, ob es sich bisweilen nicht doch noch einmal regen wird. Aber es regt sich nichts mehr. Er ist verödet.«

Zeitlebens in Allerseelenstimmung befand sich der Advokatensohn Grillparzer. Aufgewachsen in einem, wie er schrieb, »mirakulosen« Haus am Wiener Bauernmarkt, in dem sich hinter der feudalen Fassade ein Gewirr schmutziger Hinterhöfe, dunkler Treppen und verwinkelter Flure ausbreitete, wo neben bürgerstolzen Prunkräumen modrige Gewölbe gähnten, wirkliche Ratten mit den Schattengestalten aus romantischen Schauerromanen balgten und armselige Schuldenwirtschaft neben dem Anschein bürgerlichen Wohlstands wohnte. Hausmusik und verschwenderische Hausbälle, zu gleicher Zeit jedoch auch demütigende Bittgesuche um Vorschüsse und Stipendien. Vater Wenzel Grillparzer, apathisch, aber standesbewußt, hielt Köchin und Küchenmagd, Kammerdiener und Musiklehrer, einen Bediensteten, der die gnädige Frau zur Kirche begleitete, und einen gelehrten Herrn, der seine Sprößlinge unterwies. Als er starb, stand die Familie vor dem Nichts, die halbverrückte Mutter, ein hysterisches Flackerwesen, verlosch allmählich. Von den vier Söhnen ertränkte sich einer in der Donau, zwei andere, zerlumpte Taugenichtse, vegetierten im Elend. Die Kinder der Gebrüder Grillparzer wurden Gauner, Halsabschneider und Prostituierte.

»Das Haus am Bauernmarkt mit seiner feudalen Fassade und seinem verstaubten Gerümpel war in der schwarzgelben Dunkelheit einer weitläufigen und verfaulenden Monarchie nichts Einmaliges oder Fremdartiges; es war eine Miniaturausgabe dieser Monarchie. Nichts wäre falscher, als in der von Krankheit und Halbheit gezeichneten Familie Grillparzer, in der zermürbenden und gefährlichen Atmosphäre, aus der er hervorging, in seinem eigenen verworrenen und abseitigen Leben einen ›Sonderfall‹ zu erblicken; dieses Leben voll Schwermut und Schwäche, voll Phantasie und Resignation, voll schöpferischer Begabung und verzehrender Energielosigkeit war ganz und gar bedingt durch das Wesen, durch Geschichte, durch die Tradition der Habsburgermonarchie« (Ernst Fischer: *Von Grillparzer zu Kafka*).

Stellen wir uns einen dieser schwermütigen Tage vor. Spinnenfingerige Sonnenstrahlen tasten in die Kanzlei. Ermatteter Beamtenfleiß. Es ist sehr leise, man hört nur, wie ab und zu eine Feder über Papier kratzt oder ein Ärmelschoner an einer Holzkante entlangscheuert. Ganz ruhig geht der Atem, gleichmäßig schlägt, nein, verhalten wie ein nächtlicher Verschwörer pocht der Puls. Hat sich etwas bewegt? Sei's, auch wenn's staubt, wird sich der Staub bald wieder legen. Wie friedlich, wie verwaltet, wie eingeschnürt in schwerer Süße. Es ist ein gutes Land, so weit der Blick sich wendet. Wo hat man dessengleichen schon gesehen?

Es muß einer dieser heimatlieben Tage gewesen sein. Aus der k. u. k. Hofkammer hatte sich wohl alles Leben gestohlen. Den mieselsüchtigen Hofrat Grillparzer, noch heute ist er Pflichtautor an allen Wiener Schulen, überkam eine beinahe fromm zu nennende Besinnlichkeit, und er reimte sein »Lob auf Österreich«, die Simulantenhymne par excellence. Sie gipfelt darin: denkt sich seinen Teil und läßt die andern reden!

Besucher der Stadt Wien waren häufig verwirrt ob dieser zwar artigen, doch unnachgiebigen Indolenz. Die neugierige Madame Staël, die anno 1808 Wien, »die kosmopolitischste und provinziellste aller Hauptstädte«, besuchte, fand während ihrer fünfmonatigen Visite »wenig wahrhaft ausgezeichnete Männer, weil es dort wenig frommt, besser zu sein als ein anderer; man wird nicht beneidet, wenn man es ist, wohl aber vergessen, welches noch niederschlagender ist«. Kurzum, alles, was es für die napoleonische Sphinx zu entdecken gab, galt ihr als »eine geschickte Erfindung der Mittelmäßigkeit, die Eigenschaften des Geistes niederzudrücken... rauschende und unschmackhafte Zerstreuung, die keinen Ideengang, keine Ideenentwicklung gestattet und die Sprache zu einem Wörterklang verwandelt, zu welchem Menschen, wie Vögel, abgerichtet werden können«. Madame blieben von dem Geschnatter »bloß Geräusch und Lärm« im Kopf zurück.

Bis heute wird dies – noch ein Terminus viennensis – »Schmäh« genannt: Sprache als Fassade, die nichts besagt und noch weniger meinen will, eine Ausrede, um die Sprachlosigkeit zu verbergen.

Die Sprache ist längst dem Schindluder der Wienerlichkeit zum Opfer gefallen. Wortgewaltig sind in Wien nur die Chronisten der diversen Gesellschaften, auf denen sie sich umtun. Sie betreiben Cocktail-Prosa und schreiben Intrigantendeutsch, für das sie Elemente einer Sprache entwendet haben, die vor dem Sündenfall der Stadt, also bevor sich die liederliche Beliebigkeitsmoral zu bestialischer Mordlust ausgewachsen hatte, ein Instrumentarium der Diagnose, Werkzeug des Erkennens und Entlarvens war. Und was die Lemuren an sich gerissen und entstellt haben, das kann nun nicht mehr so ohne weiteres benutzt werden. Wie die Stadt selbst, so ist in Wien auch die Sprache besetztes Territorium. Worte können dem maskenhaften Wiener Wesen nichts mehr anhaben, sind sie doch selbst maskierte Leere: Worthülsen, hohle Phrasen.

Um dieses Nichts an Meinung werden freilich gern tausend Worte gemacht. Am lautesten dröhnt der Simulantenjargon, wenn in weltwehleidigen Tiraden Klage gegen Gott und die Welt geführt werden muß. Die Welt, ach, sie lastet schwer auf der Seele eines Wieners, und das Leid erdrückt ihn erbarmungslos. Überfluß fördert Handel: Wien wurde zum Weltexporteur der Larmoyanz.

Allerdings ist der »schöne Schein«, das verführerisch morbide Schimmern der Décadence der Jahrhundertwende, heute auf den Spießer gekommen. Übrig blieb die Betulichkeit von Kleinbürgern, die sich sogar hinter dem größenwahnsinnigen Glanz ihrer prächtigen Fassaden schutzlos fühlen. Die Wiener haben sich mit ihrer Stadt arrangiert: Sie kuschen und stänkern. Sie hintergehen und werden hintergangen. Vor jedem Anschein der Macht kriechen sie ehrerbietig und wünschen den Mächtigen gleichzeitig die Pest an den Hals. Der Wiener ist ein heimtückischer Untertan und ein Gelegenheitsrebell. Am Wirtshaustisch entlädt sich kühn sein Groll. Kurze Zeit später aber fügt er sich wieder mit phlegmatischem Gleichmut in das erstarrte System der Verordnungen und Vorschriften. Jedem Tobsuchtsanfall folgt so eine lange Phase der Resignation. Die Wurzeln sitzen tief, in Jahrhunderten sind die Tränen nicht getrocknet. Man beklagt verpaßte Chancen. Und findet sich schließlich ab mit dem Hinweis auf die Unzulänglichkeit allen menschlichen Strebens. Ein Faust bringt es in Wien bestenfalls zum Heurigenepikureer: »Habe nun, ach! *Ah, is eh Wurscht!*«

Wenn sich jedoch der historische Zufall einer Gelegenheit bietet, eher ein verzweifeltes Aufbegehren gegen die allmächtigen Verhinderungsinstanzen, verharrt die Stadt in Leichenstarre.

In Wien war die Aufklärung, mit der alle moderne Geistesgeschichte beginnt, gegen die schulmeisterlichen Dekrete eines kaiserlichen Weltverbesserers ausgetauscht worden. *»Ego sum lex et propheta«*, bestimmte Joseph II. einmal handschriftlich in Beantwortung einer Anfrage aus dem Kanzleramt, wie die neue Katasterordnung zu verstehen sei. Ähnliches behauptet man gerne und oft in Wien, ohne daß jedoch dieser Hirschenruf sonderlichen Nachhall fände.

»Allen Berichten zugänglich, zu ungeduldig, um die

Wahrheit oder die Nichtigkeit nachzuprüfen, will dieser Fürst alles regeln und verwappnet sich mit Sophismen, um alles Wirkliche fernzuhalten«, vertraute der hinterhältige Präsident der Rechnungshofkammer seinem Tagebuch. Der josephinische Fortschritt bewegte sich mit jener Geschwindigkeit, mit der die gefürchteten Handbilletts des Herrschers in der labyrinthischen Hofkanzlei zirkulierten. Sie schleppten sich zäh im Kreis. An manchen Tagen hagelte es Verordnungen. An manchen Tagen entlud der erlauchte Feuergeist seinen Gedankensplitterregen über den verwirrten Untertanen. Doch die wunderbare Maschine der bürokratischen Rotation entwickelte ein Trägheitsmoment, in dessen Räderwerk bereits die Idee einer Veränderung zu Staub zermalmt wurde und noch immer wird. Sei's, der Staub wird sich legen. Und Gottes lauer Hauch schwebt drüber hin.

»Und als sich Joseph nach der Ausführung seiner Befehle erkundigte, vernahm er seinerseits höchst verblüfft, daß sie noch auf die übliche Weise in den Büros umherirrten oder, wenn sie schon nach langem Aufenthalt in den Aktendeckeln der Kanzlei glücklich bei den unteren Dienststellen landeten, regelmäßig mit der Bitte um Erläuterung, mit Gegenvorschlägen oder Stellungnahmen über ihre Zweckmäßigkeit von dort zurückkehrten. Der Kaiser zwang sich zur Geduld... Er wunderte sich über seine Isolierung und konnte nicht begreifen, daß sie unentrinnbar war. Lange Zeit wollte er sich nicht damit abfinden, dann aber trug er sie männlich-stolz wie einen Schicksalsschlag« (Francois Fejtö: *Joseph II.*).

Auf dem Totenbett diktierte er einen Abschiedsbrief an Katharina die Große: »Ich habe immer nur gewollt.« Zu seinem Epitaph wünschte er: »... der in allem versagte, was er unternahm.«

Eine alte Bauernregel, die vor Voreiligkeit mahnt, empfiehlt, die Kuh im Stall zu lassen. In der weiland Residenzstadt Wien heißt es zu diesem Thema: den Kaiser in der Kapuzinergruft lassen.

Revolution, Sturm und Drang, romantisches Feuer, alles wurde von der Stadt und ihren Bewohnern ferngehalten. Den europäischen Umbruch hatte man hinter habsburgischen Scheuklappen überdauert, Hofkutscher Metternich hielt die Zügel straff. Wien döste in biedermeierlicher Beschaulichkeit. Selbst dem »heranschleichenden Kapitalismus fehlte die düstere Größe, die er im übrigen Westeuropa besaß«, schrieb der Kulturhistoriker Ernst Fischer über den Wiener Vormärz. »Er war kein Satan von Format, sondern ein Rudel kleiner Stinkteufel. Die österreichische Lust am Diminutiv, am Herzerl und Trutscherl, am Butzerl und Bisserl, zerkleinerte auch die Romantik zu süßen Gustostückerln. Die Leidenschaft wurde zur Gemütlichkeit, die Liebe zur Sentimentalität, der Weltschmerz zum Raunzen.«

Bis hin zum heutigen Tag: Traum ohne Wirklichkeit, Inkonsequenz ist erste Bürgerpflicht und das verkannte Genie ein Wiener Begriff *sui generis*. »Die edelste Nation unter allen Nationen ist die Resignation«, läßt Johann Nestroy, der seine Mitbürger erkannte wie kein anderer, den Winkelagenten Schnoferl sagen.

In Wien herrscht unbesiegbar schleppender Konservatismus, gezeugt in jener Unglücksehe, die Kuschen und Stänkern aneinander bindet. Er entlarvt das museale Neobiedermeier der Stadt: Sie hat nichts zu bewahren als ihren Anschein.

Mit aller Macht verteidigt der Wiener sein Lebensprinzip. Wer mault und sich nicht fügt, wird so lange beharrlich ignoriert, bis er etwas tut, was einem echten Wiener nicht frommt, nämlich einen Entschluß faßt und das Weite sucht. Oder Hand an sich legt. Denn Kuschen und Stänkern, diese beiden Urinstinkte des Wiener Wesens, verschmelzen allzu leicht zu einer Handhabung: zu der des

Zum-Schweigen-Bringens. »Totschweigen« nennt die Fachsprache diese Strategie, eine fatale Mixtur aus öffentlicher Ignoranz und privater Indolenz. Sie bewahrt den Wiener davor, in den Abgrund seines Wesenskerns blicken zu müssen, in dem ein derartiges Inferno an Gesinnungslosigkeit tobt, daß es selbst dem Wiener Wesen angst und bange werden müßte und es kurzfristig sogar sich selbst, seinem Abgott, abschwörte. Natürlich währt auch dieser Schrecken nicht lange. Schnell wird der Wiener in diesem schlimmen Fall in der wirksamsten aller Fluchtverwandlungen, dem Totstellen, Zuflucht suchen.

Ein System von in Jahrhunderten verfeinerter Raffinesse hat sich eingebürgert: Eine Stadt stellt sich tot, simuliert bloß Leben, und wer sich anmaßt, das beschauliche Dahinwesen zu stören, wird totgeschwiegen. Es hat sich bewährt. Funktioniert tadellos. Man kann sich darauf verlassen. Nichts regt sich dort, wo stillschweigendes Einverständnis dafür sorgt, daß keine Regung wahrgenommen wird. Es bedarf keiner Antworten, wo Fragen zwar mitunter noch gestellt, in jedem Fall aber einfach überhört werden. *»Wos waas i«*, sagt man in Wien. Mit dieser Parole passiert man problemlos die Posten der allgegenwärtigen Gedankenpolizei, die in den Straßen der Stadt patrouillieren. Tag und Nacht liegen ihre Spitzel auf der Lauer.

Die Liste ihrer Opfer ist lang und wird mit jedem Tag länger. Eines war der Dichter Konrad Bayer. Er flüchtete in den Freitod. Auf ein loses Blatt Papier hatte er einmal *den* zentralen Gedanken der Stadt notiert: »Begeisterung ist ein Rausch! Wie schön, da sauf ich lieber.«

In der Dopplermonarchie

Mir brauchen Se gar nix erzähln!
Carl Merz / Helmut Qualtinger: *Der Herr Karl*

Der Begriff *Doppler* bezeichnet in der Fachsprache der Wiener Wirtshäuser eine dicke Weinflasche von zwei Litern Inhalt, vorzugsweise mit Grünem Veltliner gefüllt, der als ungezuckerter »Meßwein« ausgebaut wurde. Der Doppler ist ein unverzichtbares Requisit, nicht nur für die Kunst, sondern für das Leben überhaupt. In seinem Reich geht alles unter, in einem Meer von Selbstmitleid und Weltschmerz, in einer See von Larmoyanz und Klagen, nichts als Klagen. An einem Wiener, speziell wenn er sein Metier in der Kunst gefunden hat, geht kein Kelch vorüber; er hat alles erlitten, erduldet, was ihm beschieden war. Man hat ihn ans Kreuz geschlagen, und er ist immer wieder auferstanden, zur soundsovielten Stunde nach Mitternacht, mit brennendem Schädelweh, aus dessen dumpfer Glut er eines Tages schöpferisches Feuer zu entfachen wissen wird. Er gönnt seiner Seele keine Ruhe, seinem Herzen keinen Frieden. Er büßt für das, was er ist; und doppelt für das, was er nicht ist, aber zu sein vorgibt. Doch da er Künstler ist, muß er mit seiner Seelenpein nicht an sich halten. Er geißelt sich daher öffentlich. Die Parade der Flagellanten, ein alltägliches Ritual, dem die ganze schaulustige Stadt beiwohnt.

Das Katholische, vor allem, wenn es die Gestalt einer ausschweifenden Gelageszene aus dem barocken Welttheater annimmt, beherrscht den Wiener *genius loci* und wird voll naiver Gläubigkeit zur Perversion verklärt. Torquierer und Mortificierer, die wildentschlossen eine mächtige Phrasenpeitsche schwingen. Orgien und Mysterien, schwarze Magie und abgründiges Theater: alles kann mit gehörig jesuitischem Eifer auf einen seltsamen Nenner gebracht werden.

Es schreit in dieser Stadt nach Menschenopfern, und sie werden, voll liebevoller Hingabe an das Elend, Künstler und somit mißverstanden zu sein, dargebracht. Man stirbt tragisch. Jede Nacht. In jedem Wirtshaus ein neues Golgatha.

Jedoch trotz Blut und Glut und Lebensüberdruß, die einzig vorstellbare Konfiguration der Majestas Domini zu Wien kann nur der Doppler sein. Wo er auf den Tisch kommt, entsteht alsbald ein Stammtisch, und wer an diesen Altar geladen wurde – oder sich auch nur hinzuschmuggeln konnte, was häufiger geschieht und aufgrund des demokratischen Gleichgültigkeitsprinzips auch wahrscheinlicher ist –, wer also auf diese oder eine andere Weise vordringt zu jenem Tisch der Tische, der betritt das Sanktuarium der Stadt. Hier thront der Wiener. Hier ist er unbestrittener Herr in einem Reich, aus dem die Sinne schwinden. Hier hat seine Hofhaltung Quartier geschlagen. Zur Monarchie hat man nämlich in Wien ein ähnliches Verhältnis wie zum Doppler: ein bewußtloses, ganz fraglos rauschseliges.

Von Wien behaupten die Wiener, daß Wien anders sei. Hinter diesem Reklamespruch verbirgt sich die schärfste aller Selbstanklagen. Wien wäre selbstverständlich gerne unverwechselbar, so wie dies bei jeder Metropole der Fall ist. Wien ist allerdings keine Metropole, sondern das, was von einer Metropole übriggeblieben ist: Fassaden, Fensterhöhlen, öffentliche Räume, die erfüllt sind von der schmerzlichen Erinnerung an eine Zeit, die man verloren glaubt, die es aber tatsächlich so, wie man ihr Angedenken selig pflegt, niemals gegeben hat. Selbst der Weltschmerz ist ein Hirngespinst: Schizophrenia nostalgica. »Wie Leidenschaft überhaupt nur ein Vorwand ist, keine Gefühle zu haben. Wenn die große Abrechnung beendet sein wird,

wird es ein Glück sein, daß die schlechten Manieren, die man inzwischen angenommen hat, auch aus nichtigen Anlässen noch den Verwahrlosungsschein des Idealismus zu schaffen wissen werden. Aber dahinter wird die Leere des inneren Lebens schwanken wie die Öde im Magen des Alkoholikers. Es gibt wenig Länder, die so leidenschaftlich Politik treiben, und keines, wo Politik bei ähnlicher Leidenschaft so gleichgültig bleibt wie in diesem ... Alles ist halb wie eine Konvention, ein Spiel nach Übereinkommen. Die Furcht, die man erregt, die Macht, die man ausübt, die Ehren, die man auf sich sammelt, bleiben in der Seele unwahr, spukhaft, geglaubt und respektiert, aber nicht gefühlt. Das Tun legt diese Österreicher nie ganz auf sein Niveau fest. Es ist nicht an ihre Religiosität zu glauben, nicht an ihre Untertanenkindlichkeit oder ihre Sorgen; sie warten dahinter; sie haben die Passivität unausgefüllter Räume und gestatten eifersüchtig einem Menschen alles, nur nicht seinen seelisch so präjudizierenden Anspruch auf den Ernst seiner Arbeit« (Robert Musil: *Politik in Österreich*).

Man lebt in Ruinen. In Gesinnungsruinen, Gedankenruinen, Sprachruinen, Kunstruinen. Und alles umspannt epochale Gleichgültigkeit. Ereignisse sind ohne Belang. Der ephemere Funke Entschlossenheit, der mitunter durch die Trübnis zuckt, erlischt sofort und unausweichlich. Wo sollte er Nahrung finden, was entzünden? Die Dopplermonarchie kann nicht untergehen; also spielt man Götterdahindämmerung.

Man kann sich die Kulissenstadt Wien auch als dramatische Situation vorstellen. Das Bühnenbild: grandios, prächtig, atemraubend. Die Inszenierung: das Durcheinander, das entsteht, wenn die Selbstinszenierungen aller Beteiligten aufeinanderstoßen. Die Besetzung: abseits jeder Kritik. Das Stück: Schmierentheater, das sich in Stegreifpointen erschöpft. Die Handlung: ein monotones Melodram, in dem selbst komische Situationen muffig wirken. Was geschieht, ist Kulissenschieberei. Das Schicksal schwebt vom Schnürboden hernieder; bringt es Rettung oder Vergessen, was in der Regel ein und dasselbe ist, so spricht man vom *Doppler ex machina*.

Die bösen Marionettenteufelchen zappeln nun ängstlich. Die kleinen Gauner verkriechen sich schnell. Die Fixer und Trickser und Augenblicksgeier legen Unschuldsmiene auf. Jeder Wolf frißt Kreide, und jedes Huhn legt quick ein Ei. Indes die wahren Schurken – die es natürlich so wie im richtigen Leben auch bei diesem Maskenspiel gibt – verwundert hochblicken und sich anschicken, die Brust zu entblößen. Aber unmittelbar darauf lächeln sie vielsagend, streichen mit wegwerfender Bewegung über den Tisch und geben ganz nonchalant eine weitere Runde aus: Nun atmet die Tischgesellschaft erleichtert auf und feiert ihre Gönner.

Man bewegt sich ungezwungen in Kreisen. Nicht immer den besten, jedoch geschlossenen, abgesicherten. Man versucht zu zirkulieren. Kommt es dabei zu Überschneidungen, so sind dies lustvoll empfundene Schnitte ins eigene Fleisch. Der Künstler in Wien benimmt sich, als wäre es möglich, Flaneur zu sein, gäbe es eine Bohème, werde ein Diskurs ausgetragen, ob nun intellektuell oder inspirierend. Doch nicht Auseinandersetzung, geschweige denn Meinungsaustausch findet statt, sondern eine kuriose Kommunikationsform, für die ich den Begriff *Vernachrichtung* gebrauchen will: Hinrichtung mittels lancierter Nachrichten. (Man sieht, ohne spezielle Terminologie kommt man in Wien nicht weit.) Vom Totschweigen unterscheidet sich die Vernachrichtung wie ein Gottesurteil von dem Spruch eines Bezirksrichters: Sie wird von einer Clique an ihrem Stammtisch gefällt, beruht auf Hörensagen, wird stets angefochten, ohne freilich jemals eine andere, höhere Instanz zu befassen als eben jene Clique, von der sie ursprünglich ausgegangen ist. Das Labyrinthische ist ihr Wesen. Es gibt kein Entrinnen. Doch zwischen zwei Vierteln Wein finden in solchen Verhandlungsnächten bequem Verurteilung und Begnadigung Platz.

Man lebe sein Leben wie ein serbisches Heldenepos, weil das Heldentum die unpersönlichste Form des Handelns ist; politisches Heldentum in Österreich sei deshalb die ausgebildete Technik der Bewußtseinseinschränkung auch ohne Krankheit, eine üble, in häufigem Leiden erworbene Unart. Das erkannte einer, den man beinahe verhungern ließ in dieser Stadt, der Dichter Robert Musil: »Es liegt etwas Unheimliches in diesem hartnäckigen Rhythmus ohne Melodie, ohne Worte, ohne Gefühl. Es muß irgendwo in diesem Staat ein Geheimnis stecken, eine Idee. Aber sie ist nicht festzustellen. Wahrscheinlich ist das Ganze wirklich nur Bewegung zufolge Mangels einer treibenden Idee, wie das Torkeln eines Radfahrers, der nicht vorwärtstritt.«

Befinden wir uns in einem Teufelskreis? Nein, in mehreren; Fallschlingen, die ausgelegt wurden, um Besucher, Unbeteiligte, Wohlmeinende einzufangen und jeden Fluchtversuch zu vereiteln. Ein Abseits wird nicht geduldet. Eine augenzwinkernde Verschwörung; »Prost!«, der Bund ist besiegelt. Nur wo alle mitschuldig sind, trifft niemanden Schuld. Nun: kill as kill can.

Die Stadt wird von einem ausgeklügelten System miteinander zerstrittener Cliquen beherrscht. Sie alle mimen, wann immer es der Anlaß erlaubt, Einigkeit und Bruderschaft. Die Solidaritätsgeste soll glauben machen, es bedrohe diese schaffensfrohe Elite ein gemeinsamer Feind: das ewige Spießertum spezieller Wiener Prägung, ein kläffendes Hausmeisterwesen, beseelt von unversöhnlicher Blockwart-Mentalität. Der Gedankenpolizist schlechthin; er lauere allüberall.

Jedoch im Rücken der vermeintlichen Abwehrfront tobt ein unbarmherziger Guerillakrieg. Es gibt Koalitionen, die nicht lange halten. Waffenstillstand, der bei jeder sich bietenden günstigen Gelegenheit gebrochen wird. Es kämpft jeder gegen jeden. Stammtische ziehen gegeneinander in den Krieg. Parlamentäre werden ausgeschickt. Anarchische Strategie, chaotische Taktik. Gefangene werden keine gemacht; Opfer sind nur selten zu beklagen. Höchstens, daß ab und an ein schwer Geschlagener ins Dickicht der Stammtischbeine niedersinkt und noch im Fallen bitter lallt.

Das Gemetzel im Wirtshausdschungel findet nur zu Ehren der Kriegsberichterstattung statt; Neuigkeiten von den Stammtisch-Schlachten reisen schnell, werden begierig aufgenommen, ausgeschmückt und weitergereicht; Nacht für Nacht wird so an den Legenden gebastelt. Ein endloser Sermon, an allen Ecken eine vertraute Flüsterkulisse, die Schilderung einer perpetuierten Wiederkehr von Auf und Ab. Es ist der Pulsschlag der Stadt.

Dies zählt zu dem Fundament, auf das man in Wien baut: die Unversöhnlichkeit, die Mitwisserschaft, der Vernichtungszwang, der Selbstauslöschungstrieb. Wenn Wien eine Metropole ist, dann die der Mißgunst und der Gleichgültigkeit. In ihrer Vitrinengesinnung, jener ehrfürchtigen Aura, die sie vor sich selbst erschaudern macht, sind die Bürger der Stadt sogar stolz darauf: zumindest darin exemplarisches Ausstellungsstück zu sein.

Wien ist zuallererst Museumsstadt. Darin blieb sich die Stadt über ein Jahrhundert lang treu. »Wenn irgendwo, so war in Wien Dekorativität legitim; nur daß es beiläufig jene Legitimation war, die der Etablierung und Instandhaltung eines Museums zukommt. In Erfüllung seiner Traditionspflicht verwechselte Wien Museumshaftigkeit mit Kultur und wurde zum Museum seiner selbst. Weil wundersamerweise Haydn und Mozart, Beethoven und Schubert sich auf diesem Erdenfleck zusammengefunden hatten, hier schlecht behandelt wurden und nichtsdestoweniger komponiert haben, richtete sich Wien als musikalische Institution ein. Das Museale war Wien vorbehalten, und zwar als Verfallszeichen, als österreichisches Verfallszeichen. Denn Verfall im Elend führt zum Vegetieren, doch einer im Reichtum führt zum Museum« (Hermann Broch: *Hofmannsthal und seine Zeit: Die fröhliche Apokalypse Wiens um 1880*).

Die Träume der Jahrhundertwende sind verflogen. Nun, bei steigender Prosperität entfaltet sich in der Stadt ein urbanes Museumskonzept: alles Ausstellung, alles Dekoration. Es gibt sogar einen Museumsfriedhof und ein Museumsklosett, letzteres mitten im Herzen der Stadt. So erfüllte Wien endlich das Verdikt eines seiner ungeliebten Propheten: »Potemkinsche Stadt«, höhnte der Architekt Adolf Loos bereits zu einer Zeit, als die aktuellen Schrekken noch gar nicht in Gestalt, sondern nur in ihrem Wesen absehbar waren.

Das ästhetische Jahrhundert, es hat Wien in eine prächtig aufgebahrte Mumie verwandelt. Besucher, die sich in dieses Mausoleum wagen, gehen allerdings den Anscheinlichkeiten der Stadt regelmäßig auf den Leim. Lebendiges Treiben konstatieren sie. In Wien hört man es gerne und glaubt es sogar.

Von Stammtisch zu Stammtisch zieht die Fama. Gewiß, Wien ist Theaterstadt, Musikstadt, Literaturstadt, Kunststadt. Jedoch all dies ist reproduzierend; selbst das Unbekannte und Utopische ist epigonal.

Wien besitzt keinen Kunstmarkt, sondern eine Gerüchtebörse. Hier wird mit vorgefaßten Aburteilungen gehandelt wie anderswo mit Ideen. So fehlt schon die Grundvoraussetzung: die Auseinandersetzung mit Kunst. Anstelle von Konfrontation befruchtet man sich lieber selbst in einem inzestuösen Schaffensprozeß. Kritik ist unbekannt. Statt dessen: Beweihräucherung, Selbstanbetung. Hier wird doch niemand von dem Podest gestoßen, auf das er sich kraft Eigenlob und Chuzpe gehoben hat.

Beredte Beispiele gibt es viele, und jeder Name, der fällt, kann nur aus purem Zufall Erwähnung finden. Man gelangt so ganz knapp zu jenem Punkt, der, sollte man ihn vertiefen, zum Wiener *point of no return* werden muß: Es öffnet sich die Erde und verschluckt die Verwegenen, die sich an den Abgrund von Intrige und Lemurengeschwätz gewagt haben.

Treten wir den Rückzug an. Betreten wir ein beliebtes Stammtischlokal und ziehen Bilanz einer beliebigen Nacht in der Dopplermonarchie.

Erster Tisch: Der betrunkene Architekt A., der längst auch in New York und Berlin Spuren hinterlassen hat, verrät, daß er in Athen bei einem Wettbewerb ausgezeichnet wurde, weil er einem befreundeten Jurymitglied, seinem gefeierten Wiener Kollegen H., zuvor behilflich gewesen war, einige Auszeichnungen einzusacken. Den Rest der Nacht wäscht eine Hand die andere.

Zweiter Tisch: Zwei approbierte Veteranen der Szene, schwitzend, hemdsärmelig, mit zerzaustem Haar, sind in einen im fortgeschrittenen Stadium kurioserweise in Englisch geführten Disput verstrickt. Der eine: »I do not need anything!«

Der andere, nach nachdenklicher Pause: »You know nothing. I know everything.«

Man fragt: Wem sagen sie das?

II. VOR DEM SÜNDENFALL

Vergangenheit: Ihr Fleisch und Blut

Wenn ich den Zwang zum Tod für eine Schmach halte, so halte ich die Protektion vor dem Tod für einen Zustand, der die Schmach bis zu dem Gefühl verschärft, daß man hierzulande nur als Selbstmörder weiterleben könne.

Karl Kraus: *Die letzten Tage der Menschheit*

Aus den Ruinen, errichtet auf Trümmern. Als die alten Häuser starben, waren es nicht nur Gebäude, die einstürzten, es war eine Welt, die hier in Schutt und Asche sank. Treueschwurfinger, verschüttet und verkrüppelt. Rotbäkkige Begeisterung, begraben unter den Resten einer bösen Hoffnung. Noch einmal die Bomben, die Sirenen, das Flammenmeer. Inferno als Ende, verdunkelte Wirklichkeit. Noch einmal: Stadt in Nacht und Angst.

Wien hat sich sein Gestern zurechtgezimmert. Und nun lebt die Stadt in dieser anständigen und sauberen Zimmereinrichtung ihrer Vergangenheit. Ein Tisch hat vier Beine. Und vier Stühle stehen um ihn herum. Die Füße schleifen auf einem Teppich von der Art orientalischer Imitationen. Die Tapeten haben Zeit angesetzt. Und alles hat seine Ordnung und seine Sauberkeit. Nur die schlimmen Gedanken, sie kriechen manchmal aus den Ritzen oder stauben aus den Fugen und wirbeln dann durch den Raum. Nein, jede Wahrheit spricht ein Wort, aber in dieser Stadt spricht man ihre Sprache nicht.

Da hat sich diese Stadt aufgebaut. Zu ihrem Fundament wählte sie die Bequemlichkeit. Es fiel nicht leicht, unbeirrt zu bleiben. Zuweilen war es mühsam, geradeaus fortzuschreiten und den leise schabenden Zweifel, diese knarrende Verunsicherung, unverrichteter Dinge in den Schlaf zu wiegen. Doch es sang ein neues Wienerlied, das Wiegenlied vom jährlichen Zuwachs der Kalorien, vom Knochengerüst, das sich wieder mit Fett bequem zu polstern begann. Verklärte Vergangenheit, Vergessenheitsdekoration. Die Stadt tritt aus einer Kulissentür und blickt sich behaglich um, erkennend die Zuversicht, die in der Selbstgerechtigkeit, ihrer neuen Bürgertugend, liegt.

Ob es wohl die weite Reise wert ist, die Mühsal des Wegs zurück zu dem Ausgangspunkt, von dem aus sie einbeinig weggesprungen und dann doch auf beiden Beinen gelandet ist. Behagliches, gemütliches, kleines Wien. Manchmal beneidet man die Stadt. So wehmütig sind ihre Sensationen, so schwermütig ihre Menschen, und deren Gesichter sind voller Verständnislosigkeit dafür, daß es die Dinge wirklich gibt, von denen sie nur dem Hörensagen nach erfahren haben. Anstelle einer abgeschlossenen Meinung, eines Weltbildes, tritt bei ihnen die Hoffnungslosigkeit, daß es wohl so bleiben wird. Auch das eine Illusion.

Längst ist der Abgrund, der zwischen diesem Wien und dem verlassenen, dem vertriebenen, dem zu Tode geprügelten liegt, zugeschüttet worden. Jetzt ist die Vergangenheit in ihren schwarzen Schützenlöchern lebendigen Leibes begraben, und ihre Zeugen, die Opfer und Entflohenen, können nicht mehr klagend der wohlbestallten Stadt entgegenstarren. Gesichtslose Leere ist ihre Anklage, konzessionslose Ladenhüter sie selbst.

So unendlich viel verlorene Söhne hat diese Stadt. Sie alle nicht reuig. Sie alle ohne Scham. Sie alle packten die Geschichte mit zu ihren Geschichten und trugen das geistige Erbe der Stadt mit sich in ihrem Reisegepäck fort. Als sie gingen, wollte niemand die Leere erkennen, die blieb. Aus tausend Wunden blutend, wähnte sich die Stadt putzmunter und pumperlg'sund. Freilich, später war ein Schrei zu hören, als stünden Hinters-Licht-Geführte plötzlich im grellen Sonnenschein. Aber die Clique, die daraufhin die

Stadt überzog, dieser vom Bürgergift berauschte, vom Machtfraß verfettete, ins Bürokratische verwurschtelte Tinnef, diese Primadrallerinas des Fortschritts verstummten alles mit ihrer heiligen Parole vom Wiederaufbau. Damals begann es: Mir wer'n kan Richter brauchen, jaulte es aus allen Ecken.

So selbstgerecht sind sie geblieben. Die Neubeginnler haben von der verödeten, verdorften Stadt Besitz ergriffen. Ihre Lemuren, ihre geistigen Schieber und ihr kreatürlicher Gemeinplatz errichteten hinter vorgehaltener Allerwelts-Larve das eiserne Regime ihrer durch und durch gesinnungslosen Mittelmäßigkeit. Sogar zu den Nachlaßverwaltern der Vertriebenen ernannten sie sich und pflegen nun deren Andenken mit Ehrengräbern.

Das Blut, das hinter vorgehaltener Hand vergossen wurde, versickerte in der Interesselosigkeit. Betulich machte sich Anteilnahme breit. Sie ist der Heuchel dafür, daß aller Selbstzufriedenheit noch einmal unangetastet blieb. An fremden Katastrophen mag man die eigene Sicherheit messen, an anderer Tragödien das eigene Wohlergehen. Daß jedes Neubauwunder noch besteht, mag dabei helfen, die ungetrübte Lebensphilosophie von der vierwändigen Genugtuung wie einen Spannteppich über morschen Bohlen zu verlegen. Doch darunter wühlt das Ungeziefer. Darunter bohrt das Gewürm. Darunter vermehrt sich die Angst, nährt sich die unterbewußte Verzweiflung am biedermeierlichen Lebensprinzip, wächst die Furcht, dieses Leben in die eigene Hand nehmen zu müssen. So nehmen sie sich das Leben. Und haben sich abgefunden damit, daß sie ihrer Zeit nichts zu sagen haben und daß ihre Geschichte dazu verdammt ist, vergessen zu werden.

Da steht er, der sprichwörtliche kleine Mann, und sagt sich, er sei bloß eine Außenstelle der Prosperität. Er fühlt sich bedrängt von einer unmittelbaren Gefahr, von einem übergroßen, anonymen Gegner, der viele Körper und viele

Gesichter hat. Heimtückisch grinsen sie alle. Aber gleichzeitig sind sie auch verschwommen und laufen ineinander über, so daß er sie nicht mehr klar und deutlich unterscheiden kann. Aus allen Ritzen kriecht das vielgestaltige Unglück, durch alle Türen tritt es ihm entgegen, überall hat er es vor Augen. »Und eines Namens wurde würdig, wahrhaft eines schrecklichen, was bei währenden Begebenheiten hier noch ungestalt lag und wie keimweis gefaltet beisammen: Aber es trat hervor, und bluttriefend, und jetzt auch dem Auge, das vor so viel Geschehen nahezu blöde geworden, in seinen Anfängen kenntlich, gräßlich bescheiden und doch so sehr kenntlich« (Heimito von Doderer: *Die Dämonen*).

Es nistet sich still und heimlich ein. Es nimmt Besitz von der Kreatur, die nicht weiß, wie ihr geschieht. Es setzt sich fest, ein Stachel, der im Hinterhirn bohrt. Es sind die Dämonen, fleischig, feist und unerbittlich in ihrer Beharrlichkeit. Unverdächtig erscheint zunächst noch, wer von ihnen befallen. Lange bleibt ihre tiefsitzende Bösartigkeit nur eine heimliche Sehnsucht, angekündigt höchstens durch ein Ahnungsfunkeln aus finster zischenden Augen. Es herrscht eine Grausamkeit in dieser Stadt, und eine ganz intime und hautnahe Häßlichkeit versteckt sich in den Menschen, deren Gemütlichkeit Wien in exotischem Flair erscheinen läßt. Liebliche Heimtücke, mittels derer die Menschen in ihrem Todestrieb die philosophischen Postulate des therapeutischen Nihilismus vorwegnehmen (worauf wir anläßlich der »Philosophie des Unterganges« noch werden zu sprechen kommen müssen). In aller seiner Verschiedenheit ist dieser »kleine Mann« letztlich immer wieder derselbe Typus: ein Vereinsamter und Verlierer, aufgebracht über verlorene Hoffnungen, wutentbrannt über eigene Unfähigkeit. Novizen der Wienerlichkeit werden darin grobe Verzerrungen, entstellenden Spott oder zornigen Hohn vermuten. Aber ganz im Gegenteil, dies ist das Fleisch und Blut von Wien.

Von der hohen Wiener Warte der Unbetroffenen, die jeder Therapie ausweichen und für die nur die Diagnose, und sei sie auch als Autopsie *post mortem*, zählt, für soziale Voyeure also, ist jener kleine Mann eine von der Straße aufgelesene Durchschnittserscheinung. Eine Figur, die aus den Ruinen kommt, auch er ein Produkt der materiellen Zerstörung, die einherging mit der geistigen Zerstörung, welche bereits begonnen hatte, als das alte Feudalregime noch versuchte, den Anschluß des Landes an den Fortschritt zu verhindern, und die schließlich der Nationalsozialismus ein Jahrhundert später vollendete. Weil man aber keinerlei Schuld zu übernehmen bereit ist, selbst an dem letzten, schlimmsten Sündenfall nicht, und weil, wie der Welt immer wieder deutlich vor Augen geführt wird, es auch gar keine Schuldigen gibt, so sieht man sich auch nicht veranlaßt, Sühne zu üben. Vor dem Scherbenhaufen von Moral und Anstand: alles kaputt und keiner war's. So ist das in Wien.

Wiens Weisheit, das ist der Zweifel. Und daher findet sich auch keinerlei Wahrhaftigkeit an der Oberfläche der Geschichten dieser Stadt. Die erste Ansicht und der erste Eindruck sind immer falsch, nichts als schiefe Hinweise und hinterhältige Trugbilder, die in die Irre locken. Um zum eigentlichen Kern der Stadt vorzudringen, muß man, wie in Kafkas Parabel vom Gesetz, endlose Räume durchmessen, unzählige Türen öffnen und immer neue Türhüter überlisten. Selbst dann noch fehlt die Sicherheit. Es kann auch sein, daß sich die Wirklichkeit wieder einmal nur selbst gefälscht hat. Konsequenterweise besteht daher Wiens Reichtum in der Kunst des Scheinbaren, und Millionäre sind in dieser Stadt die Routiniers des Angeblichen. Die Korruption des Wissens ist deshalb auch ebenso häufig wie die Korruption öffentlicher Mittel.

In diesem Hang zum Nirgendwo, ohne festes Geländer und ohne Leitschienen für die positive Moral (das ist der

Systemoptimismus des Bürgertums oder aber auch die Euphorie seiner Endzeit), müssen die Maßstäbe doppelt und dreifach angelegt werden. Denn über den Zweifel erhaben sind weder die Lebenden noch die Toten.

Wien, so übermächtig als Metapher seiner selbst, storniert hiermit widerspruchslos seine Existenz als historische und soziale Größe: ein geographischer Ort am Rand der Landkarte des Vergessens. Bestenfalls noch erstarrte Erinnerung und Reliquie, entwindet sich die Stadt jeder Handhabe. Gewalt, so unausweichlich sie geworden ist, vereitelt die Lösung jedes Problems. Sie ist Erlösung zum Tod hin, Untergangsmetamorphose des einzelnen, der sterbend eine letzte Frist verbraucht, die stellvertretend für seine Zeit steht. Offene Gewalt entspricht in Wien dem letzten, unwiderruflichen Versagen, sie ist ungewolltes Eingeständnis der Impotenz. An ihrem Ende steht zunehmend Selbstmord, der zur Manifestation eines endgültigen Protestes geworden ist. Wenn es schon keine Zukunft gibt, so soll doch Gegenwart sein, in einem so ungeheueren Ausmaß, daß sie alle Vergangenheit auslöscht. So untergehen, in der Vision der Apokalypse, kann jedoch nur, was zuvor gelebt hat. In Wien, wo das Leben durch ein langsames Absterben ersetzt worden ist, kann deshalb so auch nicht gestorben werden. Von Anbeginn ist es ein langsames, qualvolles Verschwinden bis zu jenem Punkt, an dem sich auch der letzte unscheinbare Rest ganz unmerklich in einem Hauch von Erinnerung erlöst hat. Erst nachträglich wird dieses Sterben gefeiert, und im Anschluß an den unauffälligen Abgang wird ein prunkbarocker, trauertrunkener Auftritt inszeniert, derart pompös, daß dahinter nur notdürftig die Eifersucht der Zurückgebliebenen verborgen werden kann.

Die Epochen fanden Zeit zum Tapetenwechsel, bis die einst unverkennbare Umgebung, Schicht um Schicht überklebt, sich zu einem anonymen Gefühlsschleier verwandelt hatte. So wurden die Lebenslügen heimisch. »Später waren die Wiener Nächte verrunzelt und verwelkt, ältlichen Frauen gleich, und der Abend ging nicht in sie ein wie früher, sondern er wich ihnen aus, erblaßte und entschwand, ehe sie noch angerückt kamen. Man mußte diese Abende, die hurtigen und beinahe furchtsamen, sozusagen fassen, bevor sie zu verschwinden im Begriffe waren« (Joseph Roth: *Die Kapuzinergruft*).

Lange bevor sich eine Modewelle dieses Lebens-Defätismus bemächtigt hatte und den langsamen Sterbeprozeß mit einem Gütesiegel versah, waren die Attitüden der Punks die elementare Substanz der Wiener Atmosphäre. Deren Schlachtrufe sind Wiener Spruchweisheiten, und *no future*, das angeblich zur Kapitelüberschrift und Kurzformel für das letzte Viertel des 20. Jahrhunderts geworden ist, das ist schon seit vielen Jahrzehnten der Sinnspruch, der in Gedanken, Worten und Werken über Wiener Betten schwebt.

Obgleich auf verschlungenen Wegen, so ist doch die Distanz überschaubar, die das Stereotyp jenes kleinen Mannes von seiner Menschwerdung trennt. Woran er leidet, das ist die Leere seiner Generation. Seine rabiate Gesinnung aber und seine aggressive Resignation sind ein tönerner Koloß, brüchig und rissig, der deswegen so bedrohlich wirkt, weil er sich aus seinem schweigenden Umfeld nähren kann. Die nackten, dunklen Gassen beherrscht er, ein auferstandener Golem, da er aller Werk verrichtet, die längst, schwer voll satter Grausamkeit, nicht mehr Anteil haben an ihrem Leben und zur bloßen Existenz verkümmert sind, die eines Erlösers harrt, der aus den Katakomben kommen und sie befreien wird von der Qual, einem Leben erst Sinn geben zu müssen, bevor es gelebt werden kann. Viele fühlen sich berufen. Im Reklamelärm der Ansichten, der dieses Wiener Niemandsland jetzt ausfüllt, erwachsen solche Heilsbringer zufällig, wenn die allgemeine

Angst vor neuen Niederlagen unerträglich und wenn die auf Ruinen mühsam aufgemauerte Selbstgefälligkeit schon so baufällig geworden ist, daß akute Einsturzgefahr droht. »Ideale und Moral sind das beste Mittel, um das große Loch zu füllen, das man Seele nennt«, heißt es in einer Kapitelüberschrift bei Robert Musil.

Die fleischgewordene Konsequenz aus diesem Selbstbetrug ist eine kleinbürgerliche Existenz am urbanen Rand. Beides Territorien, die an der Kippe liegen. Faschist ist er nach Möglichkeit, Wiener aus Prinzip. »Wenn ihn Glaubenssorgen quälen, wie es zuweilen in der Jugend vorkommt, geht er alsbald zur Verfolgung Ungläubiger über; wenn ihn die Liebe verstört, macht er aus ihr die Ehe; und wenn ihn irgendeine Begeisterung überwältigt, entzieht er sich der Unmöglichkeit, dauernd in ihrem Feuer zu leben, dadurch, daß er für dieses Feuer zu leben beginnt. Das heißt, er füllt die vielen Augenblicke seines Tages, von denen jeder Inhalt und Antrieb braucht, anstelle seines Idealzustandes, mit der Tätigkeit für seinen Idealzustand, das heißt mit den vielen Mitteln zum Zweck, Hindernissen und Zwischenfällen aus, die ihm sicher verbürgen, daß er ihn niemals zu erreichen braucht« (Robert Musil: *Der Mann ohne Eigenschaften*).

Man weiß, daß Musil nicht verharrte, mit kompromißloser Kälte in seinem Denken und Erkennen, die Wirren der Zeit zu ordnen. Sein Opus magnum, der fragmentarische Roman »Der Mann ohne Eigenschaften«, weist einen Weg in das Unheil kommender Epochen und darüber hinaus in Aufbruch und neuerlichen Zerfall, geradewegs zur besinnungslosen Hoffnungslosigkeit der menschlichen Natur. Dieser Weg, den schreibend zu beschreiten die Tragödie seines Lebens war (aber was heißt hier schon leben, wo er doch schrieb, um zu überleben), ist ein Labyrinth. Tagelang kreiste er um seinen mit Decken verhangenen Arbeitstisch, vergeblich, von Sehnsucht und Zweifel zerrissen, um jenes Wort zu finden, das ihn von seinem Weg nicht abbringen werde.

Er war von existentieller Panik gepackt, er werde vielleicht den nächsten Tag nicht erleben, werde die nächste Milchmädchenrechnung, die ihm irgend jemand präsentieren könnte, nicht begleichen können. Es war ihm bewußt, daß die kostbaren Wortfunde unter seinem Gedankenzelt wertlos waren in der Agonie jener Tage. Er hatte sich sogar einen Waffenpaß besorgt, um sich bei effektiver Mittellosigkeit wenigstens erschießen zu können. Aus dieser Überlebensangst schrieb er Bettelbriefe, biederte sich schamlos an – an Sozialdemokraten und Austrofaschisten, an die wohlmeinenden Gönner in den Musil-Förderungsvereinen, sogar an die Nationalsozialisten. Er war nicht wählerisch. Seine Welt befand sich in seinem Kopf; um ihn herum gab es nur Abbilder. Erst die Überblendungstechnik der Seele schuf daraus den Roman.

Umgeben vom Titanengeviert seiner Zeitgenossen – Thomas Mann, Karl Kraus, Hermann Broch und Elias Canetti –, ist Musil der große Unbekannte. Eine scheinbar überlebensgroße, geniale Figur, die sich allen Annäherungen entzieht.

Von seinem Wiener Antipoden Karl Kraus unterschied er sich in seinen Grundsätzen und in seinem Selbstverständnis. Gegensätzlich war wohl auch das verzweifelte Sendungsbewußtsein, das in beiden brannte.

Musil sah sich verpflichtet, einen meteorologisch genauen Bericht der Großwetterlage zu verfassen, so wie sie in Geschichten, die der Alltag um ihn herum geschehen ließ, ihren Niederschlag fand; Kraus polemisierte unerbittlich gegen die alltägliche Niedertracht, auch wenn sie sich nur als Druckfehler aufspüren ließ. Der eine, Kraus, erkannte in einem Druckfehler das Universum; der andere, Musil, im Universum einen Druckfehler.

In einem Marsdrama hatte Kraus seine Epoche, in der er

die letzten Tage der Menschheit erkannte, in ihrer ganzen grotesken Verzerrung dokumentiert; akribisch auf die Authentizität eines jeden Komma bedacht, hatte er eine Untergangskartei angelegt.

Musil hingegen verfaßte das allumfassende Dokument der Epoche, die – und dies war sein eigentliches Thema – in ihrer ganzen Grauenhaftigkeit lediglich eine unbedeutende Episode der Ewigkeit war und ist. Ewig ist Verzweiflung und Unvollkommenheit, ewig der Versuch, das Unerfaßbare zu begreifen, ewig das Scheitern. Der Roman, ein Fragment, ebenso wie sein Leben und wie seine Epoche (und mithin jede Epoche), mußte fragmentarisch bleiben. Untergang, ohne zu enden, davon erzählt Robert Musil in der »Mischsprache des Grenzgebiets zwischen Über- und Untervernunft«.

»›Und wir sollen‹, erwiderte Walter mit Schärfe, ›auf jeden Sinn des Lebens verzichten?‹

Ulrich fragte ihn, wozu er eigentlich einen Sinn brauche? Es ginge doch auch so, meinte er.

Clarisse kicherte. Sie meinte es nicht bös, die Frage war ihr so spaßhaft vorgekommen.

Walter zündete Licht an, denn es schien ihm nicht nötig zu sein, daß Ulrich vor Clarisse den Vorteil des dunklen Mannes ausnütze.

Ärgerliche Blendung überschüttete die drei« (Robert Musil: *Der Mann ohne Eigenschaften*).

Die Stadt ohne Eigenschaften

Man handelte in diesem Land immer anders, als man dachte, oder dachte anders, als man handelte... Sein Regierungsgrundsatz war das Sowohl-Als-auch oder noch lieber mit weisester Mäßigung das Weder-Noch.
Robert Musil: *Der Mann ohne Eigenschaften*

Wien. Ringstraßenkorso. Sirk-Ecke. Larven und Lemuren. Knödeltenöre und Vaterlandsgesellen. Unübersehbar die Schaumschläger und das Bürgerpack, Bankiers, Bankrott-Barone; Erschlagene, Verhungerte und Ausgestoßene auf der Abraumhalde der großen Zeit.

»Bist halt a Feschak«, sagt einer zum anderen.

»Weißt – also natürlich. Nein – wart. Weißt net«, meint der.

»Klassikaner«, freuen sich beide.

»Hauts es z'samm! Hoch!« grölen einige Betrunkene.

»Schöne Bescherung«, ereifert sich ein alter Abonnent.

»Es rieselt im Gemäuer«, philosophiert der älteste Abonnent der Gesinnungspresse immer wieder.

So beschrieb Karl Kraus den grotesken Aufzug, der durch die letzten Tage der Menschheit spazierte. So klang das Pharisäerdeutsch der absterbenden österreichisch-ungarischen Monarchie, ihr vielklingendes, vielsprachiges Einheimisch. Das war der »Grundton dieser Zeit, das Echo meines blutigen Wahnsinns«.

Wien, das war damals die Welthauptstadt der Jahrhundertwende, die Metropole des Frohsinns. Wiener Blut: An jeder Ecke Reigen und Liebelei. Jedermann wurde hier von einer böhmischen Köchin verwöhnt und hielt ein dralles Ding im Arm. Jeder Walzer war hier ein König, und der König war der Kaiser, der huldvoll alles reiflich erwogen hatte. Es hatte ihn schließlich auch alles sehr gefreut.

»Ich habe eine Tragödie geschrieben, deren Held die untergehende Welt ist«, erklärte Kraus. »Er zerbricht an der Lüge... er vergeht an einem Zustand, der als Rausch und Zwang zugleich auf ihn gewirkt hat.«

Alles nur ein Walzertraum vom Glück? Im Prater spielte die Damenkapelle Richter, und die Soubrette Mizzi Zwerenz – so muß man heißen, wenn man sich als Soubrette einen Namen machen will – feierte Triumphe. Wir haben ihre Photographie vor Augen: sie im geschnürten Mieder, die Geige im Anschlag, begleitet von einem glatzköpfigen Galan am »pieksüßen Hölzl«, der Pikkoloflöte: »I bin, meiner Seel', allweil fidel!«

»Was ich liebe«, verriet damals der junge Poet Felix Dörmann, der in reiferen Jahren das beschwingte Libretto zu der Operette »Ein Walzertraum« verfassen sollte, in einem Gedicht, das in Wien Furore machte: »Ich liebe die hektischen, schlanken / Narzissen mit blutrotem Mund; / Ich liebe die Qualengedanken, / Die Herzen zerstochen und wund; / Ich liebe... mein eigenes, urinnerstes Wesen / Und alles, was seltsam und krank.«

Seltsame Blüten trieb der Wiener Altweibersommer, die letzten gedankenschwülen Jahre einer großen Illusion. Es waren »Romantiker der Nerven« oder »Ästhetiker des Sterbens«, die ihre Stimme erhoben. »An den Tod denken, das erlaubt dem Verstand, sentimental zu werden und doch Verstand zu bleiben, das erlaubt Visionen ohne Gestaltung und Poesie ohne Wärme«, befand ein zeitgenössischer Literaturkritiker: »Das erlaubt also den jungen Wienern, Dichter zu sein.«

Todeslibretti, quälend, selbstverliebt und erlösungstrunken, und zwar in einer Stadt, in der, so behauptete damals die *Neue Revue*, »man sonst nicht einmal das Leben, geschweige denn das Sterben ernst zu nehmen pflegt«.

War es nicht so, daß alle Wahrnehmungen, Gefühle, Vorstellungen und Gedanken lediglich aus verschieden miteinander verknüpften Empfindungselementen bestanden? Das menschliche Wesen ein unerforschter Elementenkomplex, Körper und Geist eine unbekannte, psychophysische Formel? »Das Ich ist unrettbar«, lehrte der Philosoph Ernst Mach seine begeisterten Schüler: Die gesamte innere und äußere Welt setze sich aus einer geringen Zahl von gleichartigen Elementen in bald flüchtiger, bald festerer Verbindung zusammen. »An einem heiteren Sommertage im Freien«, erzählte Mach später, sei ihm erstmals die ganze Welt als zusammenhängende Masse von Empfindungen erschienen: In dieser Chemie der Seele war die Unterscheidung zwischen Sein und Schein aufgehoben; die Realität ebenso ein Trugschluß wie ihr Gegenteil. »Wo kein Gegensatz besteht, ist die Unterscheidung von Traum und Wachen, Schein und Wirklichkeit ganz müßig und wertlos.«

Sigmund Freud träumte einmal: »Ich sitze auf dem Rand eines Brunnens und bin sehr betrübt, weine fast.« Sein ältester Sohn erscheint, doch wartet schon ein anderer Vater auf ihn. »Die Sorge um die Zukunft der Kinder, denen man ein Vaterland nicht geben kann«, erkannte Freud später in diesem Traumbild. Träumend beobachtete er, wie seine Familie die Stadt verließ, und gestand sich so ein, wie sehr er Verwandte beneidet, deren Kinder bereits »auf einen anderen Boden versetzt« worden waren.

Wien, Fin de siècle. Fünf Jahre vor der Jahrhundertwende, ein Spaziergang am Stadtrand an einem heißen Julitag. Die Luft ist erfüllt vom Duft der Blumen, die Heckenrosen sind voll erblüht. Es sei plötzlich während des Anstieges zu dem Ausflugsrestaurant »Bellevue« geschehen: Dem Dr. Sigmund Freud enthüllte sich das »Geheimnis der Träume«; nun veröffentlichte er seine »Traumdeutung«. Nahezu versteckt findet sich dort der Satz: »Das Träumen setzt sich an die Stelle des Handelns, wie auch sonst im Leben.«

Theodor Herzl träumte in diesen Jahren von einem Land unter heißer Wüstensonne: Palästina, morgen in Jerusalem! Endlich hatte ein tatkräftiger Mann namens Joe Levy, denn in Herzls Vision war der Messias diesmal ein Amerikaner, das Judenvolk heimgeführt. Er hatte dem Sultan in Istanbul die Unterschrift unter die Siedlungscharta entlockt, und nun verwandelten die Juden ihre Wüstenei in ein paradiesisches Gesamtkunstwerk. Aus aller Welt holten sie nur das Beste: Aus Amerika kamen technischer Fortschritt und moderner Städtebau, aus England Fairneß und Sport, aus Paris Raffinesse, Esprit und Académie, und das Nationaltheater glich dem Burgtheater daheim in Wien. »Die Juden haben uns bereichert«, müssen sogar Araber gestehen, »warum sollen wir sie nicht lieben.« In diesem Traumland Zion hatten Toleranz und Technik einen Pakt miteinander geschlossen, in dem sich der Bund, den Gott einst mit Noah eingegangen war, erneuerte. »Altneuland« taufte Herzl seine Erlösungsvision. Im Nachwort heißt es: »Traum ist von Tat nicht so verschieden. Alles Tun der Menschen war vorher Traum und wird später zum Traume.«

Hugo von Hofmannsthal träumte, und düstere Endzeitvisionen trübten das Empfinden des kaum zwanzigjährigen Ästheten. »Wie merkwürdig das auch wieder ist«, vertraute er seinem Notizbuch an, »daß wir vielleicht in Wien die letzten denkenden, die letzten ganzen beseelten Menschen überhaupt sind, daß dann vielleicht eine große Barbarei kommt.«

Dem jungen Hofmannsthal, er ist das Hätschelkind der schöngeistigen Salons, senkt sich häufig die Schwermut wie Trauerweidenschleier über das Gemüt. Mag er auch beispielsweise im Palais des Grafen Lanckoronski einer erlesenen Gästeschar die prachtvollen mittelalterlichen Gobelins seines Gönners preisen – »Welche Möglichkeit, die Gebärde einer Jungfrau mit den Biegungen eines Lilienstengels in geheime Harmonie zu bringen!« –, selbst aus Anlaß dieses Hochgenusses schwärzt apokalyptische Finsternis seiner Rede Sinn: »Es dringen mit beängstigendem Flügelrauschen die ganzen Geisterschwärme auf uns ein. Es sind die Geister der einzelnen, die Geister der Völker, die Geister der Zeiten, die uns umwölkend in uns niedertauchen, um von unserem Blut zu trinken.«

Hausmusik mit Gespenstersonate. Graf und Gräfin rücken näher, ein kalter Lufthauch weht durch den Salon. Leise klirren die Lüster; soeben sind die Elektrizitätswerke der Stadt Wien fertiggestellt worden, also flackern nicht mehr Gaslicht und Kerzenflammen. Im Nacken kräuselt sich dennoch das Haar. Das Rauschen geflügelter Geister, an diesem Abend kann man's richtig fühlen. Bleich und schön und unnahbar steht jener da, der es beschworen.

Ja, die Zeit ist ein Vampir, und wenn in jenen todgeweihten Zeiten Hofmannsthal träumt, so träumt er von Ruinen. »Das zerstörte Wien zu denken: alle Mauern verfallen, der innere Leib der Stadt bloßgelegt, die Wunden mit unendlichen Schlingpflanzen übersponnen, überall lichtgrüne Baumwipfel. Stille, plätschernde Wasser, alles Leben tot; welch wundervolle Fern- und Durchsichten!«

Otto Wagner träumte. Widerwillig erledigte er seinen letzten Bauauftrag und errichtete einige Spitalsbaracken für die Soldaten der ausgebluteten Armee; ungestüm widmete er sich dann wieder seinem grandiosen Lebensprojekt, Wien, der »unbegrenzten Großstadt«, einem prunkvollen Neu-Babylon, eingerichtet mit allem Komfort für die schemenhaften Zukunftsgeschlechter, die durch die schlaflosen Nächte des Städteplaners spukten. Die Monarchie lag im Sterben, doch der Oberbaurat entwarf ihr noch Siegeskirchen, Kaiserdenkmäler und gigantische Palastbezirke.

Häufiger zog er sich nun in sein Erinnerungskabinett

zurück. Dort hatte ein ihm ergebener Elektrikermeister ein System flackernder Irrlichter installiert, die abwechselnd verschiedene Porträts seiner toten Frau anstrahlten. Er fror. Schwarzmarktkohle wollte er nicht kaufen. Beißend nagte die Kälte am Wundbrand. Alles werde besser, schrieb er in sein Tagebuch, wenn die Steyr-Werke endlich das von ihm entworfene Automobil lieferten. Verbittert und vereinsamt starb er 1918 am Vorabend des Untergangs.

Traumverloren stürzte in jenen Tagen Peter Altenberg über die Treppe seines Hotels in die Tiefe und brach sich den Arm. Die wahre Eminenz Wiens, Dichter, Schwärmer, Heiliger und Narr, dessen Wohnraum immer die Öffentlichkeit gewesen war, verbarrikadierte sich nun und verschloß sich der Welt. An den Wänden hingen die gerahmten Porträtphotos hingebungsvoll geliebter Unschuldskinder; das sanfte Lächeln dieser Schutzengel behütete in brautlosen Nächten seinen Schlaf. »Vorgestern nacht, 1 Uhr, 19. Dezember, fiel ein volles Glas Wein auf mein Leintuch, und ich schlief in der eisigen Nässe ruhig bei weitgeöffnetem Fenster. Des Morgens hatte ich meinen Bronchialkatarrh aus der Jugendzeit. *Sunt certi denique fines!*«

Wenige Tage später, Anfang Januar 1919, starb er am Lebensekel. Ganz Wien kam zu seinem Begräbnis. Die Grabrede hielt Karl Kraus: »Sein Andenken lebt, wo Menschen welken und Blumen blüh'n.« Das Grabmal, ein hohes, schlankes Kreuz, entwarf Adolf Loos. Das Epitaph hatte Altenberg sich selbst gesetzt: »Er liebte und er sah.«

»Nun werde ich halt hie und da hinauswandern zu dem stillen Hügel«, schrieb die Wiener Prostituierte Fini an Altenbergs Freund Egon Friedell, »und weinen, weinen um meinen lieben guten Hern Peter.«

Wahrscheinlich war Peter Altenberg der exemplarischste Repräsentant der Wiener Jahrhundertwende: ein genialer Dilettant, dessen zerflattertes Lebenswerk, ein weitverstreuter Zettelkasten liebevoll gedrechselter Vignetten, ganz beiläufig zum Gesamtkunstwerk geriet, übertroffen nur noch von der Art, wie Altenberg lebte. Nirgendwo war er zu Hause und überall daheim. Das Café Central, sein eigentliches Domizil, gestaltete er zu einem Mikrokosmos, der ihm Anschauungsmaterial und Auseinandersetzung lieferte. Dort saß er am Kaffeehaustisch, ein Wegelagerer am Gang zum Klosett, mit ein oder zwei knospenden Mädchen am Schoß, notierte das Geschiebe und Getriebe des Publikums, das sein Leben vor der Endlosigkeit der alternden Stadt ausbreitete, und borgte seinen geistigen Lebensunterhalt von zufälligen Passanten. »Ich bitte Sie, man hat keinen Beruf, kein Geld, keine Position und schon sehr wenig Haare«, schrieb er an den befreundeten Arthur Schnitzler, der ihn schmeichlerisch »Selbstsucher« tituliert hatte: »Deshalb bin und bleibe ich doch nur ein Schreiber von ›Muster ohne Wert‹, und die Ware kommt alleweil nicht. Ich bin so ein kleiner Handspiegel, Toilettenspiegel, kein Welten-Spiegel.«

Seine Gönner verehrten ihn. Die Kindfrauen, denen seine streichelnde Zuneigung galt, verfielen seiner leidenschaftlichen Erlösungssehnsucht. So nachlässig war dieser schrullige Dandy, daß viele hinter den Marotten schon wieder einen eigenen Stil vermuteten.

Er leistete sich den Luxus, nichts zu besitzen. Und es fehlte ihm an nichts, außer am Eigentlichen, einem Lebensziel, dem er hätte zustreben können. Er ging nicht seinen Lebensweg, er flanierte. »Da geht er und stolpert bald wieder über sein Seelengekröse, schleift es, hört ein Gelächter und schreitet weiter, erhaben, traurig und lächerlich«, so schilderte Robert Musil den impressionistischen Vagabunden von Wien, einen Pointilisten im Daseinsgeraschel der Stadt. Unverwechselbar glich er der Stadt, die ihn so vollkommen in der Überlegenheit des Nicht-Wollens geschult hatte. In ihr flanierte er durch die letzten Tage einer Menschheit, die geduldig ihrem Untergang entgegendämmerte. »Ich wünsche *allein* zugrunde zu gehen«, schrieb er einmal, »da mir die Art aller anderen nicht imponiert.«

Noch rechtzeitig in der »Epoche des allgemeinen Menschenjammers, der in der österreichischen Versuchsstation des Weltunterganges die Fratze des gemütlichen Siechtums annimmt«, wollte der unerbittliche Polemiker Karl Kraus die Wiener aus ihrem Dämmertraum reißen, damit »sie nicht ihren eigenen Tod verschlafen«. Doch die Stadt, ein »Bollwerk der Erinnerung« (der Historiker William Johnston) und zugleich auch eine Metropole der verlorenen Gedanken, war schon zu tief in ihrem »Wert-Vakuum«, wie Hermann Broch das liebenswürdig-liederliche Donaunirwana genannt hatte, versunken, um noch aus der apathischen Ruhe, die sie dort umfing, gerüttelt werden zu können. Jede Lebensäußerung verwandelte sich in der Residenzstadt der neoabsolutistischen Habsburgermonarchie, die nur noch kraft ihres stumpfen Beharrungsvermögens glaubte weiterexistieren zu können, zur Großstadtdekoration und zur Kitschkulisse, vor der herausgeputzte bessere Kreise sich in eitlen Artigkeiten gefielen. Es war Wiens goldene Backhendlzeit, Brochs »fröhliche Apokalypse«: »Vom Erzherzog bis zum Volkssänger, doch auch vom Großbürgertum bis zum Proletariat prävalierte die hedonistische Haltung. Als Produkt der österreichischen Substanzlosigkeit, in der keiner keinen ernst zu nehmen vermochte, wurde auch das Sozialgebilde substanzlos, wurde zu einer Art Gallert-Demokratie, in der, wenn's drauf ankam, die Grafen die Allüren von Fiakern und die Fiaker die Allüren von Grafen annahmen; es war ein sozialer Schwebezustand, und er konnte es sein, weil die herrschende Blüteperiode alles in Schwebe hielt... Was Überdeckung von Armut durch Reichtum letztlich bedeutet, das wurde in Wien, wurde in seiner geisterhaften letzten Blütezeit klarer denn irgendwo und irgendwann anders: Ein Minimum an ethischen Werten sollte durch ein Maximum an ästhetischen, die keine mehr waren, überdeckt werden, und sie konnten keine mehr sein, weil der nicht auf ethischer Basis gewachsene Wert sein Gegenteil ist, nämlich Kitsch. Und als Metropole des Kitschs wurde Wien auch die des Wert-Vakuums der Epoche« (Hermann Broch: *Hofmannsthal und seine Zeit*).

Man spielte Kunstblüte. Doch es war bereits Untergangsdekoration, Schmuck von morbider Blässe, getarnt mit zahllosen Modeworten, unter denen die Begriffe »Décadence« und »schöner Schein« nur die banalsten waren.

Man bekannte sich, wie der Dichter Friedrich Michael Fels in seinem Aufsatz »Die Idealisten«, zur »Konsequenz der Inkonsequenz«. Es war das Bekenntnis eines »sinkenden, haltlosen, unsicher treibenden Geschlechts«: »Es wird der Tag kommen, da wird nicht mehr gelesen werden; freuen wir uns, daß der Tag bald komme!«

Wien schmückte sich, wohl auch in nebelhafter Ahnung des Unentrinnbaren, für ein großes Leichenbegängnis. Putzsüchtig schichtete es monumentale Bauten, prächtige Bilder und weltumspannende Ideen zum Autodafé. Das Wiener Bürgertum, schon immer ein Commis voyageur der Geschichte, richtete sich in der Frist bis zur Totenfeier behaglich ein wie in einem Wartesaal allererster Klasse. Seinen Stil nannte er die »Moderne« – ein Etikettenschwindel. Hugo von Hofmannsthal, der frühreife Gymnasiast aus dem Café Griensteidl, dem Hauptquartier der Literatengruppe »Jung-Wien«, meinte, daß »heute zwei Dinge modern zu sein scheinen: die Analyse des Lebens und die Flucht aus dem Leben«. Die Entscheidung fiel ihm leicht: »Von der Poesie führt kein direkter Weg ins Leben, aus dem Leben kein direkter in die Poesie.«

Vergeblich denunzierte Adolf Loos, der Pionier der modernen Architektur, die »Potemkinsche Stadt« Wien, in der die »Ornamentseuche« grassierte. Die Wiener reagierten wie ihr Kaiser. Als ihm Loos in den letzten Friedensjahren vor dem Ersten Weltkrieg sein glattes, scheinbar schmuckloses »Haus auf dem Michaelerplatz« vor die prächtige Fassade der imperialen Residenz setzte (deren Entwurf noch von Joseph Emanuel Fischer von Erlach stammte), da dekretierte die »Mauschelmajestät« (Kraus), jene Fenster, die Ausblick auf den Schandfleck bieten, müßten zu aller Zeit mit Vorhängen verschlossen bleiben. Der Wiener Magistrat startete eine Hetzjagd auf den Bausünder, dessen Architektur als Majestätsbeleidigung anzusehen war: Blumentröge mit feuerroten Begonien wurden als Fassadenschmuck verordnet. »Mein Magen«, so Loos, »hielt das nicht aus.« An den schweren Blutungen, die ihm die Affäre verursachte, wäre der Architekt beinahe gestorben.

Vergeblich auch forderte der Komponist Arnold Schönberg mit der »Emanzipation der Dissonanz« das Recht auf Selbstverwirklichung gegenüber dem Diktat der opulenten und harmonisierenden Stilkunst, die überall den Ton angab. Bei der Uraufführung seiner ersten beiden Streichquartette 1908 brach wilder Tumult im Saal aus – ein Eklat, der fünf Jahre später nur noch durch die Schlacht anläßlich der Premiere von Alban Bergs »Altenberg-Lieder« unter dem Dirigenten Schönberg überboten werden sollte: das Konzert mußte vor der Zeit abgebrochen werden. Gustav Mahler, der aus der Zeit seiner Hofopern-Direktion wußte, wozu ein Wiener Publikum fähig ist, wenn es sich um sein kulinarisches Vergnügen geprellt fühlt, stellte sich schützend vor den jungen Tonkünstler. In kaiserlichem Gottesgnadentum beschied ein Schreier den Doyen der Wiener Komponisten: »Ich zische auch bei Ihren Symphonien.«

Vergeblich verspottete Robert Musil die Lethargie der Bourgeoisie und erfand das beinahe vatikanische Manöver einer »Parallel-Aktion«, mittels derer ein vaterländischer Klüngel das Habsburger-Kakanien wiederzubeleben sucht. Parallel an dem gespenstischen Vorhaben ist das Nebeneinander von Entschlossenheit und Ohnmacht: Es müsse etwas geschehen, aber was um Himmels willen geschehen müßte, damit etwas geschieht, das weiß man nicht. Übersetzt in die Wiener Wirklichkeit schlägt das Paradigma des Romans eine Volte, bei der sich die Parallel-Aktion in eine Art Naturgesetz verwandelt, das noch heute jedes Geschehen in der Stadt bestimmt: Es muß immer irgend etwas geschehen, damit nichts von dem geschieht, was geschehen könnte, wenn gar nichts geschieht. »Man wird noch immer vom Schicksal nur auf eine persönliche Empfehlung hin zum Österreicher geschaffen«, schrieb Musil im vorletzten Friedensjahr, »und es bleibt schwer, dem Unehre zu machen. Darum schätzt man die Katastrophen, weil sie die Verantwortung auf sich nehmen, und braucht das Unglück, weil es heftige Gestikulationen erzeugt, hinter denen jeder Mensch erlischt und konventionell wird.«

Vergeblich verhöhnte auch Karl Kraus den Mummenschanz, in den der kaiserlich-königliche Größenwahn seine Politik kleidete: »Nicht daß die österreichischen Ereignisse keinen Grund haben, aber daß sie keine Konsequenz haben, ist trostlos. Das ist die österreichische Geschichte: daß im Konflikt des Zufalls mit der Dummheit Ereignisse entstehen.«

Sie führten konsequent und unaufhaltsam an den Abgrund. Eine torkelnde Gesellschaft durchmaß auf dieser Prozession ihre Zeit, festlich geschmückt und in unzähligen Verkleidungen. Alles war Parade. »Über den Kelchen, aus denen wir tranken, kreuzte der unsichtbare Tod schon seine knochigen Hände. Wir ahnten sie noch nicht.« So beschrieb der Provinzler Joseph Roth in seinem Roman »Die Kapuzinergruft« die schwermütige Todessehnsucht seiner Zeit. Die Endzeitahnungen des Monarchisten, der sich stets in höflicher Eigenwilligkeit zum Legitimismus bekannt hatte, wandelten sich kurze Zeit später zur blutigen Gewißheit der Ersten Republik.

»Alles ist lebend tot«, erklärte der Maler Egon Schiele, und seine zermarterten, auf ihre Lebensqualen reduzierten Körper erstarren in einer schmerzverzerrten Schrecksekunde, in der sich Tod und Leben zu berühren scheinen. Schieles »Erbärmdebilder« mit ihren brüllenden Leibern konnten die Traumwandler nicht aufschrecken. In zahllosen Selbstporträts nahm der Maler das Martyrium bereitwillig auf sich: Auf einem Ausstellungsplakat zeigte er sich den Wienern sogar in der Pose des heiligen Sebastian; sein Körper ist durchbohrt, weit öffnet er die Arme zur erlösenden Kreuzigung, demütig erleidet er die kollektive Sehnsucht. »Leben, worunter man das unaufhörliche Verwittern verstehen soll«, erklärte er dem Bildersammler Oskar Reichle.

Der Selbstsucher Schiele malte die quälendsten Ikonen der Zeit. Expressionistisches Grauen erhebt sich in ihnen zu mittelalterlicher Strenge, die geopferte Kreatur befreit der nackte Tod. So malte er auch sein eigenes Grabbild: Auf »Tod und Mädchen« projizierte er ahnend sein eigenes Sterben. Schwermütig und hilflos-verloren nimmt er die Frau in Empfang, die ihn anschmiegsam umklammert zu einem letzten großen Liebesakt.

In den letzten Kriegswochen wütete eine Spanische-Grippe-Epidemie im hungernden, entkräfteten Wien und raffte die Menschen dahin, wie es zuvor nur der Schwarze Tod vermocht hatte. Innerhalb von drei Tagen fielen ihr Edith und Egon Schiele zum Opfer.

Längst war die Monarchie, die Wien erst Gestalt und Existenzberechtigung gegeben hatte, zu Grabe getragen worden. Die Stadt besann sich ihres in Jahrzehnten aufgetürmten Fundus an Dekorationen. Mit onkelhafter Ignoranz hatte Franz Joseph I. eine ganze Epoche lang darüber gewacht, daß sein Reich nicht offenen Auges in den Untergang stürzte. Die Wiener huldigten ihm, indem sie Süßspeisen und Schönwettertage »Kaiser«- nannten, und hatten es ihrem »alten Herrn in Schönbrunn« nie übelgenommen, daß er den Fortschritt abgeschnürt, jede Neuerung nach Kräften verhindert oder verzögert hatte und in seiner musealen Residenzstadt allerhöchstselbst zum k. u. k. Oberaufseher vereinsamt und vertrottelt war. Der volkstümelnde Greis auf dem Kaiserthron hatte höchstwahrscheinlich nie begriffen, daß eine intrigante, reaktionäre Kriegspartei am Wiener Hof die Fäden zog, Präventivkriege ausheckte und dadurch sein Reich in die Weltkriegskatastrophe hetzte. In seinem stets korrekten, allzeit pünktlichen Beamtenalltag fand sich kein Platz für derartige Erwägungen. Das Blutvergießen, über das er in dynastischer Pflichterfüllung als oberster Schlachtenlenker zu wachen hatte, quittierte er mit dem senilen Stoßseufzer, ihm bliebe auch nichts erspart. Während seine »braven« Soldaten in den Tod gingen, bettete er sein, wir wollen es gerne glauben, kriegsmüdes Haupt auf ein spartanisches Feldbett.

Sein letzter Arbeitstag, der 21. November 1916, verläuft ruhig und ereignislos. Der 86jährige Herrscher, geschwächt von Fieber und Lungenentzündung, nickt mehrmals über den Akten ein. Der Leibarzt kommt zur Visite – im Gehrock statt im Frack! – und ist sehr besorgt. Der Burgpfarrer erscheint. Man lügt: Es seien Segenswünsche des Papstes eingetroffen. Nur mit diesem Trick können dem Todgeweihten die Sterbesakramente erteilt werden. Weiteres Aktenstudium, es darf sich keinerlei Rückstand bilden. Franz Joseph bittet seinen Flügeladjutanten um Rat, ob er einer Kindsmörderin die Todesstrafe erlassen soll. Man serviert ihm eine Suppe aus vier Hühnern. Gegen sieben Uhr abends begibt er sich zur Ruhe. »Morgen um halb vier wecken«, befiehlt er noch seinem Kammerdiener Ketterl. Todesahnung erfüllt das kaiserliche Schlafgemach.

Seine jüngste Tochter, die frömmelnde Marie Valerie, hält die Hand des Vaters am Sterbelager. Zwei Stunden später verlöscht der welke Körper der Apostolischen Majestät.

Nun war der greise Monarch entschlafen, und über den Wiener Ring, seinen Prachtboulevard, schleppte sich der machtvollste aller Kaiserhuldigungszüge. Keine Stadt kann Leichenbegängnisse gestalten wie Wien: Ein schwarzes Ritual voll goldbetreßter Trauer und barocker Pracht (pechschwarze Papageienfedern auf dem Kopfschmuck der Granden des Reiches) geleitete den imperialen Katafalk in die Kaisergruft der Kapuzinermönche, wo der Leichnam Franz Josephs Platz fand neben den Prunksarkophagen seiner Habsburger Ahnen, deren Erbe er für eine Operetteninszenierung verspielt hatte.

Der Prager Schriftsteller Franz Werfel stand an diesem Todesfeiertag im Spalier der Schaulustigen am Straßenrand: »Verschwommen zog der erhabene Spuk durch die Dämmerung des Weltunterganges an den erstarrten Augen des Volkes vorbei.«

Selbst dieser große Todeszeitpunkt war jedoch nur ein entfliehender Augenblick: Das schleichende Untergehen griff um sich, lange nachdem die Armeen und die Monarchie auf den Schlachtfeldern des Ersten Weltkrieges verblutet waren.

Wien war weit mehr als bloße Stadtkonstruktion. Hier fand eine Epoche, die Jahrhundertwende, ihre griffigste Metapher. Das »Zentrum des europäischen Wert-Vakuums« war »Un-Weltstadt, ohne darum Kleinstadt zu werden« (Broch), eben Otto Wagners »unbegrenzte Großstadt«, eine Traumplanung von grandioser Riesenhaftigkeit und bürgerlicher Prunksucht.

Längst hatte das Kleinbürgertum unter dem antisemitischen christlich-sozialen Bürgermeister Karl Lueger (einem desertierten Liberalen) die Macht an sich gerissen. Längst hielt es das geschundene Proletariat nicht mehr in den Elendsquartieren der Arbeiterbezirke. Längst geiferten Hitlers Lehrer (die wir noch kennenlernen werden), der deutschnationale Reichsrat-Abgeordnete Georg Ritter von Schönerer und der abgefallene Zisterziensermönch und wahnwitzige Rassist Jörg Lanz von Liebenfels, vor wachsendem Publikum.

Der »schöne Karl«, Vaterfigur aller Wiener Heurigensänger, kommunalisierte sein Wien zur Trutzburg der Vorstadtspießer und Beislwirte, und selbst der Feuilletonist Felix Salten huldigte ihm als Titanen, »in dem sich der Wille einer Epoche erfüllt hat«. Die Sozialdemokraten, patriarchalisch wie das Kaiserhaus selbst, setzten sein Werk fort und legten den Grundstein zum »Roten Wien« der Arbeiterhöfe und Wohnpaläste für das Proletariat. Doch ihre Vision von Wien, einer Musterstadt der werktätigen Massen, den grandiosen, merkantilen Plänen eines Otto Wagner nicht unähnlich, blieb gleichfalls eine Illusion. Den sozialen Kräften, die schließlich über das kaiserlose Wien hereinbrachen, war auch sie nicht gewachsen.

Aus Angst vor Überfremdung in der Metropole des Vielvölkerstaates lehrten seit langem rauschebärtige Ahnenforscher das »reine Germanentum«, und ihre Verbindungen reichten tief in die monarchische Hierarchie. »Die meisten Dekadenten sind Semiten«, erkannte etwa der Lyriker Ottokar Stauf von der March (der als Otto Chalupka im mährischen Olmütz zur Welt gekommen war): »Das Hirn der Deutschen ist denn auch viel zu schwerfällig, um derlei pikantes Nippes auszutüfteln.«

Die verwegenen Träumer der Stilblüte nahmen jedoch die Zeit, in der sie lebten, nicht zur Kenntnis. Losgelöst von der Realität der Stadt, entwarfen sie träumend eine Gegenwelt, in der »jeder Stuhl und jeder Topf« (so der Secessions-Architekt Joseph Maria Olbrich) von gediegenem Adel sein mußte. So wurde in »schlichter, schöner und einfacher Art der Geist unserer Zeit versinnbildlicht«, wie es der Architekt Josef Hoffmann im »Arbeitsprogramm der Wiener Werkstätte« ausdrückte. Dieses Universum aus edlem Kunsthandwerk und lyrischer Todessehnsucht, überschattet von Otto Wagners Generalkonzept bourgeoiser Herrschaftsarchitektur, dekorierte die Traummetropole. Sie entfaltete sich zur Welthauptstadt der Zeitwende: Hier wich in quälend schönem Schwanengesang das alte Regime der neuen, nüchternen Zeit.

Das Wiener Bürgertum war machtlos. Die Bourgeoisie in der Rolle einer großbürgerlichen, herrschenden Klasse war eine Eintagsfliege; ihr Liberalismus hatte schnell und kläglich versagt. Übrig blieb der impotenten Klasse ein Traum vom Leben, so allumfassend und grenzenlos wie nirgendwo sonst; die große Kulturlüge der Zeit.

»Wahrheit, wie jeder sie empfindet«, definierte Hermann Bahr, der jedem Modewort der Epoche einen Essay gewidmet hat, die »Moderne«: »Vielleicht ist es nur Wahn, daß sich die Zeit erneuert hat. Vielleicht ist es nur der letzte Krampf, das überall Stöhnende, der letzte Krampf vor Erstarrung in das Nichts.«

Bahr, der wendige Zeitgeistprophet, krampfte indes weiter. Jeder noch so kleinen Wendung des Gedankens eilte er wieselflink hinterher. Im Café Griensteidl hielt er hof und erklärte den jungen Dichtern, weshalb etwa nur die »Überwindung des Naturalismus« oder die »Entdekkung der Provinz« dem Geist der modernen Zeit entspräche. Seine Worte, »schreiende Sturmvögel« (Bahr über Bahr), donnerten in ihren Ohren »wie Raketenprasselregen, untermischt mit Kanonenschlägen« (der Adorant Otto Julius Bierbaum). Jeden Programmessay des großen Überwinders erhoben seine Jünger zu ihrem Glaubensbekenntnis. Auf den »Herrn aus Linz« (Karl Kraus) hörte, wessen Lebenspein unsäglich geworden war.

»Laß den Pöbel in den Gassen: Phrasen, Taumel, Lügen, Schein, / Sie verschwinden, sie verblassen – schöne Wahrheit lebt allein«, dichtete damals Bahrs Schoßkind, der junge Hofmannsthal, nachdem ihm ein Aufmarsch der Arbeiter am 1. Mai begegnet war. Das notleidende Proletariat drang allerdings nie in das Bewußtsein des selbstgefälligen Wiener Bürgertums vor. Immer hat es sich »musterhaft benommen« (die liberale *Neue Freie Presse*), hungerte, fror und blieb in den Arbeiterbezirken am Stadtrand kaserniert. Zehn Menschen in einem engen Bretterverschlag, wie es die berüchtigte »Partzik-Hütte« in Wien-Brigittenau war (15,72 Quadratmeter Bodenfläche und 33,32 Kubikmeter Luftraum) waren in den Proletariervierteln durchaus die Regel. Die zerlumpte Not in trostlosen Mietskasernen, die ausgemergelten Fabriksklaven und zerschundenen Ziegeleiarbeiter, die das Rohmaterial für die Bürgerpaläste der Gründerzeit lieferten, die verhärmten Arbeiterfrauen und ihre rachitischen, entkräfteten Kinderscharen waren allgegenwärtig, und das kunstsinnige Wien vertraute darauf, Polizei, Kirche und schwarzgelbe Parolen würden den Elendsstau schon eindämmen.

In den Arbeiterbezirken, die immer weiterwucherten, teilten sich oft mehrere Familien eine Kleinwohnung und mehrere Menschen ein Bett. Vergeblich beklagten die Sittenwächter der Monarchie die grassierende Trunksucht und Prostitution. Wenn ein einfühlsamer Feuilletonist wie Felix Salten, der zuvor dem scheuen Reh Bambi das Leben geschenkt hatte, sich eines Mädchenschicksals aus den »enter'n Gründ'« annahm, so entstand daraus die Lebensbeichte der nymphomanen Dirne Josephine Mutzenbacher: ein schweißfingeriges Traktat zur Beruhigung des schlechten Gewissens und zur Befriedigung jener Gelüste, über die auch ein Wiener Ästhet nicht erhaben war – der schon gar nicht. »Letzte Zuflucht«, notierte Musil, »Sexualität und Krieg.«

Der effektiven Mittellosigkeit »meiner unteren Klassen«, wie das der Kaiser gerne nannte, verdankt auch das Wiener Kaffeehaus seinen legendären Ruf, Wohnzimmer des Kollektivs zu sein: Die drückende Enge der Wohnverhältnisse weitete sich hier, und an kalten Tagen bot es für ein Trinkgeld erschwingliche Wärme.

Der Blick der jungen Kaffeehausliteraten – »Ego narcissus« wählte einer zu seinem Motto – reichte aber meist nicht einmal bis zum Nebentisch. »Es handelt sich freilich immer nur darum, Potemkinsche Dörfer aufzustellen«, empfahl Hofmannsthal einem Freund: »Aber solche, an die man selber glaubt.« Dieses »Centrumsgefühl« bot dem grüblerischen Ich Schutz in seinem Leiden. »Worin liegt eigentlich Heilung?« will Hofmannsthal später wissen: »Daß der Tod das erste Ding ist, dessen tiefe Wahrhaftigkeit zu erfassen er imstande ist. Ein Ende aller Lügen, Relativitäten und Gaukelspiele.«

Für sie alle war der Untergang Metamorphose zur Erlösung; zu schwer wog bereits das erträumte Leben.

Der »Literaturbetrüger« (Karl Kraus) Hofmannsthal strafte sich hingegen selbst Lügen. Bei Ausbruch des »Völkerringens« machte auch der elegante Daseinsskeptiker mobil. Hermann Bahr, sein Mentor, hatte bereits im November 1914 ein schmales Bändchen mit dem Titel »Kriegssegen« unter das Volk gebracht. Da durfte der Vorzugsschüler nicht nachstehen. Im Auftrag des Kriegspressequartiers – aber da war er nicht der einzige Literat, der plötzlich feldgraue Prosa schrieb – wurde Hofmannsthal zum Propagandadichter der schlachtenfrohen Vielvölkermonarchie. Im Begriff Österreich, verkündete er beispielsweise, klinge »der Begriff eines europäischen Amerika an«. Seine »Österreichische Bibliothek«, eine dynastietreue Bücherreihe aus den Kriegsjahren, huldigte derselben Idee, das polyglotte Erbe des habsburgischen Expansionsdranges literarisch zu verbrämen. In einem dieser Bände (insgesamt 26 in drei Jahren) veröffentlichte

Herausgeber Hofmannsthal sogar die lyrischen Geschoßgarben eines Anton Wildgans, in dem ein späteres Jahrzehnt einen neuen Grillparzer erkennen wird: »Wir immer Bedrohten, wir immer auf Wacht, / wir kämpfen die Urform der Männerschlacht...« heißt es da etwa in einem »Gedicht, gewidmet dem Volk in Waffen«.

Solch grober Soldatenton war allerdings Hofmannsthals Sache nicht. Zur Spezialität des feinnervigen Kaffeehausliteraten wurde vielmehr eine Sonderform des besinnlichen Hurrapatriotismus. Auf Vortragsreisen philosophierte er über »die europäische Idee« oder den Krieg »als geschichtliche Krise«. Was lernte das staunende Publikum aus verrufenem Mund? »Ein Ereignis gigantischer Art wie dieser Krieg kann nichts anderes sein als ein Abschluß einer ganzen Epoche, deren tiefste Tendenzen er in sich zusammenfaßt und in einer grandiosen Dissonanz zum Ausdruck bringt.« Neutöner an die Front: Schlachtenlärm, die Symphonie eines Zeitalters.

Gemäß der Prophezeiung ward die Epoche mit mörderischem Schlußakkord beendet, der bedächtige Kritiker des blutigen Konzerts mithin arbeitslos. Da ließ es sich der junge Snob aus dem Vorkriegs-Wien angelegen sein, die klerikal-österreichischen Gaukelspiele in ein neues Zeitalter hinüberzuretten. Der nunmehr Heimatlose fand Zuflucht bei der Idee eines »nicht bloß weltlichen, sondern sakralen Imperiums, das über die Nationen greift«, und entdeckte selbiges im »Kunstgedanken des bayrisch-österreichischen Stammes«. Denn dafür hielt er das Gipsbarock entlegener Dorfkirchen, die schwülstige Prozessionstheatralik provinzlerischer Prälaten und die naive Unschuldsmetaphorik einer lammfrommen »Ihr Kinderlein kommet«-Literatur. Er kroch zu Kreuze, und mittels dieses Kniefalls landete er auf dem Domplatz zu Salzburg. Dort schlug er fortan mit geknittelten Versen um sich. In alter Überheblichkeit zürnte er freilich weiterhin dem Pöbel:

»Publikum ist schwankend, kurzsinnig und launisch, das Volk ist alt und weise, ein Riesenleib, der wohl die Nahrung kennt, die ihm bekommt.«

Auch so konnte ein verzärteltes junges Genie, Sproß einer assimilierten jüdischen Seidenfabrikanten-Dynastie aus dem Wien der Jahrhundertwende, enden: Im Juli 1929 jagte sich sein Sohn Franz, 29 Jahre alt, in der elterlichen Villa in Rodaun bei Wien eine Kugel in den Kopf. Hugo von Hofmannsthal, der bereits seit langem an Arteriosklerose gelitten hatte, versagte zwei Tage später das Herz; er war gerade im Begriff, sich zur Beerdigung zu begeben. Vater und Sohn wurden im selben Grab beigesetzt. Testamentarisch hatte Hugo von Hofmannsthal die Frage des Leichenhemdes geregelt: eine Kutte des Dritten Ordens der Franziskaner.

Schon 1914 begann Alban Berg, dem Zahlenaberglauben verfallen, sein Todesdatum zu errechnen. Er studierte ein aberwitziges System aus Lebenszyklen, das Sigmund Freuds Freund und Konfident, der Berliner Arzt Wilhelm Fließ, erstellt hatte (auch Freud hatte sich nächtelang damit gequält, den Code seiner letzten Stunde zu entschlüsseln). In sein Violinkonzert komponierte Berg über zwanzig Jahre später die Summe seines Lebens: Eine Variation auf Bachs Sterbechoral »Es ist genug...« setzt darin an jener Schlüsselstelle ein, deren Noten auch den Namen des Komponisten verbergen.

So hatte der Tonkünstler in raffinierter Geheimniskrämerei sein eigenes Requiem komponiert, dessen Uraufführung er nicht mehr erleben sollte. Doppelte Totenklage: Der Komponist hatte sein letztes Werk »dem Andenken eines Engels«, der mit neunzehn Jahren verstorbenen, schwärmerisch angebeteten Manon Gropius gewidmet.

Noch einmal versammelten sich zu ihrem Leichenbegängnis all jene, die von ganz Wien übriggeblieben waren, auf einem Friedhof. Es war das eigentliche Schlußbild einer Epoche, die begonnen hatte, als der Kaiser 1857 beschloß, die Stadtbefestigung niederzureißen und auf dem gewonnenen Terrain eine neue Prachtstraße anlegen zu lassen. Unvermittelt explodierte damals die Residenzstadt aus mittelalterlicher Enge: Aus Wucher, Habsucht, Spekulantengier und Protzsucht wurde ein neues Fundament gelegt. So umschloß von nun an die Ringstraße, die ihrer Zeit den Namen gab, im erstickenden Teufelskreis die Stadt. Am Ende dieser Epoche beschoß die Armee des kleinen Österreich mit ihren Feldgeschützen die Wohnhöfe der Arbeiter, die an die Stelle adeliger Palais und bürgerlicher Paläste getreten waren.

Hunderte Menschen zeigten am Grinzinger Friedhof ihre Trauer. Manons Mutter, Alma Mahler-Gropius-Werfel, Wiens lustigste Witwe, wachte mit strenger Würde über das Begräbnis. Auch der junge Elias Canetti stand damals in der Menge. »Es tat wohl, dabeigewesen zu sein«, erinnerte er sich im dritten Band seiner Lebensgeschichte »Das Augenspiel«, »an einem der späten großen Tage Wiens, bevor es in den Untergang taumelte und von den neuen Herren zur Provinz deklariert wurde.«

Die Geburt der Moderne aus ihrem Widerspruch

Ich, wenn ich eine wohlgeordnete Welt haben will, ich muß mir immer selbst erst eine schaffen. Das ist anstrengend für jemanden, der nicht der liebe Gott ist.
Arthur Schnitzler: *Der Weg ins Freie*

Es waren die besten aller Zeiten und es waren die schlechtesten aller Zeiten, es war das Zeitalter der Weisheit und es war das Zeitalter der Verblendung, es war die Epoche des Glaubens und es war die Epoche der Unglaubwürdigkeit, es war die Ära des Lichtes und es war die Ära der Finsternis, es war der Frühling der Hoffnung und es war der Winter der Verzweiflung, alles lag noch vor der Stadt und es gab nichts mehr, das sie zu erwarten hatte; kurz, »A Tale of Two Cities« wurde damals noch einmal erzählt.

Wenig mehr als ein Vierteljahrhundert war vergangen, seitdem der letzte revolutionäre Tumult der Stadt die Ruhe geraubt hatte. Auf dem Thron saß mittlerweile ein Kaiser mit großem Backenbart, der gerne jovial winkte, und ihm zur Seite saß eine Kaiserin, die an Magersucht litt und langsam dem melancholischen Trübsinn verfiel. Die Affären des Staates, so glaubte man überall, wären nunmehr geregelt auf immerdar.

Am 27. April 1879 bewegte sich fünf Stunden lang ein seltsam kostümierter Huldigungszug über die Wiener Ringstraße. Noch säumten den neuen Prachtboulevard der kaiserlichen Residenzstadt, die sich endlich aus ihrer mittelalterlichen Enge befreit hatte, zahlreiche Baustellen. Man hatte Arbeiter aus allen Teilen des Reiches herbeigeholt. Die Ziegelfabriken am Stadtrand wuchsen zu den größten Betrieben ihrer Art in ganz Europa. Innerhalb weniger Jahrzehnte war die Bevölkerung auf das Dreifache angeschwollen. Der Schweizer Kunsthistoriker Jacob Burckhardt, der in jenen Aufbruchsjahren in Wien weilte, prophezeite in seinen Briefen, die österreichische Hauptstadt werde wohl bald Paris in den Schatten stellen.

Die ganze Stadt wurde umgestaltet. Es schien, als habe endlich die moderne Zeit Einzug gehalten; schon wurde angeregt, eine breite Chaussee durch das gotische und barocke Gassenlabyrinth zu schlagen. Eine mächtige Investitionslawine begrub die einstmals beschauliche Stadt unter sich. Bauboom und gewagte Spekulationen, Metropolenfieber und Weltstadtträume: die Ringstraße war mit den Großmachtphantasien einer neuen Epoche gepflastert.

Die bürgerliche Konjunkturexplosion verlangte nach neuen Monumenten, die sich mit den feudalen und sakralen Baudenkmälern der Stadt messen konnten. In nur fünf Gründerjahren, die auf die Schleifung der alten Stadtbefestigung folgten, ließen millionenschwere Financiers und Rentiers über vierzig Prozent ihrer Prachtbauten hochmauern. Viele der neuen Bürgerpaläste, die dort errichtet wurden, wo einst die Festungswerke der Stadt aufgeragt hatten, verdeckte allerdings auch noch am Tag des Festzuges ein Arbeitsgerüst. Die Ringstraße war nach wie vor eine einzige Großbaustelle. Einmal fertiggestellt, sollte bereits an den überfrachteten Fassaden der hoffärtigen Ringstraßenpalais ablesbar sein, daß nun eine neue Klasse im Habsburger-Reich den Ton angab: Industriebarone und Geldritter, die den alteingesessenen Adelsgeschlechtern den Rang abgekauft hatten.

Kaum daß ihr Aufstieg begonnen hatte, waren jedoch die neureichen Wiener Bürger bereits wieder von der Wirklichkeit überholt worden. Auf jeden Fortschritt folgt nämlich in Wien ein zumindest halber Rückschritt: Der aufgeklärte Absolutismus wurde von der biedermeierlichen Restauration des Vormärz beerbt, die Revolution von 1848 verwandelte sich schnell in neoabsolutistische Beschaulichkeit, liberale Reformer wurden von kleinbürgerlichen Gottesanbetern abgelöst, Modernisierer von Vaterländlern verscheucht. Wenn neue Ideen drohen, konkret zu werden, so wird man in Wien besinnlich, vornehmlich rückbesinnlich.

Als der Wiener Magistrat 1879 beschloß, das silberne Hochzeitsjubiläum des Kaiserpaares, Franz Joseph I. und Elisabeth, in Pomp und Pracht zu begehen, bildeten die Emporkömmlinge, die treibende Kraft der liberalen Epoche, nur mehr die Staffage der grandiosen Inszenierung. Die Regie führte abermals der konservative Grundtenor der Stadt. Die Ringstraße mochte ein schmückendes Halsband sein, der mittelalterliche Kern hingegen prägte weiterhin das Wesen der Stadt. Henry Wickham Steed, langjähriger Korrespondent der Londoner *Times*, berichtete die Gegensätzlichkeit nach England: »Das zentrale Problem Wiens, wie auch das der gesamten österreichischen Monarchie, ist es, wie die Stadt ihr Erscheinungsbild der Wirklichkeit anpassen und mehr Ernst ins Leben bringen könnte.« Die Wiener strebten hingegen nach dem Gegenteil: Sie versuchten die Wirklichkeit dem Erscheinungsbild der Stadtkulisse anzupassen.

Noch waren die Emporkömmlinge der großbürgerlichen Wiener Gesellschaft nicht gänzlich in der politischen Rumpelkammer der Monarchie verschwunden, als die Stadt für ihren patriotischen Festzug rüstete. Doch anstelle einer glanzvollen Selbstdarstellung der neureichen Schickeria, wie es die Kulisse der Ringstraße nahegelegt hätte, wurde eine untertänig kaisertreue Huldigung arrangiert, ein spukhafter Umzug, in dem die romantischen Idealvorstellungen vom fleißigen Gewerbetreibenden und vom braven Kaufmann über die insgeheim verachteten Fabrikanten und Financiers triumphierten. »Denn von jeher gewohnt,

Leid und Freud des angestammten Herrscherhauses in menschlich nahe Beziehung zu dem Gemüthe jedes Einzelnen zu bringen«, so hatten die Organisatoren verheißen, »fühlt Jeder in dieser großen Bevölkerung sich von dem Gedanken getragen, als sei ihm selbst aus der Fülle der himmlischen Gnade am heutigen Tage ein besonderer Antheil zugefallen.«

Die »Genossenschaft der bildenden Künstler« wurde aufgerufen, fünfunddreißig Festwagen zu gestalten. Jeder wurde von vier Rössern gezogen und war reich mit Gold und teurem Zierat geschmückt. Lehrlinge, Gesellen und Meister in alter Tracht flankierten sie. In den allegorischen Karossen des Korso wurde Handel und Wandel eines vorindustriellen Gemeinwesens märchenhaft verkitscht. Diamantenkönigin und Erdgeister symbolisierten beispielsweise den Bergbau; der Gott Merkur höchstpersönlich wachte am Wagen der Großhändler über eine vergoldete Weltkugel, die von Tauen, Ankern, Kisten, Ballen, Fässern, Perserteppichen und Palmzweigen umgeben war; Delphin- und Danubiuskopf, Tritonen und Nereiden verkörperten die Schiffahrt, und die Allegorie der Eisenbahn holperte in Gestalt der Vermählung des Feuergottes mit einer Wassernymphe, die auf einem von Nixen gestützten und von posaunenblasenden Genien behüteten Thron vollzogen wurde, über das Pflaster. 14000 Menschen hatte man für dieses denkwürdige Defilee eingekleidet; in einer eigens eingerichteten Großschneiderei wurden unter Aufsicht des Kostümausstatters des Burgtheaters Fahnen und Standarten gefertigt und Samt, Damast, Seide und Brokat zu stilechten Renaissance-Kostümen genäht. Die luxuriösesten Kleider übertrug man den noblen Schneidereisalons. Die Stilwahl erfolgte nicht zufällig, galt doch die deutsche Renaissance als »jene gewaltige Epoche auf allen Gebieten des deutschen Culturlebens«, so eine offizielle Festbroschüre, in der das Zunftwesen seinen Höhepunkt erreicht hatte.

Den Abschluß des denkwürdigen Zuges bildete die Künstlerschaft. Alle Maler, Bildhauer und Baumeister, die man in der Stadt aufbieten konnte, beteiligten sich an der pompösen Ehrenbezeugung. Der damals noch junge Architekt und spätere Oberbaurat Otto Wagner, wohl in der Hoffnung, die Allerhöchste Aufmerksamkeit auf sein Talent zu lenken, hatte die Kaisertribüne vor dem Burgtor entworfen: ein kostbarer Baldachin, der an das Prunkzelt eines Pascha erinnerte, im Zentrum eines fahnengeschmückten Kolonnadenbogens. Die Majestäten hatten auf diesem Pfühl allerdings ein wuchtiges Baugerüst im Blickfeld. Auch Gustav Klimt, damals noch vielversprechender Nachwuchs in der Zunft der Historienmaler, fertigte Entwurfsskizzen für die Teilnehmer des Umzuges an.

Den Festwagen der Künste, den letzten des Zuges, zierte die Figur der »medicaeischen Venus«, eine üppige Musengestalt, und um sich vom Rest der Huldigungsschar abzuheben, stolzierten die Künstler in Kostümen aus der Zeit des flämischen Barock über den Boulevard. Sie alle aber überragte einer, hoch zu Roß, ganz in schwarzer Seide und mit kühn geschwungenem Hut: der Malerfürst Hans Makart, der umschwärmte Liebling der Gesellschaft, ein zweiter Rubens. Er war der Schöpfer der farbenprächtigen Groteske. Seinem Stildiktat verdankte die Kavalkade ihren rauschhaften Kitsch.

Dieser Makart-Umzug, so schwärmte ein Chronist, war »ein Triumph für die Kunst, wie man seinesgleichen bisher in den Annalen der modernen Zeit nicht zu verzeichnen hatte«.

Gerade erst angebrochen war die moderne Zeit, und schon hatte die Epoche ihren Höhepunkt überschritten. Unter »moderner Zeit« verstand man ganz offensichtlich das historische Ausgedinge, in welches das Imperium abgeschoben worden war und wo es sich nun auf elliptisch sanft geschwungener Bahn dem Untergang näherte.

An Bismarck und dem preußischen Hegemoniestreben war der Anspruch auf die deutsche Kaiserkrone gescheitert. In Königsgrätz und Solferino waren die Statisten der Habsburger Großmachttragödie verblutet. Der österreichische Liberalismus war von einer erzkatholischen Fronde aus sich immer stärker antisemitisch gebärdenden Dorfpfarrern und Kleinbürgern schimpflich verjagt worden. Der Börsenkrach von 1873 hatte die meisten kühnen Gründerzeiträume zerplatzen lassen, und die Wiener Weltausstellung des gleichen Jahres war in einem grandiosen finanziellen Fiasko geendet.

Die feurigen Börsianer hatten sich von dieser *exposition mondiale* einen rettenden Konjunkturschub erwartet, denn seit geraumer Zeit knarrte es in der Finanzwelt bedrohlich. Sie waren Nachzügler der Industrialisierung und mit dem verzweifelten Übereifer Zuspätgekommener versuchten sie nun in einer tollkühnen Hetzjagd die Verspätung aufzuholen. Die Weltausstellung sollte Bestätigung und Ansporn dazu sein. Der Eröffnungstag galt vielen Gläubigern insgeheim als Ultimo, an dem die Verbindlichkeiten ihrer Schuldner überfällig wurden. In bester Spekulantenmanier hatte man alles auf eine Karte gesetzt. Doch schon die Ausstellungseröffnung am 1. Mai war verregnet, der erwartete Ansturm aus aller Welt blieb aus. Das überhitzte Wirtschaftsgefüge stand vor dem Kollaps. Am 8. Mai wurden 110 Insolvenzen gemeldet, tags darauf, am »Schwarzen Freitag«, 120 weitere. Die Prager Zeitschrift *Politik* prägte den Begriff vom »großen Krach«, der schnell im industrialisierten Europa die Runde machte: *la grande craque* hieß es in Paris, *the big crash* sagte man in London. In Wien krachten acht Banken, zwei Versicherungsgesellschaften, eine Eisenbahngesellschaft und sieben Industrieunternehmen in den Konkurs. In den Folgemonaten wurden weitere vierzig Banken, sechs Versicherungen, eine Eisenbahngesellschaft und 52 Industrieaktiengesellschaften liquidiert. Zahlreiche Familien der neuen Bourgeoisie stürzten in den Ruin, 152 Bankrotteure begingen Selbstmord.

Über Nacht war das Heer der Arbeitslosen angewachsen. Die Realeinkommen sanken, der Alltag ließ sich kaum noch bewältigen. »Die Preise der Wohnungen sind nicht mehr zu erschwingen, die Teuerung des Fleisches kann kaum mehr steigen; das Brot wird täglich teurer; in den Gast- und Kaffeehäusern wird man förmlich gebrandschatzt«, klagte die *Konstitutionelle Vorstadt-Zeitung*, »kurz, das bißchen Existenz wird uns täglich schwerer gemacht.«

Der Sommer des Krisenjahres brachte Mißernten und eine Cholera-Epidemie. Im Weltausstellungshotel »Donau« starben binnen dreier Tage acht Gäste; der Rest verließ fluchtartig die Stadt. 141 Tage wütete die Seuche und forderte in Wien 2983 Menschenleben; in der gesamten Monarchie waren es wahrscheinlich eine halbe Million, gleichzeitig dezimierte eine Hungersnot die Bevölkerung im Süden und Osten des Reiches.

Eine lange Depression folgte. Das liberale Bürgertum hatte ausgespielt, aus der liberalen »Verfassungspartei« war in der öffentlichen Meinung eine »Aufsichtsratpartei« geworden. Die Börse wurde als »staatlich privilegierte Zentralanstalt zur gegenseitigen Übervorteilung« geschmäht, das Finanzgeschehen mit jiddischen Kalauern verhöhnt. Zünftlerische, kleingewerbliche Mentalität setzte sich fest. Die konservative Regierung des Grafen Taaffe übernahm die Geschicke des Landes, in Wien begann der Aufstieg der Christlichsozialen Partei. Der Fortschritt hatte sich festgefahren, Risikofeindlichkeit und ängstliches Beharren auf dem Status quo lösten die Aufbruchsstimmung ab. »Die Geschäfte stocken, die Arbeiter haben wenig oder gar nichts zu thun... Allerorts daher Elend und Not«, klagte noch 1879 der *Arbeiterkalender*.

Selbstmorde häuften sich, bei den hartbedrängten kleinen Leuten in den Vorstädten ebenso wie unter den oberen Zehntausend, in der Armee wie unter den Paradeintellektuellen der Stadt. Das keineswegs mysteriöse Melodrama von Mayerling, im Januar 1889 hatte der gemütskranke Kronprinz Rudolf Hand an sich und seine jugendliche Geliebte gelegt, war nur der spektakulärste Freitod jener Epoche. Im Euphemismus »östereichisches Erfinderschicksal« wurde der Selbstmord zum geflügelten Wort. Franz von Uchatius beispielsweise, der ein Leben lang an der Vervollkommnung einer Stahlbronze-Legierung geforscht hatte (die schließlich eine Zeit lang die österreichischen Kanonen zu den härstesten in ganz Europa machte), tötete sich aus Verbitterung und Verzweiflung, nachdem seine metallurgische Rezeptur beim Probeschießen einer Küstenbatterie versagt hatte.

Weil er eine abfällige Bemerkung nicht verwinden konnte, die der Kaiser bei der Eröffnung der neuen Hofoper dem Flügeladjudanten zugeflüstert hatte (angeblich: »Das soll eine Treppe sein?«), erhängte sich der Architekt Eduard van der Nüll, der sein Lebenswerk in das Wiener Plagiat der Pariser Oper gesteckt hatte. Sein unzertrennlicher Mitarbeiter Sicard von Siccardsburg starb zwei Monate später an einem Herzanfall. Aus mangelnder Anerkennung nahm sich der Maler Richard Gerstl das Leben. Der Dichter Alfred Weiß schnitt sich die Kehle durch, nachdem er jahrelang von einem eifersüchtigen Rivalen des geistigen Diebstahls bezichtigt worden war.

»Ist es möglich, daß das barocke Totenzeremoniell und sein Nachfolger, der impressionistische Vergänglichkeitskult, den Selbstmord manchen Österreichern als anziehend, vielleicht sogar als natürlich erscheinen ließ?«, so fragt der amerikanische Historiker William Johnston in seiner »Östereichischen Geistes- und Kulturgeschichte«, nachdem er seitenlang die Erhängten, Ertränkten, Verbluteten, Erschossenen, Zerschmetterten und Vergifteten aufgelistet hat. »Der Östereicher, der nur so lange willens war zu sein, als er der Entscheidung zwischen Leben und Tod aus dem Weg gehen konnte, ließ das Leben zu einer versäumten Gelegenheit degenerieren.«

Für Émile Durkheim, den französischen Pionier der Soziologie, lag hingegen das Wien des liberalen Katzenjammers im Zentrum der »Selbstmordzone Europas«. Es war ein »perfektes Labor«, in dem sich seine Theorie des »anomischen Selbstmordes« vorexerzieren ließ: Der Zusammenbruch sozialer, kultureller und wirtschaftlicher Ordnung führe zu einem Zustand »normativer Desintegration«, die Menschen würden vereinsamen und in den Freitod flüchten. Bei Durkheim wird der Selbstmord zum Gradmesser dessen, was wir heute Lebensqualität nennen: »Die steigende Flut der Freitode beweist nicht nur, daß es eine größere Anzahl von Menschen gibt, die zu unglücklich sind, um das Leben zu ertragen, sondern daß sich das allgemeine Glück der Gesellschaft verringert.« Wien, Fin de siècle: eine suizidale Epoche sozialen Unglücks?

Jene Jahre waren doch Wiens goldenes Zeitalter. Galt die Stadt nicht als Metropole des Frohsinns, des verschwenderischen Leichtsinns, der unbeschwerten Lebenslust? Konnte hier nicht sogar die Schwester eines Antisemitenführers, Alexandrine von Schönerer, als Prinzipalin über ein Operettentheater herrschen? Lebte man hier nicht in der Apotheose des Dreivierteltaktes? Genügte nicht schon ein kurzer Walzer, so wie dies der einzige nennenswerte Wiener Vertreter des sozialen Realismus, Ferdinand von Saar, in seiner Erzählung »Marianne« geschildert hatte, genügte nicht bereits der rasch verfliegende Zauber dieses berauschenden Kreiseltanzes, um Harm und jahrelange Erniedrigung dahinschmelzen lassen? Gab es denn kein Motto für das Glücklichsein?

Beschwipst, beschwingt, wie das klingt: »Glücklich ist,

wer vergißt, was doch nicht zu ändern ist!« Noch in wacher Erinnerung waren der Börsenkrach und die Choleratoten, als am 5. April 1874 die »Fledermaus« Premiere hatte. »Das Publicum befand sich den ganzen Abend über in animierter Stimmung«, meldete die *Neue Freie Presse*. Die magische Formel war geboren. Ihr Siegeszug war unaufhaltsam.

Die Operette versöhnte die Klassen und Nationalitäten, sie stillte den Hunger nach sozialer Gerechtigkeit, besänftigte die Wut der Ohnmächtigen und half vergessen, wo das Erinnern doch nur Lebensballast war. Die Operette, zunächst die goldene, danach die silberne, vereinte das Wiener Universum in höchstem Glücksgefühl. Tatsächlich herrschten in der Stadt ja Walzerkönig und Operettenkaiser und in deren Gefolge Czardasfürstin und Bettelstudent, Zigeunerbaron und Gräfin Mariza. An die dreißig neue Operettenproduktionen vor, und an die vierzig nach der Jahrhundertwende wurden in jeder Wiener Theatersaison aufgeführt. Strauß, Millöcker, Lehár oder Kálmán hießen in jenen Jahrzehnten die Regenten von Wien. In den Operettentheatern erklang die Musik der Epoche; ihr Schmelz, der Liederreigen, der sich der ganzen Stadt ins Ohr bohrte, bildete das Leitmotiv des Zeitalters. Es traf wahrscheinlich zu, was Hofrat Grillparzer, er war 1872, noch kurz vor dem Debakel, in großer Verbitterung gestorben, seiner Stadt, dem »Capua der Geister« in einem Gedicht zugeschrieben hatte: »Weithin Musik, wie wenn im Baum / Der Vögel Chor erwachte, / Man spricht nicht, denkt wohl etwa kaum / Und fühlt das Halbgedachte.«

Wien der Metropole des dahinsiechenden Reiches, blieben nur süße Melodien, historische Scharaden und bombastische Verkleidungskünste. In Hans Makart, dem Arrangeur des Habsburg-Unser-Huldigungszuges, fand die Stadt ihren Großmeister. Er verstand sich als Nachfolger von Velasquez und legitimer Erbe von Rubens und verkündigte in Wien den neubarocken Kult sinnlicher Augenlust. Sein Atelier in der Gußhausstraße, ein mit Kitsch und Plüsch, Murano-Glas und Palmen vollgerammeltes Depot der Eitelkeiten, verwandelte sich täglich ab 16.00 Uhr zum gesellschaftlichen Treffpunkt seiner Anhänger. Für seine Gefolgschaft inszenierte der großzügige Malerfürst schwüle Feste und kleidete dazu seine Verehrerinnen in selbstentworfene Kostüme, die den entzückten Trägerinnen exotische Frivolität verlieh. Kunsthändler prahlten bald, Damen aus den besten Kreisen hätten dem exzentrischen Musensohn Modell zu seinen üppigen Grazien gesessen, die der Maler gerne über seine historischen Genrebilder verstreute. Obwohl Makart stets professionelle Aktmodelle benutzte, wirkte der erotische Kitzel. Das Publikum drängte sich vor den ausgestellten Kolossalgemälden und tuschelte kokett darüber, welche Dame zu welchem Körper Vorbild gewesen sein könnte. Der purpurschwere Historienschinken »Einzug Kaiser Karls in Antwerpen« (Öl auf Leinwand, 240 × 127 cm) beispielsweise zog 1878 34000 Bewunderer an.

Der Maler kleidete sich selbst gerne in phantastische historische Kostüme und liebte es, seinen Verehrerinnen Ratschläge in Modefragen zu erteilen. Er schuf den Makart-Hut, erfand den Makart-Kragen und kreierte das berühmte Makart-Bouquet: ein teilweise vergoldeter Strauß aus Binsen, Schilfkolben, Gräsern, getrockneten Blumen und Fächerpalmzweigen, der sich noch mit präparierten tropischen Schmetterlingen veredeln ließ. Lange Zeit galt dieser Staubfänger in arrivierten Häusern weit über die Grenzen der Stadt hinaus als unentbehrlicher Zimmerschmuck.

Kritik an seiner etwas klobigen Pinselführung traf den prominenten Dekorateur kaum. Zwar höhnte etwa der Klassizist Anselm Feuerbach, der an der Wiener Akademie unterrichtete, Makart male keine Menschen, sondern Kleider, in die niemand hineinpasse, doch die neureiche Klientel aus den Ringstraßenpalais stand Schlange. Zu der ornamentierten Geltungssucht der Fassaden, zu Stuck, Kristall und goldblitzendem Interieur paßten die schwelgerischen Tableaus des Wiener Cinemascope-Malers in perfekter Ergänzung. Er lieferte seinen Auftraggebern jene großflächigen Kulissenvorhänge, vor denen der unbekümmerte Wiener Totenwalzer wirbeln konnte. Die Stadt war auf ein verkitschtes Rubens-Format gesunken: diese geistige Makart-Zeit sollte sie nie mehr verlassen.

»Aber der Mensch unserer Zeit, der aus innerem Drange die Wände mit erotischen Symbolen beschmiert, ist ein Verbrecher und Degenerierter«, empörte sich der kämpferische Architekt Adolf Loos: »Und wer heute im Samtrock herumläuft, ist kein Künstler, sondern ein Hanswurst oder ein Anstreicher.«

Das Ringstraßen-Wien zog seine Schlinge immer enger um die Stadt. Das stilistische Kunterbunt der Millionärsresidenzen und Repräsentationsbauten raubte die Kraft zum Atmen frischer Luft. Der Boulevard bildete einen Wall gegen Fortschritt und neuen Ideen: Eine zweite Wiener Stadtbefestigung war entstanden, als müßten sich die leidgeprüften Bürger nach Türken und Franzosen nun einer Belagerung durch die moderne Zeit erwehren. Dem architektonischen Würgegriff entsprach ein geistiger: Für modern hielt man in Wien das Angebliche, den Anschein, die Vorspiegelung. Als hätten sich Eissalondekorateure verschworen, die Stadt ausschließlich mit vorfabrizierten Paradiesen, künstlichen Geschmäckern und knallchemischer Farbenpracht zu beglücken. Im Ringstraßen-Wien war das Stilwunder der intellektuellen Provinz erblüht, geistiges Nachzüglertum, das der Stadt ornamentale Pracht bescherte, damit sie, um den Preis ihrer Würde, den Eindruck einer pulsierenden Metropole erwecken möge: eben »fünfstöckiges Mährisch-Ostrau«, wie Loos dies nannte.

»Wenn ich den Ring entlangschlendere«, schrieb er, »so ist es mir immer, als hätte ein moderner Potemkin die Aufgabe erfüllen wollen, jemandem den Glauben beizubringen, als würde er in eine Stadt von lauter Nobili versetzt.«

Die Stadt war heimgesucht von der Pest geschmäcklerischer Gestaltungskunst, dem Bazillus einer prämodernen Designer-Epoche. Es herrschte Verwirrung unter Moden und Etikette. Jeder Gegenstand, mochte er noch so simpel sein, wurde verschnörkelt, mit Raute und Rocaille verziert. Lebensfragen wurden zu Stilfragen verniedlicht. Dem Größenwahn von Stadt und Gesellschaft entsprachen die Bauwerke. Loos wußte, wie einsam er mit seiner »Anklage« bleiben mußte: »Denn ich brauche dazu Hörer von so sensitivem Rechtsgefühl, wie sie in unserer Stadt leider noch recht spärlich zu finden sind.«

Verbittert steckte er in den letzten Jahren seines Lebens sein Hörrohr in die Welt hinaus. Magenschmerzen, die Geschwulst des ewigen Ärgers, plagten ihn. Leidensfalten durchfurchten sein Gesicht. Er war griesgrämig, taub und reizbar; sein kämpferisches Feuer war galligem Zorn gewichen.

Den zähen Kampf gegen die allseits beliebten süßen Mehlspeisen, von denen er behauptete, daß sie das Hirn verklebten und teigig-träge machten, hatte der Lebensreformer in allen Palatschinken- und Marillenknödel-Küchen verloren. Die nüchternen, kahlen Fassaden, die der Architekt seinen Häusern vorgesetzt hatte, wurden verlacht und verhöhnt. Auf Anordnung des Magistrats mußten Blumentröge angebracht werden. Sein »Raumplan«, die komplexe, dreidimensionale Entwurfsarbeit, derzufolge jeder Raum nur jene Höhe erhalten darf, die sich durch seine Funktion rechtfertigen läßt, fand angesichts von Hausherrenmentalität und des daraus entstandenen *piano nobile* der Hochstapler kaum Beachtung. Zeitgenössische Karrikaturen verulkten sein Haus am Michaelerplatz, einen allerersten Stein des Anstoßes, als hochgeklapptes Kanalgitter.

In einem Projekt wollte er den Wienern zwei kahle Wolkenkratzer-Türme an die Ringstraße setzen, in einem anderen plante er, auf engstem Raum die behagliche Wohnatmosphäre seiner Nobelvillen in billigen Siedlungshäusern für obdachlose Arbeiter zu duplizieren. Er war naiv genug, an die Verwirklichung seiner Ideen zu glauben.

Seinen spärlichen, aber eingeschworenen Jüngern galt der Kosmopolit Loos, ein Mann »vibrierend wie eine Stahlklinge«, hingegen als »Gesandter einer neuen Zeit«. Er, der Begründer der modernen Architektur, hielt flammende Predigten, in denen er alle Lebensfragen regeln wollte: Einrichtung und Ernährung, Bekleidung und Hygiene, sogar Grußformen galt seine Aufmerksamkeit. »Es ist der Geist, der sich den Körper baut«, dozierte der Weltverbesserer. Er sei ein »Innenarchitekt der Seele«, huldigte ihm sein Mitstreiter Egon Friedell.

Überall wurde heftig die Gretchenfrage erörtert: »In welchem Style soll man bauen?« Loos stellte die Gegenfrage: »In welchem Style soll man leben?« Doch stets versündigte sich die Stadt gegen den einzigen Stil, den Loos gelten lassen wollte: das Moderne.

Er hatte es als junger Architekt auf einer Amerika-Reise entdeckt: zweckmäßig, ohne Blendwerk, aus gutem Rohmaterial gefertigt; kein Künstler hatte Hand angelegt und dadurch den Gebrauchsgegenstand verfälscht. »Ob eine Sache modern ist, erkennt man am besten daran, ob sie sich in der Nachbarschaft alter Sachen eignet«, behauptete er. Der Fortschritt werde von der Funktion bestimmt, die allein neue Formen schaffen dürfe. Ohne sachliche Verbesserung sei es »größter Unsinn«, etwas verändern zu wollen.

Das Moderne erschien ihm praktisch und schön. »Nur das Praktische *ist* schön«, postulierte er fortan. »Menschen, die Kunst in den Gegenständen des täglichen Gebrauches verlangen, sind Verbrecher auf dem Gebiet des Geistes.«

Den vielen Schöngeistern und Künstlerseelen seiner Zeit stellte er den Handwerker (und gegebenenfalls auch die industrielle Produktion) gegenüber. Einen Mann, der Waren schafft und nichts anderes will, als daß sie so vollkommen wie möglich ihren Zweck erfüllen. An einem einzigen Knopf aus ehrlichen Handwerkerhänden wollte Loos die Kultur eines Volkes erkennen können.

In der Antike wäre er wohl Philosoph, im Mittelalter Bettelmönch geworden, meinte Friedell. Unterricht in allen Stil-, also in allen Lebensfragen gab seine Zeitschrift *Das Andere*. Natürlich erschienen nur zwei Nummern des Blattes »zur Einführung der abendländischen Kultur in Österreich«.

»Wie soll man angezogen sein?« fragte er beispielsweise in Nummer eins: »Modern…, wenn man im Mittelpunkt der Kultur bei einer bestimmten Gelegenheit in der besten Gesellschaft nicht auffällt.« Beste Materialien, in bester Qualität verarbeitet, das war für Loos »notwendiger Luxus«; »individuelle Kleidung« würden hingegen »nur geistig Beschränkte« tragen. 1903, als Loos dies schrieb, galt: graugestreifte Hose, Gehrock und Zylinder bei einem Nachmittagsspaziergang im Londoner Hyde Park.

Der Architekt Loos sah sich vor eine umfassende Aufgabe gestellt. Nur wer die Tiefe des Lebens ergründet und Bedürfnisse bis in die äußerste Konsequenz durchdenkt, könne eine Antwort nach dem »richtigen Stil« geben. »In Loos' Schriften«, meint der Wiener Architekturhistoriker Friedrich Achleitner, »weht ein messianischer Geist. Sie haben das schlichte Pathos der Glaubensverkündigung. Sie beanspruchen die Wahrheit und setzen die Welt ins Unrecht.« In seiner Architektur war er ein revolutionärer Traditionalist, in seinen Predigten ein aufgeklärter Absolutist. Das utopische Ideal des Modernen, von dem Loos beseelt war, verriet das elitäre Sendungsbewußtsein des Außenseiters. Er fuhr dort fort, wo im josephinischen Wien die Wurzeln der Aufklärung verdorrt waren. Er war Barrikadenkämpfer, aber kein Zertrümmerer; Sozialreformer, aber kein Demokrat; ein Rationalist, der von der Vernunft nur träumen konnte. Einer seiner treuesten Anhänger, der Schriftsteller Richard Schaukal, huldigte seinem Meister so: »Loos will Wahrheit. Er sagt nein, wo alles mitmacht, alles bejaht. Er riskiert, wo jeder ausweicht. Er hat Eigensinn, die anderen lassen sich von ihrem Vorurteil knechten.«

In Wien, wo Lemuren und Larven das Bild prägen, wo Mitmacher und Pflichterfüller alle Dissonanz in ihrem pflichteifrigen Konsens ersticken, mußte solch monomaner Fanatismus Außenseitern vorbehalten bleiben. Sie waren es, die in einem Traumlabor kühner Gedanken die Moderne schufen. Sie errichteten eine Gegenwelt, bestimmt vom Wissen um die Relativität von Sprache, Ideologie, Erkenntnis und aller Erneuerung. Daß diese Geburt der Moderne aus ihrem eigenen Widerspruch geschah, ist nur der speziell wienerische Aspekt an der wahrscheinlich bedeutendsten Kulturleistung des Jahrhunderts.

Es mag ein Paradoxon sein: Die in vieler Hinsicht epochemachende Wiener Moderne ist Produkt der antisemitischen Ablehnung, der Fremdenfeindlichkeit und der satten Agonie der selbstvergessenen Metropole. Weil die gefräßigen Wiener nicht Platz machen wollten – weil sie, wie man sagen muß, sich als nicht integrationsfähig erwiesen –, schufen sie genau das, was sie zu verhindern suchten: die geistige und kulturelle Erneuerung. Daß die Wiener sie nicht einmal dann zur Kenntnis nahmen, als nichts weiter von ihrem Glanz und ihrer Herrlichkeit übriggeblieben war als eine touristische Dekoration, ist abermals nur ein spezifisch wienerischer Aspekt. Experiment Weltuntergang hier, Labor Moderne dort: Wien war und ist eine zweigeteilte Stadt.

Die meisten Pioniere waren Entwurzelte, die von den zentripetalen Kräften der Habsburger-Monarchie in die Residenzstadt getrieben worden waren. Loos, geboren 1870 im Brünn. Freud, geboren 1856 im mährischen Freiberg. Kraus, geboren 1874 im böhmischen Gitschin. Herzl, geboren 1860 in Budapest. Victor Adler, geboren 1852 in Prag. Gustav Mahler, geboren 1860 im böhmischen Kalischt. Robert Musil, geboren 1880 in Klagenfurt, oder Joseph Roth, geboren 1894 im galizischen Brody. Natürlich gab es Ausnahmen, Schnitzler oder Schönberg etwa, doch die intellektuelle Elite der Stadt rekrutierte sich größtenteils aus Wien-Ankömmlingen oder den Kindern von Zuwandererfamilien.

Die meisten Pioniere der Moderne waren Juden. Natürlich auch hier Ausnahmen, Loos, Musil oder Kokoschka beispielsweise. Doch auch diesmal: Juden dominierten die Wiener Moderne.

Erst in der Korrelation wird deutlich, wo die Besonderheit der Wiener Moderne zu suchen ist: Sie ist das Produkt einer Generation junger, jüdischer Zuwanderer, die sich unvermittelt im Zentrum des Reiches zusammengeballt hatten. In Wien regierten die Antisemiten. Der Spießermief der Wiener Kleinbürger vergiftete das kommunale Leben. Die aufgeblähte Bourgeoisie war abgedrängt worden und rächte sich nun dafür, indem sie jeden Winkel der Öffentlichkeit mit ihrer schwülstigen Protzsucht füllte. Es gab nur einen Weg, den gebildete Juden, die um die Jahrhundertwende in der Metropole groß wurden, beschreiten konnten: Sie mußten ihre eigene Kultur gegenüber der herrschenden Kultur aufbauen. Es ist falsch, diese Um- und Abkehrdenker Avantgarde zu nennen; denn niemand folgte nach, wo sie vorangingen. Vielmehr haben sie der radikalen Gleichgültigkeit ihrer Zeit ein ebenso radikales

Gegenmodell vorgehalten: Wo Plüsch und Pathos herrschten, waren sie nüchtern und konkret; auf Schnörkel antworteten sie mit klaren Linien, auf Phrasen mit geraden Worten.

Der öffentliche Raum der Stadt war mit all dem schwerbrokatenen Gerümpel, mit den hunderttausenden Kostümen des alltäglichen Verstellungskarnevals vollgepfercht. Man machte nicht Platz, rückte nicht zur Seite. Die Neuankömmlinge mußten sich daher auf Neuland begeben, um Platz zu finden; das konnte nur in einer Welt gelingen, die sie erst erschaffen, sich erst erobern mußten.

Die Assimilation, sehnlich nach Jahrhunderten der Ächtung und der Pogrome herbeigesehnt und mit aller Kraft angestrebt, hatte versagt. Die Vergangenheit hatten die Neuerer hinter sich gelassen, die Gegenwart blieb ihnen verschlossen, nur die Zukunft stand ihnen offen. Wie Pfadfinder mußten sie den Ausweg aus einer hoffnungslosen Situation auskundschaften. So erdachten, erträumten und erfanden sie ihr neues Universum. Die Juden, meint Berman, einer der Helden in Arthur Schnitzlers Schlüsselroman »Der Weg ins Freie«, wären ein Volk, in dessen »Seele sich die Zukunft der Menschheit vorbereitet«.

»Die meisten, die mir Porträt saßen, waren Juden«, erinnerte sich der Maler Oskar Kokoschka, der lange Zeit mit Verachtung gestraft wurde: »Sie fühlten sich weniger sicher als der Rest der Wiener Gesellschaft und waren daher offener für das Neue und besaßen ein feineres Gespür für die Spannungen, die den Untergang der alten Ordnung begleiteten.« Zumeist war es der gleichfalls geschmähte Adolf Loos, der seinem Freund Kokoschka die spärlichen Klienten vermittelte. Wer Bauherr von Loos sein wollte, der mußte sich zuerst von Kokoschka porträtieren lassen. Wenn das Werk endlich nicht gefiel – was häufig vorkam –, hielt sich der Architekt an seine Abnahmegarantie und kaufte selbst das Bild. Seine finanziellen Engpässe überbrückte der im Alter mittellose Loos mit Notverkäufen aus seiner umfangreichen Kokoschka-Sammlung: häufig an alte Kunden und Förderer, die ursprünglich ihr drastisches Abbild zurückgewiesen hatten. Man handelte im Bewußtsein, eine entscheidende Schlacht im Kulturkampf gegen das Philistertum ausgetragen zu haben. Ebenso war ein Auftrag an Loos als Überzeugungstat anzusehen, vorbehalten einer kleinen Gruppe vermögender Gesinnungsgenossen.

Letztlich blieb man unter sich und half einander, so gut es ging. Über die Runden kam man nur, weil die Freunde unentwegt untereinander Geld sammelten. Es war ein verschworener Zirkel. Viele der Zusammenkünfte lassen sich rekonstruieren, da die Daheimgebliebenen häufig abwesenden Freunden eine gemeinsame Postkarte aus dem Kaffeehaus in die Fremde nachschickten. Als müßten die Treueschwüre erneuert, die gegenseitigen Loyalitätsversicherungen aufgefrischt werden. Diese Elite war eine geschlossene Gesellschaft, hermetisch von der Stadt abgeschottet. Ihr Einfluß auf die Öffentlichkeit blieb marginal.

Die Stilkünstler der »Secession« und die Ästheten der Gruppe »Jung Wien« hatten sich noch eine Klientel bei der neureichen Bourgeoisie sichern können. »Wie einst jeder Aristokrat seinen Hausjuden hatte, so besitzt jetzt jeder Börseaner seinen Haus-Secessionisten«, zürnte einmal Karl Kraus.

Der radikale Anspruch der Moderne verschreckte hingegen selbst dieses sich gemeinhin als fortschrittlich gerierende Restbürgertum. So blieb man auf sich selbst beschränkt, Teil eines Universums, das ausschließlich eigenen Gesetzen gehorchte. Es war ein gegensätzlicher, widersprüchlicher, eifersüchtelnder, untereinander zerstrittener oder miteinander verbündeter, gegeneinander polemisierender oder gemeinsam kämpfender Mikrokosmos, in dem viele Sonnen strahlten, um die wiederum zahlreiche Planeten kreisten; manche dieser Gestirne um mehrere Sonnen zugleich, Tag- und Nachtseiten ineinander verschmelzend.

Der Kraus-Biograph Edward Timms aus Cambridge hat den Versuch unternommen, das planetarische Chaos zu systematisieren. »Sie bildeten kleine Eliten innerhalb der kulturellen Elite, die sich durch die Vorherrschaft jüdischer Intellektueller auszeichnete. Das wesentliche Merkmal, das die Wiener Kreise von der kulturellen Elite anderer Städte unterscheidet, ist, daß sich diese Kreise überschneiden. Man kann sie daher als ein konzentriertes System von Mikro-Schaltkreisen darstellen. Dadurch wurde steter Ideenfluß garantiert.« Timms identifizierte fünfzehn solcher Schaltkreise. Peter Altenberg beispielsweise verbindet im Modell dieser Ideengalaxis die Sonnensysteme von Kraus und Loos, und der Schriftsteller Fritz Wittels jene von Freud und Kraus. Tatsächlich mobilisierte der skeptische Kraus die ganze Schärfe seines Hohns gegen die Psychoanalyse erst, nachdem Wittels, einstmals im Kraftfeld beider Sonnen stehend, öffentlich – das heißt: in elitärer Halböffentlichkeit – gegen seinen früheren Mentor Kraus aufgetreten war.

Der Versuch des britischen Planetenforschers, eine Astronomie des Wiener Geistes zu erstellen, muß unvollständig bleiben, und die Bahnen, die Timms zeichnet, sind ungenau. Doch verdeutlich sein Diagramm, daß sich in Wien nicht bloße Kaffeehauszirkeln gebildet hatten, sondern tatsächlich ein komplexes Beziehungssystem, ein geistiges Universum, entstanden war.

In seiner Studie über das Wiener Judentum nennt der amerikanische Historiker Steven Beller das neue intellektuelle Vater- und Mutterland, in dem sich die Elite der Stadt traf, die »Ethik der Außenseiter«: »Ihre Taktik, sich mit den Ideen der Zukunft zu verbinden, war hauptsächlich ein verzweifelter Versuch, sich nicht als isolierte Außenseiter identifizieren zu müssen... Bei dem Versuch, dem Problem ihres Judentums zu entkommen, zogen sich die Juden allerdings in dieselbe Welt zurück, in der schon ihre Vorväter heimisch geworden waren: die Welt des Intellekts. So lebte die jüdische Tradition, fast gegen den Willen der Erben, fort... Doch es fehlte an einer gemeinsamen Identität. Was sie für eine neue, gerechte und freie Gesellschaft gehalten hatten, hatte sie zurückgestoßen. Allein ihre Kultur konnte ihnen noch ein Gefühl von Identität und Gemeinsamkeit vermitteln. Sie wurde zum gesellschaftlichen Ersatz, einziges Mittel sozialen Zusammenhalts. Die Elite war zersplittert, eine Gruppe radikaler Individualisten.«

Viele ihrer Einfälle waren Kaffeehausideen, geboren im Treibhausklima klaustrophober Abgeschlossenheit. Denn das Kaffeehaus war der einzige gesellschaftliche Ort, der den fremden Neuankömmlingen offenstand; ein Basar, in dem eine klassenlose Gesellschaft mit Ideen und Geistesblitzen Handel trieb und mit kühnen Gedankengebäuden Aufmerksamkeit erheischte. »Wer sollte wohl Revolution machen?«, spottete der kaiserliche Außenminister Graf Berchtold, nachdem er im Juli 1914 die Kriegserklärung unterschrieben und man ihn gewarnt hatte, ein Krieg gegen Rußland könnte zu offenem Aufruhr führen: »Vielleicht der Herr Lev Bronstein aus dem Café Central?«

Der Graf, wir wissen es, war ein Operettenclown. Noch war die Tinte nicht trocken an jenem Unglückstag, da begab er sich mit ironischem Lächeln, die Zigarette mit goldenem Mundstück zwischen manikürten Fingern, auf den Ringstraßen-Korso: Was tun mit dem angebrochenen Nachmittag. Leo Trotzki hingegen, so nannte sich der Schachspieler Lev Bronstein in seinen Pamphleten, schrieb Weltgeschichte. Die Hochzeit des Figaro, der Comedia tragische Vollendung: Will der Herr Graf einen kleinen

Weltkrieg wagen? Oder: Der Triumph des Kaffeehaus-Juden über das alte Regime.

Der Sieg war jedoch erkauft um den Preis der eigenen Existenz. Einen historischen Augenblick lang war Wien eines der, wenn nicht sogar *das* Zentrum der jüdischen Diaspora. Aus allen Teilen Mittel- und Osteuropas strömten jüdische Einwanderer in die Hauptstadt der Habsburgerkaiser. Sie flohen vor Kosaken und russischen Pogromen, vor galizischen Hungersnöten oder ungarischen Ritualmordhetzern. Der zentrifugale Zerfallsprozeß des Reiches bewirkte eine jüdische Gegenbewegung. Während die einzelnen Provinzen auseinanderdrifteten, erblickten die Juden in der Zentrumsidee, jener Staatsdoktrin, die als Rechtfertigung des dynastischen Herrschaftsanspruches diente, ihre Überlebenshoffnung. Unter all den divergierenden Bevölkerungsgruppen waren sie wahrscheinlich die treuesten Untertanen Habsburgs: die einzigen, die im Vielvölkerstaat das angestammte Recht auf Thron und Kaiserkrone nicht offen anzweifelten.

Die Donaumonarchie verstand sich als Schmelzkessel, in dem sich die kleinen Nationen, die über die Jahrhunderte in den Einflußbereich der Wiener Kaiser geraten waren, auflösen und zu einem übernationalen Amalgam verbinden sollten. Der Alchimistentrick mißlang. Die kleinen Nationen fühlten sich in einen Völkerkerker geworfen und von der Auslöschung bedroht.

Eine kleine Nation, so definiert Milan Kundera in seinem Essay »Die Tragödie Mitteleuropas«, sei »eine Nation, deren ureigenste Existenz zu jedem Zeitpunkt in Frage gestellt werden kann; eine kleine Nation kann einfach verschwinden, aufhören zu existieren, und sie weiß darüber Bescheid.« Die Juden, meint Kundera weiter, wären eine »kleine Nation par excellence«: Ohne verteidigbares oder eroberbares Territorium bestand ihre nationale Identität nur aus Religion, Kultur und Geist; ihre Grenzen waren imaginär. Nur dadurch hätten sie den vernichtenden Strom der Geschichte überleben können. »Fremde überall und überall daheim, erhoben über die nationalen Streitigkeiten, so wurden die Juden zum wesentlichen kosmopolitischen und integrierenden Element. Sie waren der intellektuelle Zement, eine verdichtete Gestalt des mitteleuropäischen Geistes und die Schöpfer seiner geistigen Einheit.«

Daß Wien zum Zentrum dieses jüdisch-mitteleuropäischen Geistes werden konnte, hatte erst die bürgerliche Revolution ermöglicht. 1669 waren die Wiener Juden aus ihrem Ghetto auf einer sumpfigen Donauinsel vertrieben und aus den österreichischen Erblanden verbannt worden. Noch 1848 fanden sich lediglich 179 Juden in der Kaiserstadt, sogenannte »Tolerierte«, die zumeist als Geldbeschaffer des Hofes unersetzlich waren. Nach der niedergeschlagenen März-Revolte war jedoch das Zuwanderungsverbot gefallen. In immer neuen Wellen strömten künftig die Juden der Monarchie nach Wien. 1857, dem Jahr, in dem die alten Stadtbefestigungen fielen, verzeichnete die offizielle Statistik einen jüdischen Bevölkerungsanteil von 1,3 Prozent; 1880 waren es bereits zehn Prozent, zehn Jahre später zwölf Prozent und gegen Ende der Ersten Republik lebten nahezu 220000 Juden in Wien.

Als Jakob Wassermann, ein jüdischer Schriftsteller aus dem bayrischen Fürth, Wien in den Jahren der jüdischen Blüte besuchte, glaubte er ein neues Jerusalem betreten zu haben. Die Passage aus den Lebenserinnerungen des erstaunten Beobachters, in der er seine ersten Eindrücke von Wien schildert, verdienen, ausführlich zitiert zu werden. War Wassermann doch ein überzeugter Anhänger der Idee einer vollkommenen Assimilation, die Juden mit Deutschen so sehr verschmelzen sollte, daß keinerlei Unterscheidung mehr hätte getroffen werden können. In

Wien hingegen wurde er der entgegengesetzten Entwicklung gewahr.

»Ich erkannte aber bald, daß die ganze Öffentlichkeit von Juden beherrscht wurde«, notierte Wassermann: »Die Banken, die Presse, das Theater, die Literatur, die gesellschaftlichen Veranstaltungen, alles war in den Händen der Juden. Nach einer Erklärung muß man nicht lange suchen. Der Adel war vollkommen teilnahmslos; mit Ausnahme einiger Fehlgeratener und Ausgestoßener, einiger Abseitiger und Erleuchteter hielt er sich nicht nur fern von geistigem und künstlerischem Leben, sondern er fürchtete und verachtete es auch. Die wenigen patrizischen Bürgerfamilien ahmten den Adel nach; ein autochthones Bürgertum gab es nicht mehr, die Lücke war ausgefüllt durch die Beamten, Offiziere, Professoren; danach kam der geschlossene Block des Kleinbürgertums. Der Hof, die Kleinbürger und die Juden verliehen der Stadt ihr Gepräge. Daß die Juden als die beweglichste Gruppe alle übrigen in unaufhörlicher Bewegung hielten, ist nicht weiter erstaunlich. Dennoch war meine Verwunderung groß über die Menge von jüdischen Ärzten, Advokaten, Klubmitgliedern, Snobs, Dandys, Proletariern, Schauspielern, Zeitungsleuten und Dichtern. Mein Verhältnis zu ihnen, innerlich wie äußerlich, war von Anfang an ein höchst zwiespältiges. Um aufrichtig zu sein, muß ich gestehen, daß ich mir bisweilen wie in Verbannung geraten unter ihnen erschien. Ich war bei den deutschen Juden mehr an bürgerliche Abgeschliffenheit und soziale Unauffälligkeit gewöhnt. Hier wurde ich eine gewisse Scham nie ganz los. Ich schämte mich ihrer Manieren, ich schämte mich ihrer Haltung.«

Offensichtlich war Wien tatsächlich »verjudet«, wie es die Zerstörer des jüdischen Wien nennen sollten. Oder wie dies schon etwas früher der Dichtervater Hermann Bahr, der Linzer auf Abwegen, geschildert hatte, als er gerade eine pan-germanische, antiliberale Phase durchlebte: »Der

Wiener scheint wirklich auf den entwurzelten Juden gewartet zu haben. In diesem vollendet sich seine Geschichte... Wenn man das Wort so nimmt, kann man sagen, daß er durch und durch verjudet ist.«

Von all den ethnischen Gruppen, die im Wiener Wesen eingebürgert wurden, blieben die Juden ausgeschlossen. Niemals durften sie wähnen, ein Teil des Ganzen zu sein. Assimilation, wie sie vom deutschen Judentum mit aller Kraft herbeigesehnt wurde, war ihre Sache nicht, da sie doch der einzig supra-nationale Bestandteil eines im Nationalitätenstreit zerfleddertem Staates waren. Aber auch die angestrebte Emulsion wollte nicht gelingen.

Die Wiener Gesellschaft hatte erwartungsgemäß reagiert: Sie verweigerte die Integration. »Verjudet« war die Stadt hingegen mitnichten. Vielmehr hatte sich in wenig mehr als zwei Generationen ein neues Bevölkerungssegment herausgebildet, das parallel zu den übrigen Stadtbewohnern existierte. Zu keinem Zeitpunkt gelang es aber den Juden, von den Wienern als ihresgleichen anerkannt zu werden. Sie waren zu einem sozialen Randgruppendasein verurteilt. Wiens Juden blieben stigmatisiert: Ihr Elend war stets jüdisches Elend, ihr Proletariat jüdisches Proletariat, ihr Bürgertum jüdische Bourgeoisie, ihre Intellektuellen jüdische Intellektuelle. Zusammengeballt in wenigen Stadtvierteln, vor allem in der sogenannten »Mazzesinsel«, dem 2. Bezirk auf dem Gebiet des ehemaligen Ghettos, wo um die Jahrhundertwende 60 000 Juden lebten, bildeten sie einen Fremdkörper in der harmoniesüchtigen Stadt. »Ich bin dreifach heimatlos«, klagte Gustav Mahler: »Als Böhme unter den Österreichern, als Österreicher unter den Deutschen und als Jude in der ganzen Welt. Überall bin ich Eindringling, nirgends erwünscht.«

Das Dilemma der Wiener Juden glich dem Schicksal aller Entwurzelten, die nirgendwo an Traditionen anknüpfen, nirgendwo Bodensässigkeit geltend machen können.

Alle Strategien, ein gemeinsames Territorium zu erzwingen, waren gescheitert. Zunächst hatten die Juden ihre Hoffnungen auf die politische Reform kraft liberaler Ideen gesetzt. Der kurze Traum eines jüdischen Illusionisten. »Eines Tages erwachte er«, resümierte der streitbare Rabbiner Joseph Bloch, »schrille, gehässige Töne erschreckten sein Ohr, gleich dem Gebrüll wilder Bestien; er blickte sich um, und seine angebetete Schutzgöttin lag entseelt auf dem Boden.«

Rabbi Bloch glaubte an die Gerechtigkeit der Gesetze und meinte, mit ihrer Hilfe ließe sich die Anerkennung durchsetzen. Er zerrte antisemitische Wortführer vor Gericht, focht mit Paragraphen gegen Verleumdung und Verhetzung. Doch jede Verurteilung, die er gewann, stärkte nur die Ablehungsfront, jeder Richterspruch wurde von den Antisemiten auf der Straße wieder ausgewetzt.

Ebenso war der Versuch einer kulturellen Symbiose gescheitert. Hatten die Juden nicht sogar versucht, die Wiener in ihrer Wienerlichkeit zu übertrumpfen? In ihren Operetten erklang sogar noch unverschämteres Melodienschmalz, aus ihren Heurigenliedern triefte sogar noch larmoyantere Weinseligkeit. Sie waren es, die dem Gütesiegel »Wiener« den Weltruf übertriebenen Sentiments eintrugen. Selbst einige liebgewonnene Begriffe der Wiener Umgangssprache haben sie geprägt: der *Schmäh* beispielsweise heißt auf jiddisch *schemá* (Erzählung, Gehörtes), das *Beisl* leitet sich aus dem hebräischen Wort *ha-bajit* (Haus) her, oder der *Haberer* entspringt dem jiddischen *chavver* und meint in beiden Sprachen »Freund«.

Doch sosehr sich die Juden auch in das Wienerische einpuppten, so täuschend echt sie den Ton trafen, so hingebungsvoll sie auch der Stadt schmeichelten, ihre Umwelt ließ nicht zu, daß sie mit ihr verwuchsen. Karrieren wurden versperrt, Betätigungsfelder verwehrt. Nur dort, wo der soziale Normierungsdruck relativ wirkungslos war, also auf dem Gebiet künstlerischer und freier Berufe, konnten sie sich festsetzen. Daher wurden sie Rechtsanwälte, unabhängig praktizierende Ärzte, Börsenspekulanten, Journalisten, Literaten oder Musiker. So entstanden die jüdischen Domänen. Produkte eines gescheiterten Integrationsprozesses.

»Es war nicht möglich, insbesondere für einen Juden, der in der Öffentlichkeit stand, davon abzusehen, daß er Jude war, da die anderen es nicht taten«, berichtet Arthur Schnitzler in seinen Lebenserinnerungen: »Man hatte die Wahl, für unempfindlich, zudringlich, frech, oder für empfindlich, schüchtern, verfolgungswahnsinnig zu gelten. Und auch wenn man seine innere und äußere Haltung soweit bewahrte, daß man weder das eine noch das andere zeigte, ganz unberührt zu bleiben war so unmöglich, als etwa ein Mensch gleichgültig bleiben könnte, der sich zwar die Haut anästhesiren ließ, aber mit wachen und offenen Augen zusehen muß, wie unreine Messer sie ritzen, ja schneiden, bis das Blut kommt.« Gefangen in einem neuen Ghetto; die Mauern unsichtbar und unüberwindlich. Die Grenze imaginär, doch wer sie übertrat, wurde zurückgestoßen von der Wucht entfesselter Intoleranz.

Gab es kein Entkommen, führte kein Weg in die Freiheit? War dies etwa auch der Weg, den Arthur Schnitzlers Romanheld Heinrich Bermann suchte? »Ich glaube überhaupt nicht, daß solche Wanderungen ins Freie sich gemeinsam unternehmen lassen«, sagte er, »denn die Straßen dorthin laufen ja nicht im Land draußen, sondern in uns selbst. Es kommt nur für jeden darauf an, seinen inneren Weg zu finden.«

Tödlich getroffen sinkt der jüdische Rechtsanwalt Dr. Joseph Samuel in den Staub der Burgtheaterbühne. Er hat sich mit einem arroganten, antisemitischen Rechtsanwalt duelliert, um die Ehre seines Volkes zu retten. Sterbend schon ruft er sein Zukunftsorakel in den Saal, und das

Echo hallt der Judenheit entgegen: »Juden, Brüder, man wird Euch erst wieder leben lassen, wenn Ihr zu sterben wißt... hinaus aus dem Ghetto!« Der Vorhang fällt. Der Theaterkritiker der *Neuen Freien Presse* mißverstand gründlich, was sein Redaktionskollege Theodor Herzl mit der Tragödie »Das Neue Ghetto« im Sinn führte: »Jede Fremdheit zwischen sich und den Nebenmenschen aufzuheben«, meinte der Rezensent, sei die »echte Emancipation des Juden«. Daran war Herzl bereits vor Jahren gescheitert; die Idee hatte er längst verworfen.

Ein Spaziergang zweier Freunde an einem duftenden Frühlingstag über die Ringstraße, wo die Alleebäume in voller Blüte stehen. Der Student aus Budapest sprüht Esprit. Er ist ein Stutzer von ausgesuchter Eleganz. Er trägt den Kopf hoch. Man bewundert seinen scharfen Witz, sein entschlossenes Auftreten. Die beiden Spaziergänger besuchen die Akademische Lesehalle, einen studentischen Debattierverein, wo die Deutschnationalen schließlich die Oberhand erstreiten; beide verehren sie Bismarck, himmeln Wagner an und verschlingen Nietzsche, sie sind von deutscher Glut und jüdischem Blut. Mitleidig mustert Theodor Herzl seinen Freund Arthur Schnitzler und korrigiert die Nachlässigkeit seiner Krawatte. »Und ich dachte, Sie wären ein Brummell«, sagt der Beau aus Budapest.

Ehrgeizig und von Zweifeln zerfressen schlägt der Neuankömmling Theodor Herzl seine Haken durch das Ringstraßen-Wien. Im Budapester Gymnasium hatte er noch davon phantasiert, ein »preußischer Altadeliger« zu sein. Nun sucht er Dichterruhm. Seine Novellen sind ein Tummelplatz von Baronen, Lords und edlen Rittern. Er säbelt sich mit den Burschenschaftern der »Albia«. Ein Trauerkommers zum Tod des Hl. Teuton Wagner: Wallt Wälsungenblut, speit Wotansschaum dem niederträcht'gen Albengeschlecht ins Gesicht. Der Jude Herzl wird aus der »Albia« chassiert.

Zur Schriftstellerei reicht es nicht, also landet er bei literarischen Taschenspielertricks; sein Metier wird das Feuilleton. Die *Neue Freie Presse*, damals noch ein Blatt von Weltgeltung, schließt ihn in ihre Arme. Eine Blitzkarriere. Er ist beneidet, umworben, maßt sich Vertraulichkeiten an. Er erhält eine der begehrtesten journalistischen Positionen des ganzen Landes: Korrespondent in Paris. Aus dem Mutterland der Aufklärung, dem liberalen, fortschrittlichen Frankreich der *liberté, égalité, fraternité* wird er, dem die »Judenfrage« dämmert, Berichte senden, die den Wienern die Augen öffnen müssen.

Bei Herzls Ankunft in Paris macht ein demagogisches Buch Furore: »La France juive«, das »verjudete« Frankreich, von Edouard Drumont. Dann wird ein jüdischer Hauptmann von einem prahlerischen Antisemiten im Duell getötet. Dann wird der Panamaskandal mit seiner Millionenkorruption den Juden in die Schuhe geschoben. Dann muß der Berichterstatter Herzl von der Reportertribüne in der École militaire das grimmige Ritual beobachten, bei dem Hauptmann Albert Dreyfus die Rangabzeichen von der Uniform gerissen werden und sein Säbel zerbrochen wird. Er hört vor den Toren die heiseren Sprechchöre, die »Tod den Juden« fordern. In diesem Augenblick müssen Erinnerungen in dem Wiener Journalisten aufgeblitzt sein: Das Wagner-Requiem der Burschenschafter, die »Albia« stößt ihren jüdischen Kommilitonen aus. Bekommt er da nicht die eigene Demütigung nochmals vorgespielt? Hatte er nicht das erniedrigende Schicksal der Degradierung bereits am eigenen Leib erfahren? Das Ende aller Träume von Integration und Assimilation? »Es gibt eine Judenfrage, daran ist kein Zweifel«, meldet er nach Wien.

Seit einiger Zeit schon schwelgt er in Phantasien. In Duellen gegen antisemitische Wortführer könnte er ein Exempel statuieren: Fiele er, würde er zum Märtyrer verklärt; überlebte er aber, so würde er vor Gericht gestellt werden und Gelegenheit zu einer großen Verteidigungsrede erhalten. »Ein Dutzend Duelle würden die gesellschaftliche Position der Juden sehr heben«, korrespondiert Herzl nach Wien. Oder er könnte seine Beziehungen spielen lassen, um den Papst von der Nützlichkeit massenweiser Judentaufen – sonntags nach dem Hochamt, bei großem Geläute und im Wiener Stephansdom – zu überzeugen. Oder er entwirft eine »Rede an Rothschild«: Darin fordert er eine Milliarde Francs für den Landkauf in Palästina und bietet dem jüdischen Krösus die Regentschaft des ersten »Dogen« in der Patrizierrepublik des neuen Judenstaates an. Bei der festlichen Amtseinführung wird dieser das mittelalterliche Schandzeichen, den spitzen Judenhut, als Ehrentracht tragen. Auf der Flagge seines Reiches würden auf weißem Feld sieben goldene Sterne prangen, Symbol dafür, daß im modernen Gemeinwesen der Juden ein Arbeitstag nur noch sieben Stunden hat.

Langsam nimmt so der »Judenstaat« Form an: eine jüdische Eidgenossenschaft, eine platonische Republik, ein »Judäa des Geistes«, wie der unermüdliche Herzl sein zukünftiges Zionsreich nennt. Modern und zukunftsfroh, ein Land der guten Hoffnung, unbeschwert vom Ballast der Vergangenheit. Im jüdischen Staat ließen sich alle Reformen verwirklichen, die in der engstirnigen Heimat gescheitert waren. »Der moderne Zionismus entstand in Östereich, in Wien«, formulierte Joseph Roth, auch er ein Zu-spät-Gekommener: »Ein österreichischer Journalist hat ihn begründet. Kein anderer hätte ihn begründen können.«

In Wien kursierten bereits seit Jahren ähnliche Ideen. Rund um den Religionsphilosophen Nathan Birnbaum hatte sich beispielsweise ein Kreis frommer, jüdischer Pioniere gesammelt; Birnbaum gilt als Erfinder des Begriffes »Zionismus«. Der Journalist, utopische Schriftsteller und

Ökonom Theodor Hertzka wiederum propagierte in seiner »Freiland«-Bewegung ein Schlaraffenland an den Abhängen des Kilimandscharo.

»Herzls Zionismus birgt eine ungeheure Trotzreaktion«, meint die Germanistin Nike Wagner: »Ihr wollt mich nicht? Ich gehe. Als Jude darf er nicht mehr Wiener sein. Doch wenn er schon Jude sein muß, dann wird er es den anderen zeigen, was das heißt: Als Jude ist er der bessere Wiener.« Ein Weg ins Freie?

»Niemand dachte daran, das Gelobte Land dort zu suchen, wo es ist– in uns selbst«, vertraute Herzl seinem Tagebuch an. Er glaubt an Luftschiffe und Elektrizität, an den Fortschritt in Kommerz und Gemeinwesen. Seine Staatsdoktrin entspringt keinem anderem Glaubensgrundsatz als dem Vertrauen auf die ordnende Kraft der reinen Vernunft. Religion gilt ihm als Folklore, in frommen Sitten sieht er liebenswerte Schrullen, die am besten im Museum aufgehoben wären. »Wer von uns versteht noch genug Hebräisch, um auch nur ein Bahnbillet verlangen zu können«, spottet er. Das jüdische Utopia bevölkern Kosmopoliten, die englisch, französisch oder deutsch sprechen. Die verspotteten Ghettosprachen und die mittelalterliche Ghettokultur werden zurückgelassen im Ghetto der Diaspora.

Herzl will kein neuer Messias sein. Ihm hat kein Gott ein biblisches Eretz Yisrael versprochen; sein »Judenstaat« ist eine pragmatische Sanktion, mit der er der Wiener Ausweglosigkeit begegnet. Ein dynamisches Konzept, nicht Flucht, sondern Bewegung: Der Zionismus sei »das jüdische Volk unterwegs«, meinte der Herzl-Biograph Alex Bein.

Märchenerzähler, Journalist und Dichter, ruheloser Bohemien und melancholischer Alkoholiker: Joseph Roth war einer jener Juden, die sich auf Wanderschaft begaben und niemals ihr Ziel erreichten. Von seiner galizischen

Heimat blieben ihm lediglich sentimentale Erinerungen; in Wien angekommen, konnte er bald nur noch einer zerschmetterten Idee, der Habsburger-Monarchie, nachtrauern. Er verschrieb sich in Elegien. Denn jedes Ziel, ob nun der Anstieg zu Parnaß oder Zion führen mochte, war Phantasmagorie. Er, ein Luftmensch der Zukunft, schwebte einen historischen Moment orientierungslos über dem Abgrund der Stadt. »Viele kehren zurück. Noch mehr bleiben unterwegs. Die Juden haben nirgends eine Heimat, aber Gräber auf jedem Friedhof«, schrieb Roth: »Viele werden reich. Viele werden bedeutend. Viele werden schöpferisch in fremder Kultur. Viele verlieren sich und die Welt.«

Joseph Roth war wahrscheinlich der Verlorenste einer verlorenen Generation. Heimatlos, zukunftslos streifte er durch die Feuilletons. Was er begann, endete in Trauerklagen. In immer neuen Legenden verherrlichte er sein imaginäres Heimatland, wo des kaiserlichen Himmelvaters liebste Kinder die Juden sind. Ein Untergangsprophet, lebenslang im Exil, verzweifelt an der Weltgeschichte, der er Sinnlosigkeit vorzuwerfen hatte. »Es ist längst nicht mehr so, daß der Vernünftige irre wird an der Welt, sondern daß die Welt buchstäblich irre geworden ist und daß es sinnlos ist, noch Vernunft zu bewahren«, schrieb er einem Freund in den ersten Tagen seiner Emigration aus Paris: »Begreifen Sie, daß ich ahnungsvoll immer traurig war und bin?«

Die Gegenwart war trügerisch. Die Zukunft in Frage gestellt. Nur wer die Augen mit ganzer Kraft verschloß, konnte noch einen Rest an Zuversicht bewahren. Die Zeit verlangte nach Überlebenskunststücken.

Versteckte sich nicht unter der Oberfläche der Ereignisse ein anderes System von Kausalität? Gab es nicht verschiedene Antworten auf ein und dieselbe Frage? Verborgene Wahrheiten, begraben unter einem Berg beiläufiger

Phrasen? Das Hirn mußte sich zuerst von den Etiketten aller Denkschulen befreien. Der Pionier, der einen neuen Kontinent entdecken, eine neue Welt erobern wollte – also eine Gesellschaft innerhalb der Gesellschaft schaffen, die einer Gruppe von Außenseitern Zuflucht bot –, wer dieses Überlebenskunststück wagte, der mußte sich auf das Ungewisse einlassen. Nichts ist, was es scheint; jeder Schritt ein Risiko, jedes Bild ein Code. Nur wer den Code knackt, erlangt Klarheit und Kontrolle. Keine Flucht, sondern Bewegung: Die Moderne ist das Denken unterwegs. Die Zukunft gehört der Idee auf Wanderschaft.

Sigmund Freud hat seinen beschwerlichen Weg einmal mit dem Gang durch einen finsteren Wald voller falscher Hinweisschilder und windschiefer Markierungen verglichen. Der Anstieg führt einen steilen Abhang hoch, bis schließlich der herumirrende Wanderer zum Gipfel dringt und seinen Blick frei schweifen lassen kann. Erkenntnis endlich dem, der sich durch das Dickicht der menschlichen Natur einen Weg freigeschlagen hat.

Die Entdeckung und Erforschung des Unbewußten war ein mühsamer Prozeß, den Freud an der eigenen Psyche vornahm. Öffentliche Ablehnung schlug ihm entgegen. Die medizinische Orthodoxie erachtete bereits die Fragen, die Freud stellte, als Zumutung; die Antworten, die er fand, nahm sie gar nicht mehr zur Kenntnis. Sein wissenschaftlicher Ruf litt schweren Schaden, Patienten blieben aus. In seinen Anfangsjahren mußte der jungverheiratete Freud mehrmals bei Freunden Geld borgen und seine goldene Uhr ins Pfandhaus tragen.

Zum Motto der »Traumdeutung«, des Buches, mit dem alles begann, wählte der Seelenpionier eine Zeile aus der »Aeneis«, jenes Epos, das von dem herumirrenden Trojaner erzählt, der seine Heimat verloren hatte und nach einem Land suchen mußte, das ihm Sicherheit und Zukunft bot (der Sozialdemokrat Ferdinand Lasalle hatte bereits vor Freud dieselbe Zeile des Vergil-Epos für die Titelseite seiner Kampfschrift »Der italienische Krieg und die Aufgabe Preußens« bemüht). Auf seiner Reise ins Exil gelangt Aeneas sogar an den Rand der Unterwelt und blickt in den Abgrund. Ein Blick, wie auch Freud ihn wagte, und so zitierte er: »*Flectere si nequeo superos, Acheronta movebo.*« (»Kann ich die höheren Mächte nicht beugen, bewege ich doch die Unterwelt.«) »Die Traumdeutung«, ergänzte er, »ist die Via regia zur Kenntnis des Unbewußten im Seelenleben«. Des Traumwandlers Pfad, ein Weg ins Freie?

Erst sein Außenseitertum hatte es Freud nämlich ermöglicht, zu seinem eigenen Unbewußten vorzudringen. Bevor er das Tor aufstoßen konnte, mußte er die Größen- und Allmachtsphantasien, die fast alle Intellektuellen jener Epoche beseelten, überwinden. Der Analytiker Mario Erdheim meint, Freuds erster Expeditionsbericht aus dem Reich des Unbewußten, die »Traumdeutung«, lese sich wie eine »Chronik des sozialen Sterbens«: »Der soziale Tod«, so Erdheim, »ist jener Prozeß, in welchem die sozialen und kulturspezifischen Rollen zerfallen, die unbewußten Werte und Identitätsstützen ins Wanken kommen und damit auch die diesen Verhältnissen angepaßten Wahrnehmungen.« Je integrierter der einzelne in die gesellschaftlichen Strukturen ist, desto unmöglicher wird es ihm, Unbewußtes, das mit seinen Größenphantasien verknüpft ist, zu erkennen. Die angepaßte Gesellschaft versperrte mit ihrem gewaltigen Verdrängungsschüben jeden Zugang. Nur ein Außenseiter, wenn auch wider Willen, war dazu in der Lage. Sein Dasein am sozialen Rand verurteilte ihn geradezu, sich mit seiner Rolle auseinanderzusetzen. »Der Hauptpatient, der mich beschäftigt, bin ich selbst«, gestand Freud, als er sich auf den Weg ins Freie begab. Seine Reiseroute war die Selbstanalyse.

»Weil ich Jude war, fand ich mich frei von vielen Vorurteilen, die andere im Gebrauch ihres Intellekts beschränkten«, so erklärte Freud ein Vierteljahrhundert später: »Als Jude war ich dafür vorbereitet, in die Opposition zu gehen und auf das Einvernehmen mit der kompakten Majorität zu verzichten.«

Er wäre es ja eingegangen, hätte die »kompakte Majorität« es zugelassen. Der Sohn eines jüdischen Wollhändlers aus dem mährischen Freiberg, als Kind nach Wien zugewandert, erfuhr die Ablehnung von Jugend an: »Vor allem traf mich die Zumutung, daß ich mich als minderwertig und nicht volkszugehörig fühlen sollte, weil ich Jude war«, schrieb er in seiner Selbstdarstellung. Freud studierte Medizin: eine der wenigen Studienrichtungen, in der junge Juden noch Zukunftschancen sehen konnten. 1890 waren etwa 48 Prozent der Medizinstudenten an der Wiener Universität Juden. Auch auf der Alma Mater waren antisemitische Parolen gebräuchlich, die vor »Überfremdung« warnten. 1875, zwei Jahre nachdem Freud seine Studien begonnen hatte, tobten die ersten großen Tumulte, nachdem der Chirurg Theodor Billroth in einer berüchtigten Rede gegen die Horden galizischer Juden, die Wien überschwemmten, um Medizin zu studieren, gehetzt hatte.

Freud ging nach Paris. Begeistert besuchte er die Rezitationen – denn Vorlesung wäre ein zu geringes Wort –, mit denen der gefeierte Neurologe Jean Martin Charcot seine Zuhörer an der Salpêtrière fesselte. Spöttisch nannten ihn seine Zeitgenossen den »Napoleon der Neurosen«. »Nach manchen Vorlesungen gehe ich fort wie aus Notre-Dame, mit neuen Empfindungen von Vollkommenheit«, berichtete Freud seiner Verlobten. Als er zu einer Privataudienz geladen wurde, nahm er zuvor eine Prise Kokain.

Zu gerne wäre der eifrige Schüler Statthalter des großen Charcot in Wien geworden; er übertrug die Schriften des Meister ins Deutsche, unternahm allerlei Anstrengungen, stets bemüht, ebenfalls ein gesuchter Modenervenarzt der überreizten Jahrhundertwende-Gesellschaft zu werden.

Doch das medizinische Establishment gestattete es nicht. Wo Gleichaltrige Posten und Titel bekamen, wurde der Jude Freud zurückgestellt. Daher suchte er seinen eigenen Weg; schon seine ersten Theorien schockierten die Fachkollegen; Freud mußte sie gar nicht erst mit der Entdekkung des Unbewußten erschrecken. Die eingesessene Gesellschaft verweigerte ihm, dem jüdischen Neuankömmling, das gemeinsame Territorium und ließ ihm keine andere Wahl. Nicht zu Napoleon, dem Eroberer, sondern zu Aeneas, dem Gründervater, wuchs er heran.

Daß »der Weg ins Freie« zur Entdeckung der Moderne führte, war kein Wiener Phänomen, doch nirgendwo wurde es so deutlich wie in der Residenzstadt des Habsburger Vielvölkerstaates. »Jüdisch ist der Geist der Moderne«, postulierte der Jude Otto Weininger, der sich in seinem grandiosen Judenhaß als Überwinder von Tradition und Abstammung empfand und gleich zum Religionsgründer berufen fühlte (wir werden diesen falschen Propheten, der zugleich auch ein Idol moderner Denker war, noch näher kennenlernen). Wie sehr war doch die radikale Anti-Moderne des verzweifelten Selbstmörders Weininger ein Irrweg, der an einer Gabelung vom Weg ins Freie abzweigt und größenwahnsinnigen Gedankenschildern folgt. Dort, wo der Grübler starb, in irrationaler Finsternis, lag der schwere Schatten der Moderne, die doch so klar, hell und aufklärerisch aus der Vergangenheit in unsere Tage leuchtet.

Für die Moderne gab es keinen dauerhaften Platz. Das Universum der kulturellen Elite hatte keinerlei Fundament und Basis. Es war ein Wolkenkuckucksheim, ein Traumland, in dem spielerischer Gedankenflug Kunst schuf und die Kultur zum Schleier wurde, der sich verdekkend über die Realität senkte.

Sie hatten den zerstörerischen Griff nach den Tabus gewagt: Nichts ist, wie es scheint. Doch die Pioniere des

Zweifels knackten nicht den Code, erkannten nicht die verborgene Wahrheit ihres Traumes. Die alte Form der Assimilation, die Integration, sollte einer neuen weichen: der Konfrontation. In seiner ganzen Trägheit entzog sich jedoch das Kleinbürgertum, das eben erst das Erbe der Monarchie angetreten hatte, der Auseinandersetzung. Der späten Blüte der Moderne folgte nur ein kurzer, trügerischer Nachsommer. Man hatte eine Gegenwelt herbeigeträumt, nun hielt man sie für Realität – ein Irrtum, der Millionen das Leben kostete. Der Nationalsozialismus, der seinen Sturmlauf aus den Provinznestern antrat, pferchte den metropolitanen Geist in Konzentrationslager, verjagte ihn ins Exil, erstickte ihn in den Gaskammern.

»Ja, es war, trotz vielem, was dagegen spricht, Kakanien vielleicht doch ein Land für Genies«, meinte Robert Musil, »und wahrscheinlich ist es daran zugrunde gegangen.«

Der falsche Prophet

Jeder Mensch verrät sich vollkommen in seinen Einteilungen.

Elias Canetti

Wie sterben Genies? In diesem toten Haus, in dieser Verdammnis? »Der Philosoph haßt sich selbst«, notierte er. »Ein Haus mit immer verschlossenen Läden ... Frag' lieber nicht, wie es im Haus ausschaut ... die Fenster verschließen sich von drinnen: nur noch dichter.«

Otto Weininger ist dreiundzwanzig Jahre alt, Doktor der Philosophie, ein jugendlicher Asket aus dem Wien der Jahrhundertwende; er ist einer zwanghaften, grüblerischen Suche nach Selbsterkenntnis verfallen und verstrickt sich immer tiefer in den tödlichen Glaubenskampf mit der eigenen Existenz. Zeitgenossen erscheint er stets wie nach einer dreißigstündigen Bahnfahrt, schmutzig, ermüdet, zerknittert, geht schief und verlegen herum, sich gleichsam an einer unsichtbaren Wand entlangdrückend. Er wirkt gereizt, dem »russischen Verbrechergefühl des Selbstgepeinigten« verwandt. Eine junge Verehrerin gemahnt er hingegen an »Jesus Christus«.

»Er suchte alle Menschen so zu bestimmen, wie der Botaniker seine Pflanzen bestimmt«, erinnerte sich Jahrzehnte später sein bester Freund, Hermann Swoboda, in einer Gedenkrede. Sein Lebensideal, das sei »eigentlich ein Heiligenideal« gewesen.

Am Tag seiner Promotion konvertiert Weininger, der behütete Sohn eines jüdischen Goldschmiedes, Wagner-Anbeters und Bayreuth-Wallfahrers, zum Protestantismus. Er bricht damit sowohl mit der eigenen Herkunft als auch mit seiner katholischen Heimatstadt. Seine Doktorarbeit erweitert er zum Opus magnum; auf 600 Seiten breitet er darin die Summe seines Lebens aus. Es ist das Konstrukt eines grandiosen Frauenhasses, dem auch das Judentum zu Opfer fällt, da es ihm »durchtränkt scheint von Weiblichkeit«. In beiden, in Frauen und Juden, erblickt Weininger eine Bedrohung: Sexualität, Schuld, nur Körper und Materie, bar jeden Geistes, jeder Seele oder jeder Sittlichkeit. Beides bedrängt und quält ihn in seinem Innersten. Erlösung verspricht nur ein reiner Genius: der Inbegriff des Männlichen. Dessen höchste Form sieht Weininger im Religionsstifter.

Sein großes Werk, »Geschlecht und Charakter«, möchte dazu Bibel sein. Doch das Buch erregt nur bescheidene Aufmerksamkeit; weder provoziert es einen Skandal, wie sein Autor wohl insgeheim erhofft haben muß, noch entfacht es die Begeisterung, die einer neuen Heilslehre zukommen müßte.

Hat er versagt? In Phasen befällt ihn tiefe Depression. Seine Persönlichkeit spaltet sich: Ein unheilvoller Doppelgänger, den Weininger »das Ensemble aller bösen Eigenschaften des Ich« nennt, grinst ihm entgegen. Jean Amery hat in seinem Essay »Hand an sich legen« versucht, die letzten Tage des Selbstmörders nachzuempfinden. In seinem »zu Tode erregten« Hirn spuken die triumphierenden Angstgestalten, eine »Kesselpauke« dröhnt in seinem Kopf, zuletzt »ein rasender Wirbel«: »Er sah und hörte nur ohne Unterbrechung: Weib, Jude, Ich, weg mit allem.«

Otto Weininger mietet ein Zimmer im Sterbehaus Beethovens in der Wiener Schwarzspanierstraße. Dort schreibt er am Abend des 3. Oktober 1903 Briefe an Vater und Mutter. Er verbringt die Nacht in marternden Gedanken. Im Morgengrauen schießt er sich eine Kugel ins Herz. Man findet seinen Leichnam in Hut und Mantel. Der Tod eines genialen Versagers? Eines verkannten Genies? So sterben messianische Eiferer an der Schwelle des neuen Jahrhunderts: in einem Kulissendepot kitschiger Attitüden und selbstverliebter Seelenpein.

Dem Sarg des melodramatischen Selbstmörders folgen Stefan Zweig, Karl Kraus und der vierzehnjährige Ludwig Wittgenstein. Zweig huldigt dem Privatgelehrten, der vor der Schmach des Nichterkanntwerdens in den Freidtod floh: »Immer noch wie in mythischen Zeiten ist Unkenntlichkeit der Göttlichen liebstes Gewand und Verkleidung auf Erden.« Selbst der naturalistische Verkündiger August Strindberg, damals ein Abgott der Wiener Kaffeehaus-Bruderschaft, schickt aus Stockholm einen Kranz und verfaßt einen Nachruf, den Karl Kraus in seiner *Fackel* abdruckt: »Unabhängig von Ansichten ist wohl das Faktum, daß das Weib ein rudimentärer Mann ist... es war dieses bekannte Geheimnis, das Otto Weininger auszusprechen wagte; es war diese Entdeckung des Wesens und der Natur des Weibes, die er in seinem männlichen Buche mitteilte, und die ihn das Leben kostete.«

Mit einem »Schuß im Nebel«, wie das Max Nordau in der Berliner *Vossischen Zeitung* nannte, beendete der Wiener Philosoph Otto Weininger sein Leben. »Endlich: Wer sich selber tötet, der tötet gleichzeitig die ganze Welt«, hatte er geschrieben. Der Tat folgte schnell posthumer Ruhm. Weiningers Ruf verbreitete sich über ganz Europa, »Geschlecht und Charakter« wurde zum begehrten Kultbuch und der Autor zur Legende. Kaum einer der Zeitgenossen konnte sich entziehen, die Thesen des tragischen Phallokraten machten in Windeseile die Runde, erhitzten die Köpfe und wurden voll Begeisterung nachgebetet, ausgeschmückt und weitergegeben. Elias Canetti, geboren 1905, berichtet etwa in seinen Memoiren, daß selbst zwanzig Jahre nach Weiningers Selbstmord noch immer an den meisten Wiener Kaffeehaustischen über das frauen- und judenfeindliche Traktat emsig diskutiert wurde. Die scheinwissenschaftlichen Behauptungen waren in aller Munde und beeinflußten nachhaltig eine ganze Generation in ihrer misogynen Grundstimmung.

Das Genie des Selbstmörders stand außer Zweifel, sein bei Erscheinen kaum beachtetes Offenbarungswerk fand plötzlich weiteste Verbreitung. Während es beispielsweise neun Jahre dauerte, bis die 600 Exemplare der ersten Auflage von Sigmund Freuds im Jahr 1900 erschienener »Traumdeutung«, jenes Buches, das die Mauer zur Entdeckung der menschlichen Psyche durchbrochen hatte, verkauft waren, lag 1909 der phallosophische Katechismus »Geschlecht und Charakter« bereits in der elften Auflage vor. Bis 1932 sollten noch siebzehn weitere folgen. Der Verlag druckte sogar einen eigenen Werbeprospekt, prallvoll mit begeisterten Besprechungen und Huldigungen. Von Karl Kraus, einem seiner treuesten Anhänger, etwa: »Ein Frauenverehrer stimme den Argumenten seiner Frauenverachtung begeistert zu.«

Erst der Nationalsozialismus beendigte den Siegeszug des Buches. Es wurde, ungeachtet des Inhalts, verboten, da sein Autor Jude war. Danach geriet Otto Weininger in Vergessenheit, aus der er nur gelegentlich als verwirrtes Produkt einer kuriosen Zeit auftauchte.

Indes jedoch die Dekadenz seiner Epoche und ihr irrationaler Lebensschmerz neuerlich studiert und nachempfunden werden – in der postmodernen Abkehr vom Wirklichen hin zum Scheinbaren –, erfreut sich auch Otto Weininger erneuten Interesses. Ebenso wie sein Thema, der Geschlechterkampf, ist auch sein eigentliches Thema, die selbstzerstörerische Verzweiflung in existentiell erlittener Einsamkeit, wieder aktuell geworden. Der falsche Prophet tritt nunmehr als erfolgreiche Theater- und Filmfigur auf, die Verwirrungen des intellektuellen Hochstaplers dienen dem geisteswissenschaftlichen Kolleg als Diskussionsstoff.

In seiner kulturhistorischen Studie »Der Fall Weininger« spürte der Germanist Jacques Le Rider mit mustergültiger Sorgfalt Werk und Wirkungsgeschichte des Wiener Philosophen nach. Er beschränkte sich dabei nicht auf eine individuelle Fallstudie – die sich höchstwahrscheinlich auf die Krankengeschichte beschränken müßte – oder auf die Beschreibung einer dem Wiener *genius loci* entsprungene Stilblüte. Vielmehr sieht er in Otto Weininger ein »diagnostisches Dokument für die Kulturkrise der Jahrhundertwende: Um ihren inneren Widersprüchen zu entgehen, flieht die Gesellschaft in metaphysische Systeme, in pseudoreligiöse Allmachtsphantasien und in die Wahnbilder einer neuen Heilslehre und Weltordnung.

Unter diesem Blickwinkel läßt sich der psychopathologische Fall Weininger mit dem weitaus berühmteren Fall des sächsischen Senatspräsidenten am Kgl. Oberlandesgericht Dresden, Daniel Paul Schreber (Sohn des Arztes, Erziehers und Gründers der Kleingartenbewegung Daniel Gottlob Moritz Schreber), vergleichen, der Sigmund Freud Anlaß zu einer großen Paranoia-Studie bot. »Wir würden sagen, der paranoische Charakter liegt darin, daß zur Abwehr einer homosexuellen Wunschphantasie gerade mit einem Verfolgungswahn von solcher Art reagiert wird«, folgerte Freud aus der missionarischen Bekenntnisschrift des Patienten, den er nie zu Gesicht bekommen hatte.

Sowohl Schrebers »Denkwürdigkeiten eines Nervenkranken« wie auch Weiningers »Geschlecht und Charakter« erscheinen im selben Jahr 1903. Beiden gemeinsam war die Flucht in das irrwitzige System ihrer Wahnvorstellungen: Schreber trat in direkte Beziehung zu Gott (»Gott von vornherein ist nur Nerv, nicht Körper...«), hörte überirdische Stimmen, verspürte Himmelsstrahlen, glaubte sich von seinen eigenen Eingeweiden zu ernähren, erfand wundersame Wunschmaschinen und wähnte sich zum Erlöser der Menschheit berufen, indem er sich mittels göttlicher Wunder langsam von seiner »ehrenvollen männlichen Lebensstellung« zum Weib verwandelte; einen »Fall von Seelenmord« diagnostizierte Elias Canetti in »Masse und Macht«.

Weininger hingegen entdeckte sein göttliches Prinzip in einem männlich-genialen Idealwesen, das seine Körperlichkeit mittels Askese überwindet (»Der reine Mann ist das Ebenbild Gottes«). Ziel des Menschenopfers: die Abtötung allen Fleisches, ein Gedanke, der tief in der katholischen Mystik wurzelt. Quasi als absoluten Gegensatz dazu entwarf er die »Tier-Maschine Weib« (Le Rider). Denn, so Weininger, »das absolute Weib hat kein Ich«. Dies, meinte er, »ist, in gewisser Weise, ein Abschluß der Betrachtung, ein Letztes, wozu alle Analyse des Weibes führt«.

Der nervenkranke Messias Schreber wollte um der Erlösung willen das Martyrium der weiblichen Fleischwerdung auf sich nehmen, ein »in der Weltordnung begründetes Muß«, wie er lehrte. Der gescheiterte Religionsstifter Weininger hingegen predigte die Abtötung allen Fleisches, denn dies sei jener Aggregatzustand, zu dem er Frauen und Juden unausweichlich verdammt sah: »Der Mann muß vom Geschlecht sich erlösen, und so, nur so erlöst er die Frau. Freilich geht sie, als Weib, so unter: aber nur, um aus der Asche neu, verjüngt, als der reine Mensch, sich emporzuheben.» Beider Paranoia aber, die impotente Dämonie Weiningers wie die oedipale Selbstaufopferungssehnsucht Schrebers, bündelte wie ein Brennspiegel die Daseinsfurcht der Epoche.

Schrebers tolles Weltkonzept war freilich zu offensichtlich dem herrschenden gesellschaftlichen System entrückt, um ernst genommen zu werden. Er beschloß seine Tage in Erwartung der erlösenden Metamorphose in einer Nervenheilanstalt.

Weiningers absolutes Wahrheitskonstrukt war hingegen in hohem Maß systemkonform. Er schoß vielleicht etwas zu weit übers Ziel und erntete deshalb auch grobe Schelte von dem geistesverwandten Leipziger Arzt Paul Julius Moebius (dem immerhin an deutschen Universitäten Dissertationen gewidmet worden waren). Dessen bekanntestes Werk, »Über den physiologischen Schwachsinn des Weibes«, erzielte ebenfalls Bestseller-Erfolg.

Weiningers »philosophische Sauce« (Moebius) machte den in seinem Werk vorherrschenden Frauenhaß und Antisemitismus den Zeitgenossen erst richtig schmackhaft. Der Philosoph behauptete, die Emanzipation wäre lediglich ein Anliegen »männlicher Frauen«, die allerdings längst nicht mehr als Frauen im ursprünglichen Sinn angesehen werden dürften: »Die Frauen haben keine Existenz und keine Essenz, sie sind nicht, sie sind nichts.« Sie könnten daher auch gar nicht »sein«. Eine Männergesellschaft, die sich schon von den ersten zaghaften Forderungen nach Gleichberechtigung in ihrem männlichen Fundament bedroht fühlte, stimmte freudig zu: Weininger erschien ihr keineswegs absurd. Auch nicht, als er mutig schrieb: »Noch nie ist offen gesagt worden, wo die Hörigkeit der Frau einzig zu suchen ist: in der souveränen, angebeteten Gewalt, die der Phallus des Mannes über sie besitzt.« War das nicht die »abschließende Antwort auf die sogenannte Frauenfrage«, die Weininger großkotzig in einem Inserat bei Erscheinen von »Geschlecht und Charakter« versprochen hatte?

Aber ebenso wenig abwegig fanden seine Leser den wütenden Antisemitismus, den ihr junges Genie lehrte. Der Jude, behauptete der Phallosoph, wäre aufgrund seines »weiblichen« Wesenskerns »stets lüstern und geil«; »der geborene Kommunist«; von Natur aus »ein Kuppler« und nicht eigentlich fromm, denn er »kann gar nicht glauben«. Frau allein, das wäre schon schlimm genug; doch Jude, das hieße: weibisch, ohne Weib zu sein, ein Zustand jenseits von Glaube und Hoffnung.

Dennoch dämmerte ein kleiner Schimmer für jene, die Erlösung suchten. Die jüdische Nicht-Existenz wäre »Zustand vor dem Sein«, und daher müßten die Juden »gegen sich kämpfen, innerlich das Judentum in sich besiegen«, um Menschen, also Männer, werden zu können. Auch Christus »war ja Jude, aber nur, um das Judentum in sich am vollständigsten zu überwinden«. Daher »ist er der größte Mensch«, der seine »besondere Erbsünde« – nämlich Jude zu sein – durch die »vollkommene Negation« seines Wesens besiegt hätte. Ein seltsamer Zerrspiegel, den der Konvertit da dem christlichen Anitsemitismus entgegenhielt. In der jüdischen Traditionsgeschichte war Weininger lediglich eine Anekdote: ein falscher Messias, wie so viele vor ihm. In der abendländischen Geistesgeschichte entbehrte das groteske Traktat hingegen keinesfalls gewisser Wurzeln: Der Makel des falschen Ursprungs mußte getilgt werden.

Was anderes aber wollte das jüdisch-deutsche Bürgertum? Von jeher hatte es sich von seiner Emanzipation auch die Möglichkeit zu einer vollkommenen Assimilierung erhofft. Es wollte deutscher sein als die Deutschen; so übernahmen die Juden Sitten, Gebräuche und Vaterlandsliebe von den Deutschen. Sie waren die glühendsten Patrioten, die feurigsten Wagnerianer, die eifrigsten Vereinsmeier. Jede neue antisemitische Welle, die ihr deutsches Rollenmodell periodisch erfaßte, bestärkte die Juden nur noch mehr in ihrem unerbittlichen Wunsch nach Anpassung. Auch ihnen schauderte vor jenen Klischees, mit denen sie von einer antisemitischen Umwelt stigmatisiert worden waren; die *schtetl*-Juden mit langen Schläfenlocken und im schwarzen Kaftan galten auch ihnen als schmutzig, die ostjüdischen Chassidim mit ihrem mittelalterlichen Brauchtum waren auch ihnen verhaßt. Arthur Schnitzler beispielsweise, scheinbar assimiliert vom Scheitel bis zur Sohle, erschrak, als er erstmals seine eigene Stimme aus einem Phonographen vernahm: Klang sie nicht noch unüberhörbar jüdisch-nasal, hallte in ihr nicht noch ein fernes Echo seiner Herkunft?

Dem Treusten unter Weiningers Epigonen, dem Schriftsteller Arthur Trebitsch, gelang es sogar, seine jüdische Abstammung beinahe vollkommen zu verheimlichen. Er war so stolz auf sein »arisches« Erscheinungsbild, daß er jedermann zum Duell aufforderte, der ihn als Juden bezeichnete, und Rassebiologen anbot, seinen Schädel zu vermessen. Überall witterte dieser Germane auf Abruf die jüdische Weltverschwörung. Er biederte sich bei den säbelrasselnden Haudegen Erich von Ludendorff und Ernst von Salomon an, mit denen vereint er die Welt vor der semitischen Gefahr retten wollte. In seinen letzten Lebensjahren zitterte er in paranoider Umnachtung um sein Leben. Trebitsch erfüllte wohl Weiningers Gebot der »vollkommenen Negation« am radikalsten; darin übertraf er sogar den Meister. Denn der hatte nicht die Kraft gehabt, den »morbus judaicus« zu ertragen und mannhaft niederzuringen. In quälender Verzweiflung und heißem Nervenfieber gab es für ihn nur einen Ausweg, den Juden in sich zu töten: Selbstmord.

Weininger war unbestritten ein Modedenker seiner Zeit: ein Postmoderner, bevor noch das moderne Weltbild Gestalt angenommen hatte. Er lieferte der vorherrschenden anti-modernen Meinung – das heißt einer dünkelhaften, irrationalen und in althergebrachten Vorurteilen gefangenen Meinung – ein kühnes, metaphysisches Weltkonzept: ein philosophisch-psychologisches Amalgam, das er sogar mit dem hohen sittlichen Ideal Kants krönte. Jedermann konnte sich da nach Belieben bedienen: die schüchternen Duckmäuser, die misogynen Platzhirsche, die ängstlichen Voyeure, die betrogenen Liebhaber und die verklemmten Schwärmer, die schweißfingerigen Männerbündler ebenso wie die geifernden Judenfresser. »Geschlecht und Charakter« war ein intellektueller Psychoporno, den keimenden Männerphantasien der Zeit aus der Seele gesprochen.

Weiningers Ansatz war allerdings universal: Er wollte eine Erklärung der menschlichen Natur anhand ihrer Geschlechtlichkeit liefern. Es war ein genialisches Konzept: die Sexualität als Wille und Vorstellung.

Sexualität, das war das vorherrschende Thema von Literatur und Kunst der Jahrhundertwende. Besonders in Weiningers Heimatstadt Wien bevölkerten verzerrte Frauengestalten die Phantasie der Künstler und Stilschöpfer. Laszive Monster oder unschuldige Kindfrauen, morbide, blasse Schönheit oder pralle Sinnlichkeit, Mutter oder Hure (Weiningers weibliche Archetypen) – jede Sehnsucht und jede Urangst fand ein entsprechendes Objekt der Leidenschaft. Häufig spekulierten die Künstler auch mit dem erlösenden Freitod und lebten zumeist dennoch bereitwillig weiter. Ihr Metier war die große Geste. Nur Weininger lieferte sich seinem Denkmodell aus.

Es sei sein »grundlegender Irrtum» gewesen, meint Jacques Le Rider in seiner Weininger-Studie, »die Literatur mit der Wirklichkeit« verwechselt zu haben. Der Selbstmord verklärte den jungen Philosophen. Seine Bewunderer verwechselten die Verzweiflungstat mit heroischer Stärke, mit einer letzten Kraftanstrengung, zu der sie sich selbst nicht mehr in der Lage sahen. Bald fragten sich Weiningers Zeitgenossen, ob er nun durch den Freitod seine Theorien in letzter Konsequenz bestätigt oder widerlegt hatte. »Er war aber kein Genie, sondern nur ein geniales Symptom«, behauptet Le Rider: »Es stellt sich die Frage, inwieweit seine Psychopathologie nicht gleichzeitig die Ratio seiner Zeit war.«

Die Liste illustrer Verehrer und Bewunderer ist jedenfalls lang. August Strindberg ehrte »sein Gedächtnis als das eines tapferen männlichen Kämpfers«. Der Schöpfer des geometrischen Romans, der Wiener Heimito von Doderer, pries ihn in seiner »Rede auf Otto Weininger«, geschrieben am Allerseelentag 1963, als den »Glorreichen«: »Glorreich ist das Epitheton des Helden... An der Schwelle dieses fragwürdigen Jahrhunderts steht er als Denkmal für die Realität des Geistes.« Auch in seinen Romanen verewigte Doderer den verehrten Philosophen. In der »Strudlhofstiege« heißt es etwa: »Er repräsentiert einen Gelehrten-Typus, der hoffentlich wieder einmal zeitgemäß wird.«

Italo Svevo, der Triestiner Romancier, der Prosabrükken von Freud zu Joyce schlug, erwähnte Weininger (in »Zeno Cosini«) ebenso wie Isaac Bashevis Singer, der ihn (in »A Friend of Kafka«) »verrückt und genial« nannte. Der Name Weininger ließ Alban Bergs »Herz pochen« und wurde von dem Dadaisten Walter Serner auf den Olymp zu Shakespeare, Dante und Tolstoi gehoben: »Sie alle und noch andere hatte das Kreuz zur letzten Antwort emporfinden lassen: hier ward es vollbracht.«

Für Alfred Kubin war er somit der »größte Mensch dieses Jahrhunderts«, wie er seinem Freund, dem skurrilen Dichterkauz Fritz von Herzmanofsky-Orlando, in einem Brief anvertraute. Viele der frühen Zeichnungen Kubins wirken wie Illustrationen zu Weiningers Werk: wollüstige, riesige, voluptöse, spinnenverwandte Frauenkörper, die Männer aussaugen, in denen Männer ertrinken und an denen Männer zugrunde gehen; eine strenge Dame auf einem Schaukelpferd, dessen Kufen scharfe Wiegemesser sind, zerhackt nackte Männerleiber; Schwangere, die tote Köpfe gebären; ein vulgäres Straßenmädchen hebt höhnisch ihren Rock und entblößt ihr Geschlecht vor dem Selbstmörder, der mit noch rauchender Pistole hingestreckt in einer Blutlache liegt.

Selbst Ludwig Wittgenstein blieb dem Philosophen, dem er als Jüngling das letzte Geleit gegeben hatte, treu.

Auch in seinem kristallklaren Gedankenkosmos hinterließ der falsche Prophet verwirrte Spuren. In den »Vermischten Bemerkungen« findet sich die eingestandermaßen von Weininger inspirierte Notiz: »Das jüdische ›Genie‹ ist nur ein Heiliger. Der größte jüdische Denker ist nur ein Talent (Ich z. B.)... Man könnte sagen, daß der jüdische Geist nicht imstande ist, auch nur ein Gräschen oder Blümchen hervorzubringen, daß es aber seine Art ist,... abzuzeichnen«. Noch 1931 verteidigte Wittgenstein, mittlerweile am Trinity College in Cambridge, gegenüber seinem Mentor, dem Philosophieprofessor George Edward Moore, den misogynen Kasuisten aus Wien: »Es stimmt, er ist verschroben, aber er ist großartig verschroben... Sein gewaltiger Irrtum, der ist großartig.«

Wie hätte Weininger bei solch großer Resonanz der Aufmerksamkeit Adolf Hitlers entgehen können. In den langen Monologen im Führerhauptquartier Wolfsschanze erzählte Hitler eines Abends, sein väterlicher Münchner Freund Dietrich Eckart habe ihm einst versichert, es gebe nur »einen anständigen Juden... den Otto Weininger, der sich das Leben genommen hat, als er erkannte, daß der Jude von der Zersetzung anderen Volkstums lebt«.

Doch Weininger übte indirekt auch folgenschweren Einfluß auf Hitler aus. Während seiner »Wiener Lehr- und Leidensjahre« war der meist mittellose Kunstmaler ein emsiger Leser der wütend-antisemitischen Zeitschrift *Ostara*, die ein grotesker Weininger-Epigone edierte. Georg Lanz von Liebenfels (ein Künstlername) hatte 1905 begonnen, seine wahnwitzigen Rassetheorien zu publizieren; er war wohl der verhängnisvollste unter Hitlers Lehrmeistern (ein nicht unbedeutender Aspekt des Wiener *genius loci*, der noch kennenzulernen ist). Lanz von Liebenfels' wesentliche programmatische Schrift, ein umfängliches Traktat namens »Theozoologie«, liest sich wie eine von den letzten logischen Ankern befreite Kopie der Weiningerschen

Lehre. Selbstverständlich erblickte August Strindberg hierin eine neuerliche »Lichtquelle«, selbstverständlich verschlangen auch Kubin und Herzmanofsky-Orlando diesen Judenhammer wienerischer Provenienz.

Die Faszination, die Otto Weininger auf seine Generation ausübte, und die weitreichenden Auswirkungen, die seine Theorie zeitigten, sind freilich trotz aller diagnostischen Erklärungsversuche kaum begreiflich. Nur einmal hat Sigmund Freud höchstpersönlich in einer Fußnote eine knappe Interpretation geliefert: »Der Kastrationskomplex ist die tiefste unbewußte Wurzel des Antisemitismus... Auch die Überhebung über das Weib hat keine stärkere unbewußte Wurzel. Weininger, jener hochbegabte und sexuell gestörte Philosoph... stand als Neurotiker völlig unter der Herrschaft infantiler Komplexe; die Beziehung zum Kastrationskomplex ist das dem Juden und dem Weibe dort Gemeinsame.«

Detaillierter wollte Freud nie mehr auf diesen Fall eingehen, der ihm doch ungleich näher sein und ihn viel unmittelbarer betreffen mußte als der Fall seines Studien-Objektes Schreber. Freud vermied – oder verdrängte? – den ihm unangenehmen Denker. 1901 hatte ihn Weininger besucht und einen ersten Manuskriptentwurf zu »Geschlecht und Charakter« zur Lektüre vorgelegt. Väterlich riet ihm Freud, noch weitere zehn Jahre daran zu arbeiten und seine kühnen Mutmaßungen sorgfältig zu überprüfen. Soviel Zeit besaß der übereifrige Philosoph freilich nicht mehr.

Drei Jahre nach dieser Unterredung – der tote Weininger war bereits überall im Gespräch – wurde Freud in einen grotesken Urheberrechtsstreit um den junger Denker verwickelt. Ein Freund des Seelenforschers, Wilhelm Fließ, Hals-Nasen-Ohren-Arzt zu Berlin und Urheber zahlreicher originell-konfuser Ideen, rühmte sich, das Konzept der »unbedingten Bisexualität aller Lebewesen« sowie das

»Wesen sexueller Anziehung, das daraus folgert: feminine Männer ziehen maskuline Frauen an und umgekehrt«, als erster erkannt zu haben. Ob bahnbrechend oder nicht, diese Theorie ist es auch, die den zentralen Ausgangspunkt zu Weiningers Analyse der Geschlechter darstellt und auf der sein seltsames Gedankenkonstrukt baut. Nach dem aufsehenerregenden Erfolg von »Geschlecht und Charakter« beschuldigte Fließ nun seinen Freund und Konfidenten Freud zu Recht, über dessen Patienten Hermann Swoboda, der auch Weiningers Freund war, daß Fließsche Bisexualitäts-Prinzip ausgeplaudert zu haben. »Der verstorbene Weininger«, schäumte Fließ in einem empörten Brief nach Wien, »ist ein Einbrecher mit einem Schlüssel, den er gefunden hat«. Freud habe bei dem geistigen Diebstahl Handlangerdienste geleistet. Die Freundschaft der beiden Ärzte war schon seit geraumer Zeit gespannt; der Konflikt um Weininger entzweite sie nun endgültig und hinterließ bei allen Beteiligten einen bitteren Nachgeschmack. Noch in seinem letzten Lebensjahr rechtfertigte sich der Begründer der Psychoanalyse, er sei der erste gewesen, der die Ergüsse des komplexgeplagten Philosophen »verdammt« hatte.

Freuds oberflächliche Diagnose ist jedoch – soweit sie zutrifft – lediglich ein erster Schritt auf dem Weg zum Verständnis des Phänomens Weininger. Jacques Le Rider: »Vielleicht ließe sich hier die Pathologie eines ganzen Jahrhunderts entschleiern. Bei Weininger stoßen wir auf das Resümee der Dämonie dieser Epoche.«

Der Zürcher Psychoanalytiker Mario Erdheim weiß, wie beschwerlich der Weg zu solcher Erkenntnis ist. »Ich betrachte dies alles wie ein Ethnologe«, sagt er, »denn im Grunde genommen ist alles, was wir bei Weinigner über Frauen – und über Juden – lesen müssen, für uns ebenso schwer verständlich wie die Berichte über aztekische Mythen, in denen wir erfahren, daß Menschen in einen

Feuerschlund geworfen und geopfert werden, damit ihr Blut die Sonne speise.« Ein erster Verstehensschritt könnte in einem ethnopsychoanalytischen Ansatz liegen: Die gesellschaftliche Produktion von Unbewußtheit bewirke, daß Tatsachen, »die dem einzelnen bewußt sein müssen, aber nicht bewußt sein dürfen« (Erdheim), mit Hilfe von Verschiebung, Verdichtung und Inszenierung – kurz durch die Traummechanismen – in Phantasmagorien verwandelt werden. Über Projektionen erlangen sie daraufhin den Anschein von Wirklichkeit. In Weiningers Arbeiten sieht Marion Erdheim ein prägnantes Beispiel für diesen Vorgang. Ebenso beweise der durchschlagende Erfolg des Philosophen, wie weit diese Phantasmagorien verbreitet gewesen sein müssen. »Der Kampf der Geschlechter, der das Bewußtsein beherrscht, ist nämlich nicht mit der Angst der Männer vor dem weiblichen Geschlecht zu erklären«, meint Erdheim, »sondern mit der Angst vor unkontrollierbaren sozialen Entwicklungen.«

»Das, wogegen der Kampf geführt wird«, formulierte Weininger schlußendlich in seinem Schlachtruf wider Weib, Jude, Ich, sei »die Unfreiheit, die in der Geschlechtlichkeit liegt.« Der keusche Streiter ahnte, daß er auf verlorenem Posten stand: »Weiber und Juden kuppeln, ihr Ziel ist es: den Menschen schuldig werden zu lassen«, und er lebte in einer Zeit, »die nicht nur die jüdischste, sondern auch die weibischste aller Zeiten ist«. Hinter dieser Definition verbarg sich gleichzeitig auch ein unverhohlener Angriff auf den »jüdischen Geist« der Moderne. Weininger nannte sie »die Zeit, für welche die Kunst nur ein Schweißtuch ihrer Stimmungen abgibt, die den künstlerischen Drang aus den Spielen der Tiere abgeleitet hat; die Zeit des leichtgläubigsten Anarchismus, die Zeit ohne Sinn für Staat und Recht«.

Allein mit dieser Suada sicherte sich der Selbstmörder Otto Weininger einen unumstrittenen Platz unter den

Wegbereitern des Nationalsozialismus. »Aber dem neuen Judentum entgegen drängt ein neues Christentum zum Lichte: die Menschheit harrt des neuen Religionsstifters«, prophezeite er: »Der Kampf drängt zur Entscheidung wie im Jahre eins. Zwischen Unwert und Wert, zwischen dem Nichts und der Gottheit hat abermals die Menschheit die Wahl. Das sind die beiden Pole. Es gibt kein drittes Reich.«

Kusch!

Warum wurde mir nicht die Körperkraft, die Sünde dieses Planeten mit einem Axthieb umzulegen? Warum wurde mir nicht die Gedankenkraft, die geschändete Menschheit zu einem Aufschrei zu zwingen? Warum ist mein Gegenruf nicht stärker als dieses blecherne Kommando, das Macht hatte über die Seelen des Erdenrunds?

Karl Kraus: *Die letzten Tage der Menschheit*

Er habe alles reiflich erwogen. Er habe die Tragödie, die in die Szenen der zerfallenden Menschheit zerfällt, auf sich genommen; die schauerliche Symphonie der Taten, die Berichte hervorbringen, und der Berichte, welche Taten verschulden; den Grundton der Zeit, das Echo seines blutigen Wahnsinns. Er habe nichts weiter getan, als diese tödliche Quantität verkürzt, die sich in ihrer Unermeßlichkeit auf den Unbestand von Zeit und Zeitung berief. Denn: *All ihr Blut war doch nur Tinte – nun wird mit Blut geschrieben sein!*

Er schrieb mit dem Blut seines entsetzten Herzens. Zum Aufschrei erschrocken. Zur Polemik ernüchtert. Zum Hohn erzürnt. Zur Anklage ermächtigt und zur Klage befähigt. Schließlich erbarmte er sich und fällte das Urteil: Es konnte niemand Gnade finden, der sich gegen die Würde der Kreatur vergangen, der das stille, ewige Gesetz gebrochen hatte, in dem der Richter den Willen des Schöpfers, jenen sittlichen Wert, der allen Tugenden zugrunde liegt, erkannt hatte.

Er war davon besessen, auf Punkt und Komma abzurechnen. Er war ein Buchhalter, grauenvoll penibel, mit stechendem Blick, korrekt und unbestechlich. Er, der Merker, führte akribischen Bericht über die Verbrechen der Menschen, die sie im Namen von Phrasen gegen die Menschheit begangen hatten.

Er war ein Träumer. In seinen schlaflosen Arbeitsnächten erwachte in ihm die Sehnsucht nach der unberührten, makellosen Unschuld der Kindheit. Er nahm sich die Freiheit der Phantasie, und so durchlebte er irdisches Glück und himmlische Liebe; erlebte, wie das Gute siegen konnte und das Böse aus dem weiten Land der Seele weichen mußte. In knabenhafter Verehrung hielt er Treue, dem Geliebten und dem Angebeteten, dem Traum, der in seinem reinen Herzen wohnte.

Bitter klagte der Romantiker darüber, daß es ihm, dem Beredten und dem Wortgewaltigen, nicht vergönnt war, zu schweigen. Erst als er erkennen mußte, daß ihm die blutige Niedertracht des Tages die Rückkehr in sein nächtliches Reich verschloß, daß er jeden Morgen aufs neue aus seinem Paradies vertrieben wurde, erst dann erhob er die Stimme.

Von nun an nahm er die Zeit beim Wort. »Meinen Sie das wörtlich?«, fragt der Optimist den Nörgler, sein Alter ego, in einem der Dialoge aus den »Letzten Tagen der Menschheit«. »Sachlich und wörtlich, also wörtlich.« Er ging dazu über, Druckfehler für den authentischen Text zu halten. Sie waren ihm Beweis und Dokument für die Absicht, die hinter jeder Zeile lauerte. So verriet sich ihm der Verrat an der Sprache, so kündigte sich ihm die Katastrophe an. »Ich bewahre Dokumente für eine Zeit, die sie nicht mehr fassen wird oder so weit vom heute lebt, daß sie sagen wird, ich sei ein Fälscher gewesen.« Er hatte lediglich notiert, was bereits geschrieben stand.

»Am Ende stand das Wort«, so schrieb er. »...ich bin vorhanden, vae victoribus!«

Das drohende Echo dieser Warnung ist, über ein halbes Jahrhundert nach seinem Tod, noch nicht verhallt. Doch Karl Kraus, der geniale Befreier der Sprache aus der babylonischen Verluderung, ist seiner Nachwelt zur Beute gefallen. »Non vivere, deinde wird sich finden«, forderte er von den Zeitgenossen. Die Nachwelt fand hingegen in seinem umfangreichen Werk einen Zettelkasten für geflügelte Worte; seine Aphorismen wurden zu Bonmots degradiert, die Stationen seines Lebenskampfes in Expertisen zerfleddert, sein Charakter Mutmaßungen ausgesetzt. Selbst Wien, die Heimatstadt, die er verachtete, wie man nur verachten kann, was man niemals verehrt hat, nannte einen trostlosen Weg inmitten kahler Betonblöcke »Karl-Kraus-Gasse«.

Einmal mußte es ja heraus: »Und man beachte die von mir längst ersehnte Formulierung: Denn er war unser. Aber weiß Gott, ich war ihrer nicht«, davor verwahrte er sich in einem frühzeitigen »Rechenschaftsbericht«: »Und ich behalte mir vor, meinen Nachruf ihnen selbst zu halten, in dem Moment, in dem sie zum ersten Mal das Maul aufmachen wollen. Er wird, testamentarisch vorbereitet, lauten: KUSCH!«

Das testamentarisch verfügte »Kusch!« verklang. Es wich dem jämmerlichen Gesang der Hyänen, die, nachdem alles vergossen, vergessen, genossen, gegessen, kläglich Walzermelodien jaulen: »Denn er war unser!«

Am 12. Juni 1936 starb Karl Kraus an einem Herz- und Gehirnschlag. In einer kalten Winternacht hatte ihn ein Radfahrer zu Boden gestoßen. Hart schlug sein Kopf auf das Straßenpflaster. Er litt fortan an starken Kopfschmerzen, Gedächtnislücken plagten sein sonst so untrügerisches Erinnerungsvermögen. Im Mai reiste er nach Prag, anschließend wollte er seiner Geliebten, der böhmischen Aristokratin Sidonie Nadherny von Borutin, auf Schloß Janovice, dessen Park mit seiner »fünfhundertjährigen Pappel« ihm ein Elysium war, einen Besuch abstatten. Doch zu sehr war sein Herz bereits angegriffen. Er konsultierte einen Arzt, der Kraus über seinen tatsächlichen Gesundheitszustand hinwegtäuschte. In zwei Tagen werde er in der Lage sein, seine Reise fortzusetzen.

Zwei Tage später verlor er das Bewußtsein. Sterbend wurde er nach Wien gebracht. Seiner besorgten Freundin Helene Kann hatte er anvertraut: »Nur im Zustand des Irrsinns kann ich dem Tod verfallen. Es ist nicht wahr, daß Goethe friedlich starb. Er schrie drei Tage und drei Nächte lang in Todesangst.«

Karl Kraus starb qualvoll. Die Angst vor dem Sterben, noch mehr die Angst vor dem Tod, hatte ihn seit langem erfaßt: aus einem Leben gerissen werden, das er so sagbar unerträglich empfunden hatte; seiner Arbeit entrissen werden; seiner Aufgabe entsagen müssen, getreulich die Menschheitstragödie zu notieren. Gewiß, die Gegenwart war ihm zur »Widerwart« geworden; doch aus der Summe aller Erdentage mußte Bilanz gezogen werden, die Ewigkeit forderte ihr Recht. Er war ihr Sachwalter. »Aber zum Dichter, welcher ihn spürt, spricht entschädigend der Traum: Im Taggekribbel achte nur der Milbe, was macht es, daß sie's selber nicht versteht; du bleibst am Leben, das im Tod vergeht, du lebst im Wort und stirbst an einer Silbe.«

In der Nacht vom 27. auf den 28. August 1935 hatte er in seiner nahezu unleserlichen Handschrift sein Testament zu Papier gebracht. Der letzte Absatz beginnt so: »Nur weil mein Leben so wenig eine Familienangelegenheit sein sollte, wie es mein Leben – der Arbeit wegen – sein mußte...« Wo »Tod« stehen müßte, schrieb er »Leben«. Er, der wie kaum ein Zeitgenosse die Psychoanalyse geschmäht und verhöhnt hatte, der jene aufgeklärten Humanisten verachtete, die der Seele ihr Mysterium entreißen wollten und die in der Unschuld der Kindheitsphantasien nichts als sexuelle Not sahen und auf ihrer schmutzigen Couch den Mann im Knaben ausfindig machten; er, der Bewahrer der Geheimnisse und der Hüter der Rätsel, hat sich zuletzt selbst verschrieben und einer Freudschen Fehlleistung schuldig gemacht. Das war der große Druckfehler seiner Seele.

So blieb er sich treu bis in den Tod. In eigener Sache hat Karl Kraus einmal in der *Fackel* in einem Glossen-Titel inseriert: »Größere Gegner gesucht.« Wissend, daß ihm auf Erden keiner erwachsen konnte, es sei denn der, dessen Name ihm die Sprache verschlug. »Die Sprache tastet wie die Liebe im Dunkel der Welt einem Urbild nach.«

War der Gegner, den er suchte, der Tod? Unter den Stellvertretern des Todes auf Erden konnte Karl Kraus keinen finden, der ihm ebenbürtig war. Wenn er schwieg, vorübergehend, so war sein Schweigen beredte Anklage, schlimmer noch als sein Richterspruch. Dann war er Scharfrichter: »Das Wort entschlief, als jene Welt erwachte.« Er resignierte nicht, sondern er versagte, eingedenk der Allmacht seiner Worte, dem Nationalsozialismus sein Urteil; es mußte nur vollstreckt werden – wortlos.

Schon einmal, in dem niederschmetternden Plädoyer gegen die Vaterlandsgesellen, die den Ersten Weltkrieg herbeigeredet hatten (»In dieser großen Zeit«), ward das Schweigen zur letzten Konsequenz des Sprechens: »In den Reichen der Phantasiearmut, wo der Mensch an seelischer Hungersnot stirbt, ohne den seelischen Hunger zu spüren, wo Federn in Blut tauchen und Schwerter in Tinte, muß das, was nicht gedacht wird, getan werden, aber ist das, was nur gedacht wird, unaussprechlich. Erwarten Sie von mir kein eigenes Wort... Die jetzt nichts zu sagen haben, weil die Tat das Wort hat, sprechen weiter. Wer etwas zu sagen hat, trete vor und schweige!«

So klang seine Zeugenschaft wider das Unrecht. Dieses war das »Große Schweigen«, die letzte Regieanweisung der »Letzten Tage der Menschheit«, das »Meteorregen«, »Flammenlohe« und »Weltendonner« folgt und der

»Stimme Gottes« vorausgeht, die da spricht: »Ich habe es nicht gewollt.«

Der Tod hingegen ließ den schweigend Beredten unwiderruflich verstummen. Er entzog ihm das Wort. Sechs Jahre bevor er starb, hatte sich Karl Kraus sein eigenes Epitaph in Verse gesetzt: »Wie leer ist es hier / an meiner Stelle. / Vertan alles Streben. / Nichts bleibt von mir / als die Quelle, / die sie nicht angegeben.«

Helene Kann hielt Wacht an seinem Totenbett. Sie erzählte, wie Kraus, nur noch bei halbem Bewußtsein, murmelnd über den behandelnden Arzt Klage führte. »Ach Karl, dem tust du auch unrecht«, sagte sie. Da richtete er sich plötzlich auf, und mit kraftvoller Stimme fragte er: »Wem habe ich denn jemals unrecht getan?«

»Karl Kraus ist abgestiegen zur Hölle, zu richten die Lebendigen und die Toten«, so meinte sein Freund, der Maler Oskar Kokoschka, der ihn verehrte und von ihm gefördert wurde. Umgeben von Larven und Lemuren, Hyänen und geistigen Schiebern, Maulenden und Wohlmeinenden, entzückten Liebhabern und Klugscheißern thronte er, ein dürrer Herr der Worte, und hielt im Kreidekreis der Sprache an jedem Tag des Jahres Zeitgericht, das doch nur den Spruch des Weltgerichts vorwegnahm. Vor den Schranken johlte die Masse. Die Spottdrosseln pfiffen es in Wien von den Dächern, wenn der unbestechliche Richter, »der Schätzmeister, vor dem nichts besteht, als der Wert dessen, was zwischen den Worten ist«, prüfte, wog und befand.

»Er hatte eine Hetzmasse aus Intellektuellen gebildet«, erinnerte sich Elias Canetti. Es war so, wie Kraus es selbst in einem Epigramm reimte: »Ich muß sie alle vereinen, / die ich einzeln nicht gelten lasse. / Aus tausend, die jeder was meinen, / mach' ich eine fühlende Masse. / Ob der oder jener mich lobe, / ist für die Wirkung egal. / Schimpft alle in der Garderobe, / ihr wart mir doch wehrlos im Saal!«

In siebenhundert Vorlesungen, auf den dreiundzwanzigtausend Seiten der vierhundertundfünfzehn *Fackel*-Hefte, in Gedichtbänden, Essays, Dramen und Polemiken tagte der Gerichtshof. Jeder, der sich in den Zeugenstand wagte, landete unweigerlich auf der Anklagebank. Alles, was er hörte, war Kraus Beweis gegen den, von dem er es gehört hatte. Er saß auf seinem Richterstuhl, der so fest gefügt war wie die ehernen Regeln der Syntax, und sprach Recht wider das Inventar der Zeit. Seinen Jüngern galt sein Urteilsspruch als absolutes Gesetz.

»Es war hart und natürlich wie Granit, den keiner zu bekratzen oder zu bekritzeln vermocht hätte«, schrieb Canetti, selbst einst unter den Gefolgsleuten (den zweiten Band seiner Autobiographie nannte er »Die Fackel im Ohr«): »Dieses Gesetz glühte: es strahlte aus, es sengte, es vernichtete.«

Karl Kraus maßte sich endgültige Urteile an, da er sich absolut verantwortlich fühlte für Moral und Wahrheit und Menschenwürde. Sein Kodex der Sittlichkeit war so abgefaßt, daß er in Form der Sprachlehre veröffentlicht werden konnte. Daran arbeitete er bis zu seinem Tode.

Auch Walter Benjamin, der Kraus in der Dreieinigkeit von »Allmensch-Dämon-Unmensch« beschrieb, sah in dem »Silbenstecher« vor allem eine juridische Instanz: »Seine ganze feuerfressende, degenschluckende Philologie der Journale geht ja ebensosehr wie die Sprache dem Recht nach. Man begreift seine Sprachlehre nicht, erkennt man sie nicht als Beitrag zur Sprachprozeßordnung, begreift nicht das Wort des anderen in seinem Mund nur als corpus delicti...«

Als Gymnasiast hatte Kraus sich vor die Wahl gestellt gesehen, Schauspieler oder Schriftsteller zu werden. Er versuchte sich auf einer Vorstadtbühne als Franz Moor, im Zuschauerraum saßen seine Freunde aus dem Literatur-Café Griensteidl. Das Debüt endete in einem Debakel.

Kraus erkannte, daß er kein Schauspieler sein konnte, der anderer Menschen Rollen darstellt, sondern Schausteller war, der die Rollen, die andere Menschen spielen, bloßstellt. Er fühlte sich dazu ausersehen, die Larven zu demaskieren, die »Larven der Käuflichkeit und der Geschwätzigkeit, der Niedertracht und der Bonhomie, der Kinderei und der Habsucht, der Verfressenheit und der Hinterlist... Die Zitate der *Fackel* sind mehr als Belegstellen: Requisiten von mimischen Entlarvungen durch den Zitierenden« (Walter Benjamin).

Das Publikum huldigte ihm, dem großen Tragöden der untergehenden Menschheit. Seine Monologe waren Offenbarungen. Er war der Abgott einer Claque, die allerdings nur selten das große, monomane Konzept des Intendanten dieses »Marstheaters«, dem nicht nur die »Letzten Tage der Menschheit«, sondern sein gesamtes, nicht mehr faßbares Werk zugedacht waren, erkennen konnte. Ein Tisch, ein Stuhl, ein Mann: »Die Blutprobe des Wortes spottet der Diagnose von Pfuschern und Lügnern.«

Dennoch war Karl Kraus ein Religionsgründer. Prophet und Hohepriester seiner selbst, Erfüller einer Pflicht, die er sich selbst aufgetragen hatte. Er hatte sich berufen, als ihn der Ruf der Phrasen ereilte. »Es ist ja ein Kreuz mit der Sprache«, seufzt der Optimist. »Das man auf der Brust trägt«, entgegnet der Nörgler: »Ich trag's auf dem Rükken.«

Er suchte die klösterliche Askese seines Arbeitszimmers, die Nacht, die Einsamkeit, den Freiraum, in dem seine Träume Platz fanden. »Ich arbeite Tage und Nächte. So bleibt mir viel freie Zeit. Um ein Bild im Zimmer zu fragen, wie ihm die Arbeit gefällt, um die Uhr zu fragen, ob sie müde ist, und die Nacht, wie sie geschlafen hat.«

Er suchte auch Distanz zu den Menschen. Er wollte die Verehrer – »Ich werde mir schon abtrünnig, wenn ich nur das Wort höre« – nicht an sich heranlassen. Er war menschenscheu, vereint mit der Ahnung drohender Enttäuschung und dem Wissen, daß er eines Tages keine andere Wahl haben werde, als in dem Freund den Gegner zu sehen. Seine Loyalität war unerbittlich.

Die Einsendungen an die *Fackel*, der »zentnerschwere Plunder an Ekstasen«, waren jedoch nicht zu unterbinden. Devotionalien erreichten ihn in anonymen Verszeilen: »Und Gott steht auf aus dieser Welten Gruft / durch jenen Ruf, der durch die Zeiten ruft.« Eine Trudl Grohsmann schickte dem Meister ein schwärmerisches Billett: »So wurde all mein Denken und Fühlen doch immer wieder von der tiefen Harmonie und Ausgeglichenheit ergriffen, die man sonst nur durch einsame, in der Natur verlebte Stunden oder durch die genialsten Werke großer Musiker erlangen kann.« Ein Oberlehrer dankte »froh«, daß »Sie endlich das Rätsel Ihres Apostrophs einer Lösung entgegengeführt haben«, und ein anderer »Hochachtungsvoll Ihr« bat am Ende seiner Zuschrift: »Machen Sie bitte keine Glosse über mich; ich bin ein armer Teufel.«

Anfänglich hatte Karl Kraus Leserpost ermutigt. In seitenlangen »Antworten des Herausgebers« fungierte er als Lebenshelfer, Sprachpolizist oder Ratgeber (»Cordelia: Lieben Sie – und schweigen Sie«). Doch bald untersagte er seinem Publikum die mitteilsame Annäherung. Er mochte es fortan nur noch stumm, nur noch als Leser, und mithin als Material der *Fackel*, dulden. Es durfte sich an seinen Selbstdarstellungen weiden, durfte Zeuge seiner großen Abrechungen werden – mit dem Erzfeind, der Wiener *Neuen Freien Presse*, mit dem Wiener Polizeipräsidenten Johannes Schober, mit dem Berliner Theaterkritiker Alfred Kerr, mit Hermann Bahr, dem Dichtervater aus Linz, oder mit dem erpresserischen Pressezaren Imre Bekessy. Doch die Leser durften nicht in die Abgeschiedenheit seiner Richtstätte vordringen. »Ich bin dafür, daß man den Leuten verbietet, das, was ich denke, zu meinen«, schrieb er bereits 1915.

Die Huldigung, die ihm ein Kurt Hiller erbot, war daher unausbleiblich: »...und weiß nun, daß Sie christushaft sind«. Er hatte den Typus des *Fackel*-Lesers in die Welt gesetzt, und bedrängt von seiner Schöpfung wurde er das Wesen, das sein Sein aus seinen Sätzen bezog, nicht mehr los, »dem noch im Nebensatz, in der Partikel, ja im Komma stumme Fetzen und Fasern von Nerven zucken, am abgelegensten und trockensten Faktum noch ein Stück des geschundenen Fleisches hängt« (Walter Benjamin). Robert Musil mutmaßte in der »geistigen Diktatorenverehrung« der Jahrhundertwende »wohl ein Bedürfnis nach dem Wesen des Heilands«.

Je unerreichbarer Kraus wurde, je mehr er sich zurückzog in das »alte Haus der Sprache«, in dem er nur als »einer von den Epigonen« leben wollte, desto stärker wurde seine Macht: Denn wo er Recht sprach, wollten andere Recht haben. »Viele werden einst Recht haben«, prophezeite er. »Es wird aber Recht von dem Unrecht sein, das ich heute habe.«

In dem Jahr, in dem *Die Fackel* erstmals erschien, 1899, trat Karl Kraus aus der israelitischen Kultusgemeinde aus. Zwölf Jahre später ließ er sich taufen. 1923 kehrte er der katholischen Kirche, aus Protest gegen die heuchlerischen Mysterienspiele, die Hugo von Hofmannsthal und Max Reinhardt im Schatten des Salzburger Doms veranstalteten, wiederum den Rücken und konvertierte zum Protestantismus. Sein Taufpate hieß Adolf Loos, der Neuerer, dem die Architektur die Moderne verdankt.

Am 8. April 1911 führte Loos seinen Freund und Verbündeten zum Taufbecken. Sie hatten für diese Zeremonie die Wiener Karlskirche gewählt, den Triumphbogen der Gegenreformation, den Johann Bernhard Fischer von Erlach dem Prinzen Eugen, dem Erretter des christlichen

Abendlandes vor der Türkengefahr, errichtet hatte. Selten versinnbildlichen sich die Widersprüche im Leben von Karl Kraus deutlicher als in diesem symbolschweren Ritual. Das Gotteshaus ist ein Mahnmal jenes Programms, das Pate wie Täufling bekämpften. Als es zur Blütezeit des Habsburger Reiches gebaut worden war, kündete es von der gottgewollten Macht des Herrscherhauses.

Kraus war aus dem Judentum ausgetreten, und das war eine legere Fahnenflucht, denn er hat sein Judentum wohl nie so engstirnig empfunden wie all jene, die ihn des Antisemitismus ziehen. Dann eilte er in die Arme der Kirche, die eine Hausmacht des Staates war, dessen Verbrechen anzuklagen sein Lebenszweck war. Der neubarocken Weihefestspiele von Salzburg wegen verließ er die Kirche. Er hatte sie durch das hochbarocke Hauptportal betreten.

»Adolf Loos und ich, er wörtlich, ich sprachlich, haben nichts weiter getan als gezeigt, daß zwischen einer Urne und einem Nachttopf ein Unterschied ist und daß in diesem Unterschied erst die Kultur Spielraum hat. Die anderen aber, die Positiven, teilen sich in solche, die eine Urne als Nachttopf und den Nachttopf als Urne gebrauchen.« Das ist die Tagseite des Karl Kraus: die bissige Schonungslosigkeit, mit der er es der Verlogenheit unermüdlich heimzahlte, daß sie ihm den Blick auf die Menschenwürde verstellte. So wie Loos die Fassaden der Gebäude bloßlegte, weil er in ihnen der Verbrechen und der Verbrecher in der potemkinschen Großmannssucht der Wiener Ornamentkultur gewahr wurde, so hat Karl Kraus die Sprache bloßgestellt, die das Unrecht hinter Phrasen versteckte. Denn, so sahen das Loos und Kraus, im Ornament, der Stein gewordenen Lüge, nimmt die Phrase die Gestalt von Gebäuden an. An beiden sollt ihr sie erkennen: an den Palästen und an den Pamphleten.

Doch es lauerte da noch die Nachtseite des Karl Kraus: Erlösungssehnsucht, Todesangst, unbändige Leidenschaft, schwärmerische Verehrung und Verzweiflung an der eigenen Unvollkommenheit. Es ist verbürgt, daß er sich in diesen Nächten stundenlang damit abquälte, ein Komma tadellos zu plazieren oder ein Wort an die Geliebte zu finden. In diesen »Stunden zwischen Schlafen und Wachen« (Walter Benjamin) wurden die Widersprüche geboren, da wechselte er die Fronten, hüllte sich in Schweigen oder entfesselte jene Wortlawinen, denen nichts und niemand standhalten konnte.

Es stimmt, er eilte hinter vielen Fahnen her; von der Trauer um den ermordeten Thronfolger Franz Ferdinand bis zum Wahlaufruf für die Sozialdemokraten dauerte es nur wenige Weltkriegsjahre; und kurze Zeit später weinte er, als er erfuhr, daß nationalsozialistische Putschisten den austrofaschistischen Bundeskanzler Engelbert Dollfuß umgebracht hatten. Doch er kannte nur ein Fahnentuch, und das war rot gefärbt, *Fackel*-rot, vom Blut seiner Wunden, die es bedeckte. »Wäre Rot nur als Farbe der Scham noch in Geltung«, wünschte er im letzten Jahr seines Lebens.

Er schwor viele Treueeide und brach sie wohl auch wieder. Dennoch blieb er sich selbst treu bis zum letzten Atemzug. Aus den Millionen Sätzen, die er geschrieben hat, läßt sich zu leicht ein Zitat für jeden Anlaß, zu jedem Widerspruch fischen. »Wüßte die Zucht, könnte sie miterleben, wie Widersprüche entstehen«, schrieb er als alter Mann, den Tod vor Augen, »sie würde sich lieber umbringen, als frech zu sein«.

Ach ja, zu Hitler ist ihm nix eingefallen. Es war November, er las Jacques Offenbach und fand plötzlich zum Couplet eine Zusatzstrophe: »Daß mir zu Hitler nichts fiel ein, / schuf manchem Trottel Kopfzerbrechen. / Er schien von mir sich zu versprechen, / ich würde die Welt vom Wahn befrein.« Oder, an die »Männer und Buben der Freiheit« gerichtet, die dreihundertundfünfzehn Seiten unter dem Titel »Warum die *Fackel*, nicht erscheint« überlesen hatten: »... wähnend, daß dem Satiriker zu einem Jaguar so schnell etwas einfällt wie zu einem Trottel«.

So endet der allerletzte *Fackel*-Satz. Schrieb's und legte die Feder zur Seite. War nicht schon alles gesagt worden, in Tagen und Nächten, anno 1913 beispielsweise: »O unerhörte Möglichkeit der Welt, / die nicht dem Chaos in die Arme fällt, / die so ermüdet weiter dazu singt / und so erschüttert nicht in Splitter springt... Das Leben starb. Die Mörder tanzen Tango.«

Philosophie des Untergangs

Nie wird das Aktuelle erlitten, immer das Zwischenaktuelle. Die Akte selbst bestehen in der Hauptsache aus Vor- und Rückblenden. Es deutet sich darin eine Philosophie an, etwa des Inhalts, daß der Augenblick nichts ist als der wehmütige Punkt zwischen Verlangen und Erinnern. Daß leidenschaftliches Handeln nichts ist als eine Maske, hinter der der Mensch einsam bleibt.

Robert Musil über Arthur Schnitzler

Und wirklich, durch mehr als nur durch Ahnung kündigte sich der kommende Niedergang an.

Vielleicht kam er vor der Zeit. In den Salons legte sich wieder der Staub. Wäre das langsame, stetige Versinken im Morast der Geschichte abwendbar gewesen, hätte man Tritt fassen können, festen, moralischen Boden gewinnen? Diese Frage war zu nämlicher Zeit von untergeordneter Bedeutung. Es war, zunächst jedenfalls, nur eine bürgerliche Affäre, die Angelegenheit der allerbesten Familien, die sich ein Jahrzehnt und noch länger in Witwenschleier hüllten und ihre Flaneurs zur Totenwache für das alte Regime, das unter blutigen Zuckungen dennoch selig entschlafen war, abstellten. Ihre Trauerarbeit bestand in vollkommener Untätigkeit, im Verharren und Erstarren. Sie verweigerten sich ganz allgemein der Zeit.

Und die Zeit spie sie aus. Ihr Untergangstrauma ließ sie in apathische Schwermut fallen. Sie blieben unbeteiligt. Ihr Interesse beschränkte sich auf die gewohnten Alltäglichkeiten. In ihrer Gleichgültigkeit merkten sie nicht, wie sich die Parvenüs an ihnen vorbei hochschleichen, in den erklommenen Positionen zurechtrücken und sich daranmachen konnten, alles, was an das alte Regime erinnern mochte, auszurotten. Sie waren immer Beobachter gewesen, Beiwohnende, die schließlich ihrem eigenen Untergang beiwohnten, ohne von ihm erfaßt zu werden. »Jeden Morgen, wenn wir erwachten, jede Nacht, wenn wir uns schlafen legten, fluchten wir dem Tod, der uns zu seinem gewaltigen Fest vergeblich gelockt hatte. Und jeder von uns beneidete die Gefallenen. Sie ruhten unter der Erde, und im nächsten Frühling würden Veilchen aus den Gebeinen wachsen. Wir aber waren heillos unfruchtbar heimgekehrt, mit lahmen Lenden, ein todgeweihtes Geschlecht, das der Tod verschmäht hatte. So ähnlich werden einmal die Menschen einen Tag vor dem Jüngsten Gericht leben, Honig saugend aus den giftigen Blumen, die verlöschende Sonne als Lebensspenderin preisend, die verdorrende Erde küssend als Mutter der Fruchtbarkeit« (Joseph Roth: *Die Kapuzinergruft*).

Es war immer ihre feste Überzeugung gewesen, daß sich die Krankheiten der Gesellschaft einer Heilung entziehen, so wie es die Wiener Medizinische Schule von den Krankheiten des Körpers annahm, und sie weigerten sich daher, eine Therapie auch nur vorzuschlagen. Dem Pesthauch der neuen Ära begegneten sie fassungslos. Der Zeit, die Hand an sich legt, dem Volk, das sich das Herz und die Seele aus dem Leib reißt, kann nicht geholfen werden. Schreckensstarr und sprachlos. Wien versank auf den Grund des Unsagbaren. Worte reichten nicht mehr aus, Taten standen nicht zur Wahl. »Was sich überhaupt sagen läßt, läßt sich klar sagen; wovon man nicht sprechen kann, darüber muß man schweigen«, beteuerte Ludwig Wittgenstein. Die Sprache war zu einem falschen Gewicht geworden, das die drückende Last der Bedrohung nicht mehr aufwog.

So waren sie aus der Geschichte ausgetreten, wie man ein Kaffeehaus im Morgengrauen müde und leer, aber auch mit schwerem Kopf und trüben Gedanken verläßt. Wie immer hatten sie die Rechnung nicht bezahlt. Sie waren gewohnt, auf Kredit zu leben. Ihre Schulden übernahmen andere. Das sollte sich rächen.

Leise entfernte sich die alte, abgetretene Gesellschaft und machte, ohne zu murren sich in das Unausweichliche fügend, ihren Nachfolgern Platz. Das Volk, das sie zu lange in ihrer Parasitengesinnung zum treuen Dienstmann verniedlicht hatten, ergriff frevelnd Besitz von der soeben angebrochenen Epoche. Es sei eine neue Zeit, hieß es, eine Zeit aus Heil und Sieg und großem Saubermachen. Aus der Unparteilichkeit der josephinischen Bürokratie entsprang eine neue Parteibürokratie. Zutiefst in eigenem Weltschmerz versunken, gab sich das alte Regime dem Untergang hin, der noch gar nicht so handgreiflich und unwiderruflich, wie er erfolgen sollte, stattgefunden hatte. So zeugten sie die endgültige Vernichtung, die selbst jene Spuren, die sie nach ihrem Abgang zurückgelassen hatten, auslöschte. Der therapeutische Nihilismus, den Wien sich über ein halbes Jahrhundert lang auferlegt hatte, trieb schließlich seine Außenstände ein.

Zu lange hatten sie ihre Vergangenheit verklärt und ihre Zukunft verleugnet. Zu lange war das Bestehende ihr Maß aller Dinge gewesen. Das alte Regime und seine Proponenten waren zu einem gedankenverlorenen Geselligkeitsverein herabgesunken, der Mahnern mit merkwürdigem Schulterzucken begegnete und Veränderer wie Weltverbesserer mit Verachtung strafte. Man wußte um das Unheil, und man forschte nach seinen Erregern, von fast naturwissenschaftlicher Neugierde angetrieben. Daran, es abzuwenden oder zu verhindern, war niemand ernstlich interessiert. Es schien nicht der Mühe wert zu sein.

Nicht »Apokalypse-blind« (Günther Anders) war das alte Regime, es ignorierte den Untergang zunächst, und später, als die Nachtschatten unübersehbar geworden waren, hielt es das Opfer für vollbracht. Beiwohnend war es am Leben geblieben, sprachgewaltig hatte es sich aller Lügen gestraft, der gedachten und unausgesprochenen, der beiläufigen und der seit langer Zeit beabsichtigten. Und doch hatte es auch wiederum blutend recht behalten. Verharrend glaubte es nun seine Rolle erschöpft. In dieser diagnosereichen Zeit war dies die folgenschwerste Fehldiagnose.

Sie erkannten nicht das wuchernde Geschwür, machten sich keine Gedanken über dessen Bluthunger, waren teilnahmslos gegenüber dem Terror und fanden nicht einmal Worte, jene zu bezeichnen, die sich anschickten, sich des geistigen Erbes der Stadt zu bemächtigen. Die große Vernichtung, die sie so langsam zeugten und nährten am Busen ihrer Gleichgültigkeit, dieses gefräßige Ungeheuer, es gestattete ihnen nicht, sich fortzustehlen. Der Untergang, der lang erahnte, der lang verleugnete, der auch und vor allem lang ersehnte, denn, endlich, konnten sie sterben – dieser Untergang hatte Namen und Gesicht. Ihm war das alte Regime rettungslos ausgeliefert, herrenlos fiel ihm Wien, nicht nur die Stadt, sondern auch die historische Metapher – herrenlos und ausgebürgert fiel ihm Wien anheim. Die Stadt war, so schrieb Joseph Roth die »Heimat des Führers« paraphrasierend, »verlinzert, daher verloren«.

Die Zerstörung konnte beginnen. Sie verbrannten die Sprache. Sie löschten die Gedanken aus. Sie töteten die Gefühle. Sie vertrieben die Unerwünschten. Sie erhängten und erschossen die Gegner. Sie vergasten die Menschen. Ins mordende Leben trieben sie Wien, in dem die willfährige Meute folgsam blökte.

War das die Befreiung? Die Erlösung hin zum Tod, Untergangsmetamorphose der verlorenen Zeit? War es Anfang oder Ende? Wien, die Stadt ohne Juden, die in vielem auch die Geburtsstätte war, die Wurzel des Bösen, das die Stadt nun errettend, erlösend, erstickend umgab.

Vor den Toten steht jedoch der Tod. Grabsteine markieren ihn. Stein ist das Material unserer Gräber. Stein legt Zeugnis ab. Stein ist das Material unserer Läuterung. Doch jenem Tod fehlen die Gräber, die ihn aus dem Vergessen herabziehen könnten in die Schreckensbilder der Erinnerung. Tote, denen man den Tod gestohlen hat, todlose Tote.

Welcher Schlußstein läßt sich hinter diese Geschichte setzen? Dort, wo der Leichnam nur Abfallprodukt einer Lebensvernichtungsmaschine gewesen ist. Dort, wo ein Bastard von Tod verübt wurde. Dort, wo das, was übrigblieb nach diesem Tod und diesem Sterben, durch die Schlote der Krematorien zum Himmel stieg und sich in Luft zerlöste, nicht einmal ein Hauch, der mit mildem Schauder die Blätter zum Erzittern bringt. Schwerer, schwarzer Rauch hängt über dieser Geschichte. Und ohnmächtiges Vergehen.

Wie war das damals? Da waren die Vernichtungslager ja noch gar keine Todesfabriken, die schlimmer gewesen sein sollen als alle Höllenbilder, die ein Ablaßprediger jemals für die schlimmsten aller Schrecken hätte finden können. Was waren diese Zyanidduschbäder und Verbrennungsöfen? Was weiter als Entjudungsaggregate, weniger schlafstörend als die Schlachthöfe in der Vorstadt. Damals.

Und das Blut, das dort vergossen wurde, befleckte es? Bezeichnete es jene, die es vergossen hatten? Wurden die Nachbarn bleich, wenn sie dem Entjuder begegneten? Im düsteren Treppenhaus etwa, ganz ohne vorgewarnt zu sein? Wurde Mitleid laut, wenn die Schneiderei, das Bijouteriegeschäft, die Buchhandlung, wenn alles ringsherum judenfrei gemacht worden war? Sprach man dann leise, wurde kalkweiß, flüsterte vielleicht nur hinter vorgehaltener Hand vom drohenden Tod? Zeigte mit Fingern auf ihn, machte seine Spuren aus? Und die Trinkgefährten? Damals.

Fror eine Ehefrau, wenn sie in den Armen des Mörders lag? Und sein Atem; erschauderte sie vor dieser Nähe, als die Luft aus seinen Lungen, die doch Mörderatem war, sanft und warm über ihre Wangen strich? Und die blutbefleckten Hände, die nach ihren Hüften faßten? War sie beschämt? Wehrte dem Zugriff? Damals.

Wie war das also damals, als sich die Stadtviertel leerten? Als die Massentransporte aus der Nachbarschaft zu ebenso ungewissen wie unwiederbringlichen und zweifellosen Zielen führten? Die böswilligen Schmierereien, die an den Häuserwänden auftauchten. Die Parolen, die von allen Rednertribünen, aus allen Lautsprechern, aus allen Volksempfängern hetzten. Die ersten Demütigungen. Das Klirren der Auslagescheiben. Der schleichende Terror, der durch die Gassen kroch, sich in die Herzen fraß und die Hirne beschlagnahmte. Damals.

Wie war das also, damals? Waren aller Sinne verwirrt? Ein Rausch nur, Besinnungslosigkeit, die das Gleichgewicht raubt und mit der Zeit vergeht? Und die Schlagzeilen, die diese Schlägertypen in Blei gossen? Ihr Stiefelknallen. Das Schwingen ihrer Fäuste. Wenn sie mit Gewehrkolben zudroschen und Zähne einschlugen. Wenn die blutenden Wunden aufklafften. Wenn sich diese Juden ängstlich um Häuserecken schlichen und hungerten, froren und um ihr Leben bangten. Um dieses Leben, das an einem gelben Stern hing. Was hatte das zu besagen, dieses... *verrecke,* dieses... *vom Messer spritzt,* dieses... *sind euer Unglück*? Damals.

Das war doch so beiläufig nicht. Land und Leute konnten doch dabei nicht ahnungslos bleiben. Und wenn sie schon den Parolen keinen Glauben schenken wollten, warum nahmen sie dann die Taten so selbstverständlich hin? Und dann, später...?

Schweigen, das grenzenlose Schweigen von Unbetroffenen, von mitleidlos Desinteressierten, begleitete das monotone, ferne Mahlen der Vernichtungsmaschine. Während all dieser Zeit nur Lautlosigkeit. Es gibt keine Totenklagen und keine Grabreden, wo es nur Sterben und Tote, aber keinen Tod und keine Gräber gibt.

In den Gaskammern und Krematorien der Konzentrationslager verendete damals der europäische Geist, der Wien einst bewohnt hatte. Erst im letzten Akt dieser Tragödie fielen auch die Gebäude, die im Bombenregen in Schutt und Asche sanken, der Wiener Philosophie des Untergangs zum Opfer. Als sich die Zerstörungswut wieder gelegt hatte, türmten sich Leichenberge, dort, wo das alte Regime bis zu seiner Vernichtung verharrt hatte. »Jede Epoche träumt ja nicht nur die nächste, sondern träumend drängt sie auf das Erwachen hin. Sie trägt ihr Ende in sich und entfaltet es... wir beginnen, die Monumente der Bourgeoisie als Ruinen zu erkennen, noch ehe sie zerfallen sind« (Walter Benjamin: *Das Passagen-Werk*).

Zurück blieben in Wien die verlassenen Ruinen der Bourgeoisie. In dieser Geisterstadt nistete sich die Mittelmäßigkeit ein. Darin haust sie noch heute.

III. VERTREIBUNG AUS DEM PARADIES

Hitlers Lehrmeister

Sehen Sie, so sind wir Österreicher eben: immer im Echtesten, ewig sehnsüchtige Menschen. Mein Gott, meine schöne, liebe Heimat!

Adolf Hitler (1934)

Aus dieser Heimat bringt er seine Vorstellung von Elite und privilegierter Rasse in ein Deutschland mit, das in gesunden Zeiten für diesen hysterischen Streitruf weder Mund noch Ohr hatte... Sein Nationalsozialismus ist der Selbsttrost eines verunglückten österreichischen Patrioten.

Konrad Heiden: *Adolf Hitler, eine Biographie*

Gemessenen Schritts erstieg der großdeutsche Abgeordnete Jiratschek das Rednerpult im Wiener Parlament, heftiges Schluchzen schnürte seine Stimme ab, ergriffen rief er schließlich in den weiten Saal: »Wotan weilt unter uns!«

Soeben hatte der österreichische Bundeskanzler Doktor Schwertfeger die Verfassungsänderung zur »Ausweisung der nichtarischen, deutlicher gesagt, der jüdischen Bevölkerung« verkündet. »Entweder wir oder die Juden!« mit diesem Donnerruf hatte der hünenhafte Kanzler selbst wankelmütige Zauderer überzeugt. »Ist nicht auch der Rosenkäfer mit seinen schimmernden Flügeln ein an sich schönes, wertvolles Geschöpf, und wird er von dem sorgsamen Gärtner nicht trotzdem vertilgt, weil ihm die Rose nähersteht als der Käfer?«

Wer kassiert, kontrolliert, dirigiert und chauffiert? Wer schlemmt und praßt? Der Jude! »Unser Leben, das Leben der kommenden Generation« stehe auf dem Spiel.

»Fort mit den Juden!« Land und Leute jubelten; ein stiller, endlos langer Zug Vertriebener verließ die Stadt.

Noch war es allerdings nicht soweit, der Exodus ein

grimmiges Orakelbild. Bereits 1922 hatte der erfolgreiche Wiener Schriftsteller und Sensationsjournalist Hugo Bettauer in seinem sarkastischen Roman »Stadt ohne Juden« solcherart die endgültige »Lösung der Judenfrage« prophezeit: rücksichtslose Deportation. Seit vielen Jahrzehnten hatten die österreichischen Antisemiten Ähnliches und Schlimmeres herbeigesehnt; im untergehenden Reich der Habsburger-Monarchie ebenso wie im kleinmütigen, krisengeschüttelten Restösterreich der Ersten Republik. Politiker, Journalisten und Versammlungsredner, eine heillos zerstrittene und dennoch im Judenhaß geeinte Koalition aus christlichsozialen Kleinbürgern, vaterländischen Vereinsführern, treudeutschen Volkspfarrern, antiklerikalen Alldeutschen, großdeutscher Landaristokratie und rebellierenden Provinzgelehrten schürte unermüdlich die Hetzpropaganda. Selbst die österreichische Arbeiterbewegung war nicht frei von antisemitischen Reflexen.

Judenhaß, das war nach der kläglichen Niederlage des österreichischen Liberalismus in der zweiten Hälfte des 19. Jahrhunderts die schärfste und auch stets griffbereite Waffe in den politischen Kämpfen des überlebensverzagten Landes – gleichgültig, welcher Konflikt ausgetragen wurde. Mark Twain, der 1897 im Wiener Reichsrat den handgreiflichen Tumult beim Sturz der Regierung miterlebte (das Kabinett des Grafen Badeni war an dem Versuch gescheitert, Tschechisch als Amtssprache in den böhmischen Kronlanden einzuführen), glaubte sich in das Cowboyparlament aus den Pioniertagen von Arkansas zurückversetzt. Verwundert notierte der Yankee auf Reisen: »Es sind keine Juden anwesend, Juden haben mit der Sache nichts zu schaffen, kein Jude hat irgend jemandem etwas angetan, und dennoch herrscht nur in einer einzigen Frage Einigkeit: Die Juden werden für alles verantwortlich gemacht.«

Antisemitische Parolen, am liebsten dumpf und dröhnend, waren alltägliche Routine, ein probates Totschlagargument wider jedes Wenn und Aber. Sie garantierten Zustimmung und Unterstützung. Damit konnten die politischen Parteien, aber auch die katholische Kirche, ihr Fußvolk mobilisieren, und populäre Wortführer, wie der »schöne Karl« oder der »heilige Ritter Georg«, erwarben sich durch häufigen und eifrigen Gebrauch judenwehrhafter Worte die Bewunderung der kleinen Leute. Die Vielvölkermetropole Wien, Zentrum eines Staates, der zwölf Nationen vereinigte, war – lange bevor Adolf Hitler seine »Wiener Lehr- und Leidensjahre« (1908–1913) antrat – eine Wiege des politischen Antisemitismus und geistiger Nährboden der nationalsozialistischen Massenmörder.

Es ist dies das häßliche Geheimnis des modernen Österreich, daß Hitlers Lehrmeister im Wien der Jahrhundertwende bereits erdacht und ausgesprochen hatten, was der Déclassé aus Braunau am Inn in die Tat umsetzen sollte. Sie sind die Gedankentäter, die Hitler und seinen österreichischen Kameraden das geistige Rüstzeug mit auf den Weg gaben. Der Rest der verdrängten und schamhaft verschwiegenen österreichischen Geschichte ist eine Konsequenz davon: daß überdurchschnittlich viele Österreicher in der Vernichtungsmaschinerie des Dritten Reiches mitwirkten und ihre Hände mit Blut besudelten; daß sich die kleine Alpenrepublik nach 1945 in der Pose des Opfers heimlich aus der Verantwortung fortgestohlen hat; daß der verhohlene Antisemitismus, bis hin zu den Ereignissen um die Wahlkampagne des Vergeßlichkeitsartisten Kurt Waldheim, der nichts gesehen, gehört, gewußt oder getan haben will, unausrottbar erscheint.

Immer wieder ist Wien der Ausgangspunkt. Adolf Hitler selbst hatte diesen Quell seiner Inspiration keineswegs verleugnet. In »Mein Kampf« schrieb er: »In dieser Zeit bildete sich in mir ein Weltbild und eine Weltanschauung, die zum granitenen Fundament meines derzeitigen Handelns wurde. Ich habe zu dem, was ich einst mir so schuf, nur weniges hinzulernen gemußt, zu ändern brauchte ich nichts... Wien aber war und blieb für mich die schwerste, wenn auch gründlichste Schule meines Lebens.« Galt ihm die Stadt doch, wie er später seinen Kameraden anvertraute, als die »Verkörperung der Blutschande« schlechthin, ein »Rassenbabylon«, von »Juden und Pfaffen regiert«: »Ich kam als siebzehnjähriger Mensch nach Wien«, gestand er in einer Rede, »ich ging von Wien weg als absoluter Antisemit.«

In knapp fünf Jahren also hatte der Wiener Wahn von ihm Besitz ergriffen. Ein verkrachter Kunststudent betritt die Stadt und verläßt sie wieder im Fieber. Es brennt in ihm. Feurige Ideen von Blut und Sühne irrlichtern in seinem Schädel, bedrohliche Phantomgestalten, schmutzig, häßlich und voll Hinterlist, bevölkern sein Gehirn. Er wird abgewiesen, aber er glaubt sich vorsätzlich zurückgestoßen. Sein Talent langt nicht, aber er fühlt sich verkannt. Sein Geld reicht nicht, aber er meint, es werde ihm vorenthalten. Er hat keine Arbeit, aber er sagt sich, es gebe nur deswegen keinen Platz für ihn, weil andere, Fremde, Volksfremde bereits auf seiner rechtmäßigen Stelle sitzen. Seine enge, provinzielle Kleinbürgerwelt stürzt ein. Orientierungslos ist er, hilflos und mittellos. Vor allem ratlos. Er irrt durch die Stadt. Er verliert den Halt, taumelt in die Tiefe, endet im Elendsquartier. Wohin soll er sich wenden? Von den neuen, verblüffenden Heilsbotschaften, die er bald vernimmt, hatte der Zöllnerssohn in der Provinz, aus der er gekommen war, wahrscheinlich nicht einmal gerüchteweise gehört. So verschlingt er heißhungrig die Werke der falschen Propheten aus Wien. Er fängt Feuer; es wird Millionen verschlingen.

Der verstorbene Wiener Historiker Friedrich Heer rekonstruierte in einer umfangreichen »Anatomie einer politischen Religiosität« (»Der Glaube des Adolf Hitler«, 1968) minutiös, wie selbst die aberwitzigsten Phantastereien österreichischer Antisemiten bei Hitler ihren Niederschlag und in ihm ihren Vollstrecker fanden. Seine Persönlichkeit, so behauptete Heer, verrate »bis in ihre letzten Erdentage die Prägungen und Eindrücke… die der junge Hitler in sich aufnahm: begierig wie ein Schwamm, mit einem enormen Haftvermögen«.

Erschreckend die Gleichzeitigkeit, in der sich die antisemitische Front formierte, während an der glänzenden Oberfläche der kosmopolitischen Metropole eine intellektuelle Elite feinsinnige Fäden sponn. In Wien wirkten das Geniale und das Gemeine nebeneinander, wie in einer griechischen Tragödie die Einheit von Ort und Zeit der Handlung wahrend. Friedrich Heer nannte es den »Untergrund« von Wien, durch den ein antisemitischer Novize wie Adolf Hitler auf seiner Expedition ins Reich der Rassenlehre irren mußte. Als der junge Hitler 1907 die Stadt betrat, erschien *Die Fackel* bereits in ihrem achten Jahr, war der erste Bauabschnitt von Otto Wagners Postsparkassengebäude beendet, war Robert Musils erste Erzählung »Die Verwirrungen des Zöglings Törless« erschienen, hatte Gustav Mahler gerade als Direktor der Hofoper demissioniert, komponierte Arnold Schönberg sein zweites Streichquartett, erschien Arthur Schnitzlers Roman »Der Weg ins Freie«, veröffentlichte Adolf Loos seine programmatische Kampfschrift »Ornament und Verbrechen«, wurde die Gründung der Wiener Psychoanalytischen Gesellschaft vorbereitet.

All dies blieb dem Neuankömmling fremd. Er und seinesgleichen, Lehrer wie Schüler, nahmen es kaum wahr. Sie sahen nur Konturen: Feindbilder.

Die Vorstellung, Wien könnte, so wie es der Bestseller-Autor Bettauer geschildert hatte, eine Stadt ohne Juden sein, das war 1922, in dem Erscheinungsjahr des Romans, eine gespenstische Vision. Knapp 220000 Juden, über zehn Prozent der Bevölkerung, lebten damals in Wien – *schtetl*-Juden, die mittellosen Flüchtlinge aus den verlorengegangenen Ostprovinzen der Monarchie, Handwerker, Händler, Intellektuelle, Künstler, Großbürger; sie alle prägten das Erscheinungsbild der Stadt, die für kurze Zeit zum Zentrum der Diaspora, zu einem verklärten Hoffnungspunkt für Zufluchtsuchende und zu einer Hochburg frommer Gelehrsamkeit, geworden war. Bettauer prophezeite der Stadt, was ein »judenfreies« Wien zu erwarten hatte: Es »verdorft«, verdummt und verödet.

Der schmale Band wurde binnen kurzer Zeit zu einem gigantischen Erfolg; die Verfilmung mit dem nuschelnden Volksliebling Hans Moser in einer der Hauptrollen war ein Kassenschlager. Zu genau hatte Bettauer den Tenor der Zeit getroffen, zu deutlich waren die kaum verschlüsselten Figuren wiederzuerkennen, zu klar das Echo der Zitate aus dem antisemitischen Alltag.

Der Autor bezahlte seine Provokation mit dem Leben. Er war das erste jüdische Opfer, das die »Hakenkreuzler«, wie die Österreicher anfänglich ihre Nationalsozialisten nannten, ermordeten. Am 10. März 1925 betrat der Zahntechniker Otto Rothstock das Arbeitszimmer des populären Publizisten und tötete den »schmierenden Saujud« mit fünf Schüssen aus seiner Pistole. Der Prozeß gegen den Mörder geriet zur antisemitischen Demonstration. Rothstock berief sich darauf, arischer Zorn habe ihn »zur Gänze der Sinne beraubt«. Das Gericht sprach ihn frei; nach zwanzig Monaten wurde er aus einer psychiatrischen Klinik entlassen und zog nach Deutschland.

Die »Stadt ohne Juden« blieb unvergessen. Am 30. November 1938, acht Monate nach dem »Anschluß«, beging Wien erstmals den »Tag der nationalen Solidarität«; über die verbliebenen Juden – 50000 hatten die Stadt in den ersten acht Monaten der nationalsozialistischen Herrschaft bereits verlassen müssen – wurde ein Ausgehverbot verhängt. Der *Völkische Beobachter* gedachte an diesem Tag des ermordeten Schriftstellers und seines »Schandwerkes«: »Ein ahnungsloser Engel«, höhnte der erste Gauleiter von Wien.

Nun wurden die alten Drohungen wahr, der »unerbittliche Kampf gegen Alljuda in der Ostmark« (so *Der Stürmer* in einer Sondernummer vom 2. Juli 1938) hatte begonnen. Der Bevölkerung der Stadt mußte man dies kein zweites Mal ans Herz legen. Jeder tat, was er konnte. Werner Oeller beispielsweise, Jahrgang 1897 und Auktionsleiter in der kommunalen Wiener Pfandleihe »Dorotheum«, setzte innerhalb seines begrenzten Wirkungsbereiches Maßstäbe. Er bespuckte und ohrfeigte die nichtarische Kundschaft, die ihre Habseligkeiten versetzte, um Geld für die Flucht zusammenzukratzen, und er antichambrierte so lange bei der Hausdirektion, bis über seine jüdischen Arbeitskollegen Berufsverbot verhängt wurde. Auch Josef Wurzberger, der schon 1930 der NSDAP beigetreten war, wußte, was man von ihm erwartete. Unmittelbar nach dem »Anschluß« wurde er zum Bezirksbürgermeister von Wien-Liesing ernannt, und kaum in Amt und Würden, ließ er die jüdischen Bewohner seines Herrschaftsbereiches zusammentreiben, auf Lastwagen verladen und in das Zentrum der Stadt deportieren. Dort wurden sie mitten auf der Straße ausgesetzt. Eindringlich warnte sie Wurzberger, in das nunmehr judenfreie Liesing zurückzukehren: »Geht doch in die Donau, dort ist genug Platz für euch!« Die Volksgenossen des rassebewußten Bezirksbürgermeisters plünderten daraufhin die »entjudeten« Wohnungen und schlugen alles kurz und klein.

»Heute können wir in Deutsch-Österreich wieder aufatmen«, berichtete Johann Kutschera im Mai 1938 dankbar in einem Brief an das antisemitische Hetzblatt *Der Stürmer*. Der Stabsrittmeister der Wiener Polizei, nur ein Aufatmer unter Hunderttausenden, hatte am eigenen Leib erfahren müssen, wie bange die Not geworden war. Alljährlich pflegte er zur Sommerfrische in das Kapruntal in den

Hohen Tauern zu reisen. Eines Sommers war der Stammgast wieder im Gasthof Kapruner Törl eingekehrt, doch Frau Buchebner, die einstige Wirtin, fristete nur noch als Hüttenwirtschafterin im Dienste des Bankhauses Lammer aus Zell am See »notdürftig ihr Leben«. Da packte den Polizeioffizier wohl ohnmächtige Wut; »echt jüdische Niedertracht!« habe er geschrien. War das noch Urlaub, wenn sogar die »Verjudung« hochalpiner Gipfel und Gletscher drohte?

Nun aber, da die arische Alm gerettet war, so gelobte der Wiener Rittmeister, »werden wir alle einmütig zusammenstehen, damit der jüdische Parasit und Blutsauger auch in unserer Heimat keine Bleibe mehr hat«. Gesagt, getan; man durfte sie beim Wort nehmen. Bereits am 23. März 1938 meldete der Korrespondent der *New York Times* aus Wien: »In den ersten beiden Wochen ist es den Nationalsozialisten hier gelungen, die Juden einem ungleich härterer Regime zu unterwerfen, als das in Deutschland im Verlauf einiger Jahre möglich gewesen wäre.«

Der Wiener Boden war freilich auch von Generationen von Antisemiten aller Schattierungen gründlich gedüngt und vergiftet worden. Schon die niedergeworfene März-Revolution von 1848 wurde jüdischen Drahtziehern von der siegreichen Restauration angelastet. Die Flugschrift »Schild und Schwert« ereiferte sich gegen die liberale »Judenpresse«, das Pamphlet »Die Geißel« verhöhnte die Erhebung in verballhorntem Jiddisch: »Die krause Konstitution, so hot gmocht fer Oestraich der David Abraham Levysohn.« Der schrillste Rufer im antisemitischen Chor aber war selbst ein Kind der Revolution: die *Wiener Kirchenzeitung*. Gegründet von dem Kaplan von Altlerchenfeld und späteren päpstlichen Hausprälaten Sebastian Brunner, hetzte das katholische Journal gegen die »Mosaiter der Neuzeit«, gegen »orientalische Literaturwanzen« und gegen »Kulturwanzen«. Schließlich erklärte der streitbare Volkspriester die Judenfrage zur »nationalen Frage« und holte das altgediente Schauermärchen von den jüdischen Ritualmördern, die zu Pessach kleine, unschuldige Christenkinder schlachten, wieder aus seiner mittelalterlichen Versenkung.

Hinkünftig werden die Juden für alle Krisen und für alle Ängste der verunsicherten Bevölkerung verantwortlich gemacht. Die Industrialisierung hat die archaische Wirtschaftsstruktur des Landes erfaßt, am 9. Mai 1873 erschüttert der Zusammenbruch der Wiener Börse die Gründerzeit. Die Schuldigen: jüdische Spekulanten, jüdische Raffgier, jüdische Hinterlist. Brunners Nachfolger als Chefredakteur der *Wiener Kirchenzeitung*, Pater Albert Wiesinger, nebstbei Verfasser antijüdischer Erzählungen (beispielsweise: »Mord in der Judengasse«), prägt die Generalformel künftiger Gedankenpogrome: »Liberalismus ist gleich Judentum.«

Als erste hatte die katholische Kirche, stets darum besorgt, ihre tonangebende Rolle und ihre Machtposition im Staat nicht einzubüßen, den Antisemitismus als politisches Instrument im Kampf gegen den Zentralismus des Habsburger Herrscherhauses entdeckt. Die jüdische Bevölkerung der österreichisch-ungarischen Monarchie erblickte seit dem Toleranzpatent des aufgeklärten Joseph II. in den Wiener Kaisern ihre obersten Schutzherren, denen sie sich in unerschütterlicher Loyalität verbunden fühlte. Ihr Schicksal schien ihnen mit dem Schicksal der Monarchie eng verknüpft, und das jeweilige Familienoberhaupt der Dynastie galt ihnen als patriarchalischer Protektor. Vor allem der philosemitische Franz Joseph I. wurde von seinen hungernden Untertanen in der jüdisch-galizischen Grenzprovinz mit nahezu kindlicher Bewunderung verehrt. Der Dichter Joseph Roth beispielsweise, aus der Grenzstadt Brody gebürtig, bewahrte sich sein Leben lang einen treuherzigen, schwärmerischen Monarchismus: »Alle österreichischen Kaiser liebe ich: jenen, der dir gefolgt ist, und alle, die dir noch folgen werden. Aber dich, mein Kaiser Franz Joseph, such ich auf, weil du meine Kindheit und meine Jugend bist. Ich habe dich begraben: für mich bist du niemals gestorben!« Mit verklärter Sentimentalität hielt der jüdische Romantiker noch in den letzten Jahren der Ersten Republik Andacht in der Kapuzinergruft. Fern jeglicher Realität sah er nur in der patriarchalischen Staatsidee des greisen Landesvaters Rettung vor der antisemitischen Bedrohung und dem Untergang im Nationalsozialismus: »Vom Kaiser aus führt ein näherer Weg zum bosnischen Maronibrater und zum galizischen Talmudjuden als zum sudetendeutschen Historiker der Wiener Universität.«

Just in der Regierungszeit dieses Kitschkaisers, der kraft seiner neoabsolutistischen Onkelei die Erinnerung an das Revolutionsjahr 1848, das ihm auf den Thron verholfen hatte, wieder auszulöschen suchte, formierten sich antisemitische Ideologen und Volksaufwiegler. Akademische Scharfzüngler, »blond, bebrillt und sozusagen sendungstüchtig« (Joseph Roth), christlichsoziale Stimmenfänger und konservative Frömmler, geistig der Inquisition nicht entwachsen, hetzten an vorderster Front. Vor allem der katholische Kirchenapparat, der mit feindseligem Argwohn die zaghaften Versuche zur Modernisierung von Staat und Gesellschaft verfolgte, verlegte sich auf antisemitische Höllenpredigten, wie sie seit den Zeiten des barocken Glaubenseifers nicht mehr gehört worden waren. In gleichem Maß, in dem in der liberalen Epoche die Macht der katholischen Kirche zurückgedrängt wurde, nutzten die klerikalen Kräfte der Monarchie – mit stillschweigender Unterstützung des Vatikans – den Judenhaß in der politischen Agitation für ihre Zwecke.

Die liberale Partei wurde in Österreich immer mit dem jüdischen Großbürgertum gleichgesetzt. Die liberalen Reformer waren kläglich gescheitert, und fortan wurde den Juden die Schuld an allen Krisen des Habsburger Reiches zugeschoben. Schließlich entstand sogar eine unausrottbare Dolchstoßlegende: Die liberalen, jüdischen Berater des Kaisers hätten den Niedergang der Monarchie heraufbeschworen und ihren Untergang zu verantworten.

Der kaiserliche Diplomat Julius von Stepski etwa, ein Großdeutscher, der unter anderem k. u. k. Konsul in Port Said war, bediente sich dieser antisemitischen Flüsterpropaganda in seinen Lebenserinnerungen »Geschichte und Intrige« (Wien 1940). Er beschrieb darin die Tarockabende Franz Josephs im Haus der Hofschauspielerin Katharina Schratt, dem Trost seiner späten Jahre, »bei denen der Kaiser gewohnheitsmäßig mit Juden zusammenkam«. Einer der kaiserlichen Tarockpartner, ein Generaldirektor namens Palmer, sei »einer der ganz großen und gefährlichen Vampyre der internationalen Hochfinanz«, ein anderer hingegen, der Sektionschef Schulz, sei »aalglatt, dienstbereit, jedoch eigenwillig rechthaberisch, dabei sarkastisch bissig und doch sentimental« gewesen; beide, ausgewiesen »durch ganz besonders stark ausgeprägte Grundzüge ihrer Rasse«, hätten »den Kaiser im Sinne ihrer Weltanschauung zu beeinflussen – ja, geradezu zu beherrschen« gewußt. Kein Wunder daher die »unglaublich große Zahl der von ihm geadelten oder sonst ausgezeichneten Hebräer«, kein Wunder, daß »zahllose Juden und Judenstämmlinge Offiziere wurden und als Konzeptsbeamte in den Staatsdienst treten konnten«. Dadurch, so erinnerte sich der arische Konsul, kam es zu einem »Einbruch der jüdischen Mentalität«, zu »intellektueller Verseuchung« und zur »selbstverständlich immer bestrittenen geistigen Verjudung, die vielfach auch zu blutsmäßiger Bastardisierung führte«.

Tu infelix Austria: die Hofburg verjudet, der Kaiser verseucht. »So war es beispielsweise auch möglich«, berichtete Julius von Stepski, »daß unter den *ganz klugen* Diplomaten, die am Ballhausplatz das bewußte Ultimatum an Serbien ausklügelten (das 1914 nach dem Attentat auf den Thronfolger Franz Ferdinand in Sarajewo zum Ausbruch des Ersten Weltkrieges geführt hatte; *Anm.*), sich ein gräflicher Halbjude und zwei geadelte Volljuden befanden. Einer von ihnen hatte, nebenbei bemerkt, seinerzeit sogar die allerhöchste Genehmigung von Seiner Majestät erhalten, als erster Kandidat *mosaischen Bekenntnisses* den Staatsbeamteneid statt auf das Kruzifix auf die Thora schwören zu dürfen.«

Gegen das liberale, als jüdisch stigmatisierte Bürgertum formierte sich von 1870 an verstärkt eine klerikal-feudale Opposition, die innerhalb kurzer Zeit die Macht übernahm. Nach zahllosen Fraktionierungen und Richtungskämpfen wuchs daraus die christlichsoziale Partei des Volkstribunen Karl Lueger: Der »schöne Karl« wurde der Abgott der Wiener Kleinbürger und Gewerbetreibenden. Zwar warnte noch einer der Väter der Partei, Karl von Vogelsang, dessen katholische Soziallehre in die päpstliche Enzyklika »Rerum novarum« Aufnahme fand, vor den rabiaten antisemitischen Tönen, die überall begeisterten Widerhall fanden, doch seine Schüler und Mitstreiter kümmerte das wenig.

Schon die erste Parteigazette, die *Illustrierte Wiener Volkszeitung*, nennt sich im Untertitel stolz »Organ der Antisemiten«, und zum politischen Kampf im Wiener Landtag sammelten sich die Christlichsozialen im »Antisemitischen Zentralkomitee«. Der Parteifunktionär Ernest Schneider, ein rabiater Polterer aus der Leibgarde Luegers, forderte bald ganz offen im Reichsrat ein »Schußgeld für Juden«; seine Getreuen verliehen ihm daraufhin den Ehrennamen »Judentöter«. Der Vogelsang-Schüler Anton Orel hatte herausgefunden, daß »der Jude überall als Träger, Verbreiter und Führer aller zersetzenden Bestrebungen auftritt«. Der Tag der Abrechnung stehe bevor: »Deshalb wird der Kampf zwischen Recht und Unrecht ein Kampf zwischen Christentum und Judentum sein.«

Der Volksprediger Josef Deckert, populär als »Pfarrer von Weinhaus«, ging einen Schritt weiter: »Die Juden müssen für die christlichen Völker unschädlich gemacht werden«, die Emanzipation der Juden müsse nicht nur zurückgenommen werden, sondern man müsse die Volksschädlinge unverzüglich unter die Kontrolle eines Fremdengesetzes stellen. »Juden raus« und »Der wahre Israelit vor den Wiener Geschworenen« betitelte er seine Kampfschriften. Von seiner Vorstadtkanzel hetzte der »tapfere Gottesstreiter« gegen Ritualmörder, Blutsauger, ewige Shylock-Naturen – selbst der Rassenantisemitismus war für ihn mit der katholischen Lehre vereinbar. Ähnliches lehrte auch der Jesuitenpater Heinrich Abel, gebürtig aus Passau, in dem sogar die liberale Presse einen wiedererstandenen Abraham a Santa Clara entdeckt haben wollte. Dieser »Männerapostel von Wien« – denn Frauen mochte er nicht dulden, wenn er wallfahrte oder seine Gewitterworte erschallen ließ – predigte »in der bestimmten Überzeugung, daß das Unglück des österreichischen Volkes in seiner Verknechtung durch die Juden und den jüdischen Geist besteht«.

Der Pater verwahrte eine teure Reliquie: einen Stock, mit dem sein Vater einst einen Juden verprügelt hatte.

Vergeblich appellierte 1895 der Prager Kardinal Franz Graf Schönborn an den Papst Leo XIII., er möge die vatikanische Unterstützung für die österreichischen Christlichsozialen und ihren »Antisemitismus in seiner abstoßendsten Form« einstellen. Den Schreibtisch des Heiligen Vaters zierte bereits ein Porträtphoto von Karl Lueger. Leo XIII. ließ den Führer der Radaukatholiken in einer Botschaft wissen, »daß er im Papste einen warmen Freund besitze, der ihn segne«. Für den antisemitischen Wiener Pöbel war die Judenhetze nun quasi *ex cathedra* sanktioniert. »Nun konnte die österreichischen Katholiken nichts mehr beirren«, erinnerte sich später Friedrich Funder, einer von Luegers Kampfgefährten und Schriftleiter der *Reichspost*, des »christlich-deutschen Tagblattes«.

Im Jahr des päpstlichen Segens hatten kleine Gewerbetreibende, Hausbesitzer, Lehrer und Beamte den abgefallenen Liberalen Lueger zum Bürgermeister von Wien gewählt – die erste Machtposition war erobert; allerdings bestätigte ihn der Kaiser erst zwei Jahre nach der Wahl in seinem Amt, denn bei Hof wollte man es nicht wahrhaben, daß zukünftig der plebejische Volksliebling den Ton angeben sollte. Es heißt, daß Franz Joseph, als er den neuen Bürgermeister seiner Residenzstadt in Audienz empfangen mußte, nur zwei Worte sprach: »Sein' S stad!«

Aber *stad* blieb er nicht, hielt mitnichten den Mund. Er führte seine Anhänger während der »Badeni-Tage« in die Tumulte auf den Straßen Wiens, in jene deutschnationalen, antisemitischen Unruhen, die Mark Twain im Reichsrat miterlebt hatte; schließlich erzwang der christlich-soziale Pöbel beim Kaiser die Entlassung des Ministerpräsidenten.

Lueger war populär und intolerant, ein kleinbürgerlicher Chauvinist, der in der Sprache der Kutscher und Heurigensänger die Herzen der Wiener für sich eroberte. Dröhnend jonglierte er mit antisemitischen Parolen: »Die Juden sind der Lindwurm, der die Deutschen in Fesseln geschlagen hat... dieser Lindwurm muß erlegt werden.« Bis zu seinem Tod im Jahr 1910 war er der unumschränkte »Herr von Wien«, und Luegers Partei wurde zur stärksten Kraft im Staat.

Im Jahre 1900 – in jenem Jahr, in dem Sigmund Freuds »Traumdeutung« erschien – veröffentlichte der christlich-soziale Reichsratsabgeordnete und Prälat Joseph Scheicher, ein Zögling des katholischen *Kirchenzeitungs*-Gründers Brunner, seine Erzählung »Aus dem Jahre 1920 – Ein Traum«, in der ein verschollener Nordpol-Luftschiffer heimkehrt und in Wien eine gespenstische Stadt ohne Juden vorfindet. In dieser sozialen Utopie, der wohl seltsamsten Huldigung an Karl Lueger, wird der christlichsoziale Parteiführer zum »Ersten« und »Führer der Ostmark«, zum Retter der »Vereinigten Oststaaten«, eines föderalistischen Groß-Österreichs; die Leopoldstadt – der zweite Wiener Gemeindebezirk, ehemals das Ghetto, in dem ein Großteil der jüdischen Bevölkerung nach wie vor lebte – hieß nun »Lueger-Stadt«, das Parlament war ausgeschaltet, »stramme, feste Männer« hatten die Krakeeler aus dem »Sauhaufen« in ein Irrenhaus geschleift, das Motto lautete nunmehr: »Wir sind Brüder.« Kurz: »Ein echter Volksstaat«, in dem kein Platz mehr war für »Juden, Judensoci, Opposition«. Der Autor dieser erschreckend zukunftweisenden Schrift, der steirische Bergbauernsohn Joseph Scheicher, war ein enger Vertrauter des Wiener Volkstribunen Lueger, ein einflußreicher Mann, der mit rebellischer Kampflust von sich reden machte: »Ich bin ein sogenannter nationaler, deutsch ausgedrückt, ein deutschvolklicher Geistlicher«, bekannte er freimütig und hißte Sturmfahnen: »Germanen, seid stark! Laßt euch nicht von Juden und Hunnen unterdrücken und mißbrauchen!«

In Wien, so Scheicher, herrschte nämlich große Not: »Alles gehört den Plattfüßlern, Juden, Juden, so wie Sand in der Wüste Sahara – wo man hinspuckt – nichts als Juden.« Die jüdische Zinsknechtschaft habe die »Christen versklavt und unterjocht«, jüdische Mädchenhändler verschleppten ihre Opfer »zum Lose langsamen Verfaulens in Bordellen fremder Städte« und »martern eine Person jahrelang, bis sie an Läusen, Krätze, Syphilis und Ekel langsam verschmachtet«; »Judendichter kitzeln die Sinneslust und reißen Zoten«; jüdische Einwanderer verbreiteten »Unzucht und Scrophulose« und trachteten, die »arische Urbevölkerung auszurotten«: »Dieses Volk hat schlimmer als die Pest gehaust.«

Im Kreise seiner Tischgesellschaft im Michaeler Bierhaus, einer biederen Gaststätte im Zentrum Wiens, versammelte Scheicher seine christliche Schattenregierung und entwarf einen Modellfall, wie Lueger und »seine Brüder« das Land vor dem drohenden Untergang bewahren könnten: Die Juden werden vertrieben. »Wir haben aufgeräumt. Wer sich gegen den Staat vergeht, wird unerbittlich aufgehängt«, erklären die Retter des Vaterlandes in der visionären Gruselgeschichte des Prälaten: »Nun, wir haben einige tausend Galgen in Anspruch genommen. In Wien haben wir einmal dreihundert Juden und zwanzig Arier an einem Tag gehängt... Hoch die Wiedergeburt des christlichen Volkes! Ja, Heil uns!«

Noch 1932, im heftigen Abwehrkampf gegen die zügellosen österreichischen Nationalsozialisten, erinnerte sich die *Reichspost*, das Organ der Christlichsozialen, wehmütig des ungestümen Volkshelden: »Bei der Eroberung Wiens durch Lueger war eine der zündenden Ideen der Antisemitismus.« Der Parteifunktionär Otto Günther ließ in jenem Jahr, in dem in Deutschland der Lueger-Bewunderer Hitler kurz davor stand, die Macht zu ergreifen, ein besorgtes Memorandum in Wien zirkulieren, in dem er seine Mitstreiter an die alten Tugenden der Partei erinnerte: »Mit dem Antisemitismus der christlich-sozialen Partei ließen sich stets gute Geschäfte machen. Nach dem ersten Wahlsieg der Nationalsozialisten in Wien liegt es nahe, den Antisemitismus wieder stärker als in den letzten Jahren in den Vordergrund zu stellen. Ich bin gewiß überzeugt, daß ein verschärfter Antisemitismus in weiten Kreisen lebhaften Anklang finden würde. Der Zweck, nicht geringen Wählermassen sozusagen aus der Seele zu sprechen, wäre voll und ganz erreicht. Auch ein erzieherisches Moment wäre sicherlich erzielt, indem dem destruktiven Teil der Judenschaft ein nicht mißzuverstehendes ›Bis hierher und nicht weiter‹ zugerufen wird!«

Der Schatten Luegers lag schwer auf der Stadt, bis Hitler in Wien Einzug hielt. »Die Verrohung mancher Volksteile, die durch Luegers Hetze herbeigeführt wurde«, meinte Albert Fuchs, einer der bedeutendsten zeitgenössischen Chronisten, »war eine der Vorbedingungen für den Masseneinfluß, den nachmals der Nationalsozialismus in Österreich gewann.« Die politische Gleichung von jüdischer Weltverschwörung in Gestalt des Finanzkapitals einerseits und »bolschewistischer Gefahr« anderseits war aufgegangen. Über Jahrzehnte das Glaubensbekenntnis der staatstragenden Christlichsozialen, prägte sie die Meinung der Landsleute im »christlichen Vaterland«.

Erfolgreich hatte die Partei so auch die Konkurrenz der Groß- und Alldeutschen abgewehrt, die sich um den Waldviertler Reichsrat-Deputierten Georg Ritter von Schönerer scharten. »Was der Jude glaubt, ist einerlei, in der Rasse liegt die Schweinerei«, reimten die Anhänger des »Ritter Georg«. Die antisemitischen Stutzer zeigten ihre Gesinnung mit Accessoires, die mehr als modisches Bekenntnis waren: gehenkte Juden aus Silber, die von der Uhrkette baumelten, oder ein Spazierstock, dessen Knauf der bösartig verzerrte Kopf eines polnischen Juden zierte.

Ihr rabiater Antisemitismus paarte sich mit schwärmerischer Verehrung für Otto von Bismarck und Richard Wagner, ihre Sehnsucht galt einem großdeutschen Vaterland. Die röhrende Stimme des bärtigen Hünen sorgte im Parlament für Tumulte, seine berüchtigten Wortmeldungen, stets von rassistischem Hohn und Geifer triefend, hatten regelmäßig Skandale zur Folge. Schönerers Baß gemahnte den wehrhaften christlichsozialen Antisemiten Joseph Scheicher an Naturkatastrophen: »Als grolle Donner oder habe der alte Donnerer Zeus sich nach der Götterdämmerung entschlossen, ein Mandat anzunehmen.«

Schönerers Kampfgefährten huldigten einem laizistischen Nationalismus. Immer heftiger verrannten sich diese

Judenhasser gleichzeitig auch in eine antikatholische Los-von-Rom-Bewegung. Zu ihren bevorzugten Provokationen zählte es, mit Berichten von der sexuellen Unzucht gefallener Priester zu schocken; 1901 hatten sie eine Broschüre veröffentlicht, in der 66 geistliche »Sittenverbrecher« genüßlich beim Namen genannt werden. »Gegen Habsburg, Juda, Rom bauen wir den deutschen Dom«, hieß ihr Wahlspruch; dieser Knittelvers soll auch das Kopfende von Hitlers Bett im Wiener Obdachlosenasyl geschmückt haben. Mit kirchenkämpferischen Sprüchen war freilich im treukatholischen Österreich wenig Staat zu machen; Schönerers Gefolgsleute rekrutierten sich vornehmlich aus der Grund- und Waldbesitzerschaft der rückständigen Region an der österreichisch-böhmischen Grenze. Nach kurzer Blüte zersplitterten die Antisemiten aus der Provinz in eine Unzahl untereinander rivalisierender Gruppierungen. Erst Hitler, der sich weit mehr dem Volkshelden Lueger als dem Radaubruder Schönerer verpflichtet fühlte, einte wiederum das großdeutsche und antisemitische Potential.

Nach dem Zusammenbruch der österreichisch-ungarischen Monarchie entflammte der christlichsoziale Antisemitismus mit erneuter Vehemenz. Flüchtlingsströme aus den verlorenen Ostprovinzen des Reiches überschwemmten die frierende und darbende Hauptstadt. 1918 wurden in Wien unter 38 772 mittellosen Flüchtlingen 34 223 Juden registriert. Kaum war die Republik ausgerufen, orakelte ein junger Haudegen der Christlichsozialen: »Die Juden wissen, wenn das Volk dazu kommt, diese Abrechnung vorzubereiten, so wird für sie ein Urteilsspruch erwachsen, vor dem ihnen grauen muß.« Offensichtlich prophetische Worte. Oder kannte vielleicht Leopold Kunschak, so hieß der Wahrsager, der später noch zu hohen Parteiehren aufsteigen sollte, seine Wiener nur gut genug, um zu wissen, was er ihnen zutrauen durfte?

In einem Manifest der Partei, sinnigerweise am kargen Weihnachtsabend 1918 verkündet, hieß es: »Die auch im neuen Staate hervortretende Korruption und Herrschsucht jüdischer Kreise zwingt die Christlich-Soziale Partei, das deutsch-österreichische Volk zum schärfsten Abwehrkampf gegen die jüdische Gefahr aufzurufen.« War damit bereits der Grundstein zu den geistigen Gaskammern gelegt? *Schärfster Abwehrkampf:* Das Messer war gezückt. Das war nicht ein Haufen pathosbesoffener Unruhestifter, die unverhohlen Gewalt androhten. Es waren die neuen Herren des Staates, durchweg honorige Bürger. Wen sollten wenig später die mordlustigen Plakate noch erstaunen, die im Straßenbild auftauchten: *... vom Messer spritzt.*

Drei Tage vor dieser christlichen Weihnachtsbotschaft war am Wiener Volkstheater »Professor Bernhardi«, Arthur Schnitzlers Schlüsseldrama über den altösterreichischen Antisemitismus, erstmals in Österreich aufgeführt worden; die imperiale Zensur hatte dies sechs Jahre zu verhindern gewußt. »Es gibt keinerlei Widerspruch, im Gegenteil: Der Beifall ist geradezu stürmich, die Wirkung enorm«, berichtet eine Schnitzler-Biographie. Man darf sicherlich annehmen, daß sich nicht allzu viele Christlichsoziale in dem Publikum befunden hatten. Ihre Bühne war die Straße.

Schon im Dezember 1918 hatten sich die katholischen *Neuen Tiroler Stimmen* über »die jüdisch-demokratischen Zeitungs- und Kaffeehauscliquen« ereifert: »... alle diese dicklippigen, glutäugigen krummbeinigen, wirrbärtigen und wollhaarigen Gesellen vom widerlichen Mulattenantlitz Liebknechts bis zum primitiven Mongolentypus Eberts«.

»Als antisemitische Partei« forderten nun auch die Christlichsozialen in den Bundesländern Salzburg, Steiermark und Niederösterreich in ihrem Programm die »folgerichtige Durchführung des Antisemitismus auf allen Gebieten«.

Der spätere Bundeskanzler Prälat Ignaz Seipel, einer der Parteigranden, erklärte 1919 einer katholischen Wählerversammlung, wie er die »Judenfrage« zu lösen gedenke: Zwar könnten die Magyaren und Finnen »durch ihre lange Teilnahme an der Kulturgemeinschaft durchaus Europäer«, will meinen, in das christliche Abendland integrationsfähig, geworden sein; bestimmt aber »sind es die Juden nicht«, betonte der Gottesmann.

Als im Sommer 1919 erneut zahlreiche ostjüdische Flüchtlinge nach Wien strömten, drohte der Jesuitenpater Peter Sinthern »mit einer Volkserhebung der gepeinigten Völker gegen die unerträglich werdende Judenherrschaft«. Der christlichsoziale Abgeordnete Anton Jerzabek beantragte mit neunzehn Kollegen im Wiener Parlament, einen Einwanderungsstopp zu beschließen: Die Stadt müsse vor einem Volk geschützt werden, dem das »massenhafte Auftreten der Krätzeerkrankungen während des Krieges« sowie – »ohne den geringsten Zweifel« – die ansteigende Zahl der Fleckentyphusfälle zuzuschreiben sei. »Hinaus mit den Flüchtlingen aus Wien!« forderte daraufhin der schon genannte Abgeordnete Leopold Kunschak (nach 1945 der erste Obmann der Österreichischen Volkspartei): Diese »einzige Bande von Kettenhändlern, Schleichhändlern und Wucherern« sei »nicht nur die Not, sondern auch die Seuche unserer Zeit«. Darum »christliches, deutsches Volk, sieh dich vor, sonst wirst du aus deiner Sorglosigkeit erwachen als Sklave im Judenstaat«. Wahrlich ein wachsamer Rosenkäfervertilger, der, kaum lag die Stadt ob dieser Gesinnung in Ruinen, unverzagt zum Wiederaufbau bereitstand. Und keiner fand was dabei; bis heute hängt das Porträt dieses sorgsamen Gärtners in der Ehrengalerie einer österreichischen Regierungspartei.

Einen Monat nach Kunschaks Warnruf, am 29. Dezember 1919, erörterte der Warner im Christlichsozialen Parlamentsklub seinen Entwurf für ein Gesetz zur »Dissimilation« der Juden, die aus allen öffentlichen Ämtern, aus Presse und aus Politik ausgeschaltet werden sollten. Sie müßten als eigene Nation angesehen werden, gleichgültig, ob Mitglied der israelitischen Religionsgemeinschaft oder nicht. Prälat Seipel, den man doch den »Unbarmherzigen« nannte, mahnte zur Vorsicht: Zur »Agitation« wäre das vorgeschlagene Gesetz »gewiß gut«, bedauerlicherweise verstoße es allerdings gegen den Friedensvertrag von Saint-Germain.

»Wenn der erste Jude in die Isar geworfen wird, dann müssen auch in Wien und Budapest die Juden schwimmen«, forderte im März 1921 Hermann Esser, ein Abgesandter aus Hitlers Münchner Biertisch-Runde, bei einer Tagung des »Völkisch-Antisemitischen Kampfausschusses« in der Volkshalle des Wiener Rathauses. Der Anschluß im gemeinsamen Rassenhaß war längst vollzogen. Der Grazer Oberst Zborowski donnerte bei der Abschlußkundgebung: »Im Kampf gegen das Judentum befindet sich das deutsche Volk in Notwehr und hat das Recht, alle Mittel anzuwenden, selbst das Mittel des Pogroms.« Das Polizeiprotokoll vermerkt an dieser Stelle »lebhafte zustimmende Zwischenrufe« der achttausend Zuhörer.

Skrupellos buhlte die katholische Staatspartei, die 1934 ihr eigenes autoritäres Regime errichtete, mit den Nationalsozialisten um die Stimmen der österreichischen Judenhasser. »Kein Antisemitismus im Dritten Reich«, denunzierte die *Reichspost* am 17. März 1933 das junge Hitler-Regime im benachbarten Deutschland: »Jüdische Staatsbürger gelten wie andere Staatsbürger ... große Sprüche ... de facto großzügige Judenschutzaktionen.« Wenig später forderte ein Leitartikel im nämlichen Blatt: »Zurückerobern!« Es müsse den abgewanderten, begeisterten jungen Antisemiten klargemacht werden, daß es die Verdrehung »eines notorischen Sachverhaltes ist, wenn der Antisemitismus als eine Erfindung des Nationalsozialismus hingestellt« werde. Damals wehrte man sich in Wien zumindest noch gegen den Diebstahl geistigen Eigentums.

Die Wege führen tatsächlich immer wieder zurück nach Wien. Die Stadt war in jenen Jahren ein Dorado für kauzige Sonderlinge und skurrile Spinner, Brutstätte waghalsiger Theorien und abenteuerlicher Welterklärungsmodelle. Der Schock der Moderne, der Zusammenbruch der alten Ordnung und nicht zuletzt die Erkenntnisse des wissenschaftlichen Rationalismus stürzten ein Zeitalter auf der Kippe in existentielle Orientierungslosigkeit. Die Identitätskrise löste erbitterte Abwehrreaktionen aus: Okkulte Generalkonzepte und mythische Lehren trieben seltsamste Blüten.

»Während Hitler die Politik säubert, kümmert sich Hanns Hörbiger um die falschen Wissenschaften. Die Doktrin des ewigen Eises verkündet die Erneuerung des deutschen Volkes!« Das versprach der Maschinenbauingenieur und Erfinder Hanns Hörbiger, Stammvater der Burgschauspielerdynastie und Begründer der »Glazialkosmogonie«, einer Universaltheorie auf 772 Seiten, erstmals 1913 veröffentlicht. In Wien hatte der Kosmologe einen Kreis von Getreuen um sich versammelt, die, bewaffnet mit den Lehren des Alten, zum Sturm auf die »verjudeten« Naturwissenschaften und den »Relativitätsjuden« Einstein antraten.

Als Kind hatte der zukünftige Pionier der galaktischen Gletscherforschung so lange zum Mond hinaufgestarrt, bis ihm die Erkenntnis eingegeben war, der Himmelskörper sei nichts weiter als ein gefrorener Ozean. Seine »Welteislehre« behauptete nun, das Universum sei entstanden, als ein riesiges Stück kosmischen Eises mit der Sonne kollidierte und eine Explosion verursachte, deren Folgen die

Sintflut, die Eiszeiten und die Trennung der Rassen wären. Eine verkehrte Welt: Eis sei nicht gefrorenes Wasser, sondern Wasser sei geschmolzenes Eis. Als in grimmig kalter Vorzeit einer der drei Eismonde, die seit dem ersten außerirdischen Eisstoß bereits zur Erde herniedergedonnert wären, auf dem Menschenplaneten einschlug, hätten seine schmelzenden Massen auch das legendäre Eiland Thule verschlungen, wo, vor vielen Monden, die ebenfalls legendären Arier eine sagenhafte, jedenfalls aber reinrassige Zivilisation der Übermenschen errichtet gehabt hätten. Daraus folgert alles andere.

Der Wiener Hörbiger-Kreis war ein fanatischer Kampfbund, die Aufnahmeprüfung in den pseudowissenschaftlichen Zirkel des Welteislehrers bestand in einem Treueeid: »Ich schwöre, daß ich an die Theorie des ewigen Eises glaube.«

Die frostigen Weisheiten waren, wie könnte es anders sein, auch für Hitler ein Quell der Inspiration. Bei der Neugestaltung seiner »Heimatstadt« Linz, so trug er einmal seinem Baumeister Albert Speer auf, müßte auch ein Observatorium errichtet werden, »das insbesondere die drei Weltbilder des Ptolmäus [sic!], des Kopernikus und der Welteislehre enthalten soll«. Nazi-Trupps sprengten akademische Veranstaltungen, in denen Hörbigers Gletscherkosmos angegriffen wurde, und verteilten Flugblätter an Zweifler: »Unsere nordischen Vorfahren wurden stark inmitten von Eis und Schnee, und deshalb ist der Glaube an das ewige Eis die natürliche Herkunft des nordischen Mannes. Es war ein Österreicher, Adolf Hitler, der die jüdischen Politiker vertrieben hat, und ein anderer Österreicher, Hanns Hörbiger, wird die jüdischen Wissenschaftler vertreiben.«

Auch bei Hitlers Getreuen lebte die Lehre fort. Stark verfremdet tauchte sie beispielsweise in der SS-Ordensreligion wieder auf. Salopp gesagt war das Schwarze Korps einem ewig Eis lächelnden Weltenvater verschworen, der sich am heroischen Leiden seiner Menschenkinder delektiert. SS-Führer Heinrich Himmler, ein Freund mystischer Rätsel, frönte ebenfalls dem Kult und entsandte Expeditionen in fremde Kontinente, nach Abessinien oder nach Tibet etwa, um nach arischen Fossilien suchen zu lassen, die Hörbigers kühne Theorien hätten untermauern sollen. Den Sohn des Welteislehrers, Hans Robert Hörbiger, berief Himmler sogar in das SS-Institut »Ahnenerbe«, um in dieser antisemitischen Zukunftswerkstatt die Arbeit seines Vaters, die Himmler für »einen intellektuellen, arischen Schatz« hielt, fortzuführen.

Der neubestellte Gefrierforscher hatte sich bereits einige Zeit vor seinem Avancement völkische Sporen verdient. Nach langjähriger Mitgliedschaft in den »Ostmärkischen Sturmscharen« (einem Wehrverband der austrofaschistischen »Vaterländischen Front«) hatte er in Wien die Idee einer offiziellen Rassearistokratie entwickelt. Es ging dabei darum, ein »Adelsprädikat« an all jene zu verleihen, »die sich daran halten, Ehen mit Volksfremden und Erbkranken zu vermeiden«. Demnach hätte sich »Volksedler nach...« nennen dürfen, wer bis zur »siebenten Generation nicht erblich belastet«, weiter »arisch-christlicher Abstammung bis zur fünften Generation und christlich-deutscher Abstammung bis zur dritten Generation« gewesen wäre. Solch sorgfältige Differenzierung macht in einer multikulturellen Stadt, wie es Wien einmal war, durchaus, wenn auch fragwürdigen Sinn.

Zum Nachfolger seines Vaters geadelt, frappierte Hans Robert Hörbiger später die interessierte wissenschaftliche Öffentlichkeit mit einem überraschenden hermeneutischen Zusatz: Die Welteislehre verhalte sich zur Relativitätstheorie ebenso wie die »Edda« zum Talmud. Bekanntlich liegt Wien ja auch am rauhen Nordmeer.

Die Wege führen tatsächlich immer wieder zurück nach

Wien. Auch wenn sie im Zeitschriftenladen der Leopoldine Bellendorfer in der Felberstraße 18 enden. »Ich kaufte mir damals um wenige Heller die ersten antisemitischen Broschüren meines Lebens«, erzählte Hitler in »Mein Kampf«. Er wohnte zu dieser Zeit in der Felberstraße 22/16.

Eines Tages im Jahre 1909 – im Theater der »Wiener Internationalen Kunstschau« wird Oskar Kokoschkas expressionistischer Schocker »Mörder, Hoffnung der Frauen« uraufgeführt – eines Tages im Jahre 1909 also erschien der stellungslose Kunstmaler Adolf Hitler im Büro des Georg Lanz von Liebenfels (ein Künstlername von angeblich Aargauer Adel) und erbat sich zurückliegende Exemplare der *Ostara. Bücherei der Blonden und Mannesrechtler.* Deren Herausgeber und maßgeblicher Autor, Lanz, selbsternannter Erzprior des »Ordinis Novi Templi«, schenkte ihm die gewünschten Hefte, und weil Hitler einen ärmlichen Eindruck machte, gab er dem schmächtigen Kerl noch zwei Kronen mit auf den Weg. Die beiden sahen einander nie wieder. Ihre Begegnung zeitigte jedoch verhängnisvolle Folgen.

In der *Ostara* predigte der Lehrersohn Adolf Josef Lanz (so steht's im Taufbuch der Pfarre Wien-Penzing), einst Mönch mit dem Ordensnamen Georg im Zisterzienserkloster Heiligenkreuz, den die Patres »Schurl« riefen und der »von fleischlicher Liebe« erfaßt worden war und »schändlich abfiel« (laut Stiftschronik), eine irrwitzige religiöse Rassenreinheitslehre. Die Menschheit ward in »Arioheroen« und »Tschandalen«, auch »Äfflinge« oder »Schrättlinge« genannt, geteilt, die untereinander in einem schicksalhaften Kampf verstrickt waren. Nach dem »Weltgericht der Blonden über die Äfflinge« endet das unerbittliche Ringen mit der Liquidierung der »Tschandalen«.

Mit heißen Wangen, so erinnerten sich seine Jugendfreunde, verschlang Hitler die Schriften. Einen gut dreißig

Zentimeter hohen Stoß mit *Ostara*-Heften hatte er neben seinem Bett im Männerheim in der Meldemannstraße gestapelt. Dort diskutierte er stundenlang die Rassenlehre mit einem abgefallenen römisch-katholischen Priester namens Grill, der sich zum Sektengründer berufen fühlte und seinen Bruder in der Not zur Menschenliebe, inklusive Judentum, bekehren wollte. Zum Mittagessen hatte Hitler für beide Milchreis gekocht, dann erhitzten sich die Gemüter: Grill meinte, auch wenn es Hasen mit blauen und roten Augen gäbe, so blieben sie doch Hasen. Hitler war da anderer Meinung. Er wollte sie in höhere und mindere Hasen unterteilen.

Die mit den blauen Augen, das wären die besseren. Das Urteil stammte von seinem Lehrmeister Lanz, der da gesprochen hatte, die »Edelrassigen« seien jene, die »sonnenfarbiges Haar und himmelblaue Augen« haben.

Die antisemitische Ritterschaft, die Lanz um sich versammelt hatte, war – im Unterschied zu dem christlichsozialen Klüngel und auch zu den vergleichsweise jovialen Gesinnungsbrüdern Luegers – ganz und gar jene bizarre Avantgarde, als die sie sich verstand: eine verschworene, esoterische Gemeinschaft, die in ihrer Phantasie mit Feuer und Schwert missionierte, um dem christlich-arischen Zukunftsgeschlecht ihrer Träume zum Durchbruch zu verhelfen. Ein illustrer Männerbund, grotesk, verbissen und voll verworrener Ideen, und der junge Hitler war ihr Zaungast und nährte seinen Geist begierig von den phantastischen Krümeln, die sie fallen ließen.

Fra Gustav, beispielsweise, Neutempeleisenfamiliar zu Werfenstein im Strudengau, erfand das »rationellste, schmackhafteste, gesündeste, weil vitaminreichste Brot«. Im oberösterreichischen Erzpriorat des Ordens »Novi Templi« brachen Presbyter, Novize, Convenual und Familiar das Brot und meinten: »Laßt nur vom Brot der Heldenart uns leben.«

Hatten sie vom Simonsbrot ihres Mitbruders, des Ernährungsreformers Gustav Simons, gegessen, so waren sie ihrem Ideal, dem »Asing« oder »Arioheroen«, um einen Verdauungszyklus nähergekommen. In höchster Vollendung gleicht die Heldenart dieser Beschreibung: »Menschen mit goldblonden Haaren, blauen (oder graublauen) Augen, rosiger Gesichtsfarbe, mit länglichem Schädel und länglichem Gesicht, mit länglichen, anliegenden Ohren und hochsatteliger schmaler Nase, proportioniertem Mund, gesunden, weißen Zähnen, vollem Kinn, mit ebenmäßiger, hoher Körpergestalt, schmalen Händen und schmalen Füßen.« (Natürlich war Lanz selbst kleinwüchsig, dicklich, rundgesichtig, knopfäugig und glatzköpfig.) Vom schlimmsten der »Äfflinge« und »Tschandalen« unterschied diesen Heldenkörper, daß er keine Plattfüße besaß. Mußte er sich eines minderrassigen Nebenbuhlers erwehren, der die Reinheit seiner Frau und Art bedrohte (besonders gefährdet waren natürlich blonde Frauen, denn nach Blondie lechzten Schratt wie Schrättling), so empfahl es sich, die bewährte »ehediplomatische Praxis«, etwa die »Methode der erdichteten Schweißfüße« zu verwenden.

Fra Georg wußte immer Rat. Er war »unser Führer und Lehrer«, wie ihm ein Artilleriehauptmann, der sich Frodi Ingolfson Wehrmann nannte, huldigte; ein Heros, der helfe, »das Sonnenland der Zukunft zu schauen«, der den Weg weise »aus Albenschründen ins Asengeleucht« und der schuf, was »trotz Richard Wagner fehlte«.

Die versponnenen Theorien des wohl skurrilsten aller Wiener Sonderlinge stießen auf breites Echo. Dem Prior war sein Einfluß durchaus bewußt. »Der böse Bann weicht«, triumphierte er bereits 1926; die »Tschandalen«-Brut werde nun durch die »von der Ariosophie direkt ausgegangenen Hakenkreuzbewegung« hinweggefegt.

Aber nicht nur Hitler war von dieser okkulten Rassereligion fasziniert. Auch August Strindberg wurde bekehrt. Fra August, wie sich der »Magier des Nordens« (Lanz über Strindberg) bald nennen durfte, vernahm eine »Prophetenstimme«: »Ist das nicht das Licht selbst, so bleibt es eine Lichtquelle.« Lord Kitchener, der Feldherr des britischen Empire, las, zumindest behauptete das der Herausgeber, die *Ostara*-Hefte ebenso wie der k. u. k. Fregattenkapitän Friedrich Schweikert, ein Amateurastrologe (unter dem Pseudonym »Sindbad«) und Admiralstabschef der österreichisch-ungarischen Flottille, die 1900 zum Boxeraufstand nach China dampfte. Als Neutempler hörte er auf den Namen Fra Gonsalvo. Fra Alberich war der kaiserliche Hofkurier Alois Fischer, Komtur des Christusritterordens, Fra Rudolf hieß in seinem feldgrauen Alltag Dietrich von Nordgothen und war k. u. k. Feldmarschalleutnant. *Ostara*-Leser fanden sich in allen Schichten (Lanz behauptete, die Auflage habe mitunter 100000 Exemplare überschritten), und die Rasseritter in ihren weißen Umhängen zelebrierten in Höhlenkapellen seltsame schwarze Messen, die sie »Gralsfeier« nannten. Häufig traf man sich auf der Ordensburg, der Ruine Werfenstein, zu Würsteln, Bier und Tschandalenjagd. Am Weihnachtstag 1907 hißten die Tempelbrüder am Bergfried erstmals eine Hakenkreuzfahne.

Die Begeisterung für das Ordensrittertum, so gestand Lanz, habe ihn ergriffen, als er die erste Oper seines Lebens sah: Heinrich Marschners »Der Templer und die Jüdin«. In jener Stunde begann es. Ähnlich war es auch Fra Guido von List ergangen. Mit 14 Jahren will er ergriffen vor einem halbverfallenen Altar in den Katakomben des Wiener Stephansdomes gestanden und prophezeit haben: »Wenn ich einmal größer bin, werde ich einen Wotanstempel bauen.«

Als er groß und rauschebärtig geworden war, deutete er den Neutemplern das Hakenkreuz. Dessen rätselhafter Ursprung, durch vollkommen unverständliche nordischmystische Exkurse zurückverfolgt, sollte irgendwo in urarischer Nacht zwischen der »Glyphe des aufsteigenden Quirls, dem dämonischen Feuer der Empörung« und der »zweiten Ur-Glyphe Fyrfos, der Feuerzeugung, dem höchstheiligen Geheimzeichen des Armanentums«, verborgen liegen.

Mittlerweile hatte Fra Georg den Ordensbrüdern die Bibel zum »Buch der Herrenmenschen« neu umgedeutet. Die Offenbarung trug in dieser »Geheimbibel der Eingeweihten« nunmehr den Titel: »Schrecken und Herrlichkeit des elektrotheonischen Logos im Uranusmenschen«. Der Forscher enthüllte nämlich seinen Jüngern, daß die Heilige Schrift in einem bisher – das heißt, bis Lanz kam – unentwirrbaren Geheimcode abgefaßt wäre. Demnach bezeichnete die Chiffre »Stein« den Untermenschen, unter dem man den »Äffling« oder »Tschandalen« zu verstehen habe, und das Codewort »Engel« stehe für den »Arioheroen«. Ein Satz wie »Der Engel wälzte den Stein weg« bekomme so erst seinen wahrhaft blauäugigen Sinn.

Nur noch ein flüchtiger Gedanke trennte nun den Bibelforscher von seiner »Theozoologie«, der »Kunde von den Sodoms-Äfflingen und dem Götterelektron«. Die geht so: Zu Anbeginn war der »große Elektrozoe«, der Urvater, mit seinen Göttermenschen, »lebendigen, elektrischen Kraft- und Sendestationen«. Sie gerieten in Streit mit den »Dämonozoen«, biologischen Ungeheuern. Dann kam der Sündenfall: Eva, die Elektrozoenbraut, ließ sich mit einem der dämonischen Monster ein, und der »Äffling« war gezeugt; die Göttlichen verloren, ihrer »elektromagnetisch-radiologischen« Organe beraubt. So »wird klar, was die Erbsünde war, die ins Blut der Menschen übergegangen ist: Es war die Sodomie«. Nur durch »Ausrottung der Tiermenschen und Entwicklung höherer Neumenschen« ließe sich das Arier-Elektron zurückgewinnen.

Den gefallenen Mönch hatte die Furcht gepackt: Die

Göttermenschen waren impotent. »Alles weltgeschichtliche Unheil hat das freie Weib angerichtet«, schrieb er; stets erliege das schwache Geschlecht den Verführungen plattfüßiger »Äfflinge«, werde auf ewig »imprägniert« schon beim ersten Koitus, sei »von Natur zur Sklavin bestimmt«. Die Sexualangst hat viele Namen.

In seiner Studie »Der Mann, der Hitler die Ideen gab« stieß der Wiener Psychoanalytiker Wilfried Daim auf erstaunliche und erschreckende Parallelen zwischen dem vergessenen Lehrer und seinem berühmtesten Schüler. So forderte der Neutempler beispielsweise »Zuchtmütter«, die »in strenger Abgeschiedenheit leben«, in »Reservationen der blonden, heroischen Rasse«. Der »Kampf gegen den Sodomsaffen« bedürfe der »Schützenvereinigungen und bewaffneten Korps«, bestehend aus »Edelrassigen«.

Die Endlösung in der *Ostara*: »Sie wollen den Klassenkampf, sie sollen den Rassenkampf haben, den Rassenkampf von unserer Seite bis aufs Kastrationsmesser.« Nicht genug: »Ohne Thors niederschmetternden Wurfhammer wird es nicht gehen.« Noch immer nicht genug: »Bringt Fruja Opfer dar, ihr Göttersöhne. Auf, auf und bringt ihm dar die Schrättlingskinder. Es ist der gewaltige Psalm, der zur Ausmerzung des Untermenschentums auffordert...«

Ersparen wir uns, die mörderische Realität zu benennen. Die Todesfabriken von Auschwitz, Treblinka, Sobibor..., waren sie ein kaltblütiges Plagiat? Adolf Hitler, der blindwütige Epigone eines Wirrkopfs aus Wien?

Gewiß, in der eskapistischen Allmachtsträumerei dieser Katharsis lag der Wahnsinn nackt und bloß. Doch der Wahnsinn eines Gedankens sagt nichts über dessen Anziehungskraft aus.

Die Verwirrungen des verkrachten Kunststudenten Adolf Hitler waren groß. »Wie immer in solchen Fällen begann ich nun zu versuchen, mir die Zweifel durch Bücher zu beheben«, bekannte er später. Der Autor seiner Lektüre nannte sich Lanz von Liebenfels, Doktor gar. Er lehrte: »Die Wurzel aller Krankheit ist die Rassemischung.« Zweifellos: »Die Sünde wider Blut und Rasse ist die Erbsünde dieser Welt«, und daran seien »alle großen Kulturen der Vergangenheit« zugrunde gegangen, »weil die ursprünglich schöpferische Rasse an Blutvergiftung abstarb«. Das steht auf den Seiten 284 und 287 der Jubiläumsausgabe von »Mein Kampf«, eines Buches, das keinerlei Übersetzung bedarf.

Der Schüler übertrumpfte seinen Lehrmeister: 1938 erteilte die Gestapo Lanz Schreibverbot. Der Lehrer aber überlebte seinen Schüler: Er starb 1954 vergessen, unbescholten und versehen mit den Sterbesakramenten der katholischen Kirche in der Stadt seines Wirkens.

Der merkwürdige Sektenführer aus Wien wußte jedoch schon sehr früh, daß seine Lehre auf fruchtbaren Boden gefallen war: »Weißt Du, daß Hitler einer unserer Schüler ist«, jubelte er in einem Brief vom 22. Februar 1932 an seinen Ordensbruder Aemilius in Mödling bei Wien: »Du wirst es noch erleben, daß er u. dadurch auch wir siegen u. eine Bewegung entfachen werden, die die Welt erzittern macht. Heil Dir!«

Der langsame Tod

Germania, laß erschallen
Dein Rufen weit hinaus,
Daß auch der Ostmark Söhne
Sich bau'n ein deutsches Haus!
Georg Ritter von Schönerer in einer Grußadresse an die Burschenschaft *Teutonia* (1886)

Die Menge war außer Rand und Band. Eine halbe Million Menschen säumte die Straßen, durch die der Konvoi mit der schweren Mercedes-Limousine an der Spitze rollte, und jubelte ihrem Landsmann zu. Die »dröhnenden Akkorde eines nationalen Gebetes« vernahm Joseph Goebbels, der in einer Direktübertragung des großdeutschen Rundfunks den triumphalen Einzug des Österreichers Adolf Hitler in der österreichischen Hauptstadt kommentierte: »So ist aus den unendlichen Qualen des deutschen Volkes in Österreich am Ende doch die Erlösung gekommen.«

Der Führer und Kanzler des Deutschen Reiches erklomm den säulenbewehrten Balkon der Neuen Hofburg. Unter ihm, auf dem riesigen Heldenplatz, drängten sich an jenem 15. März 1938 vielleicht 250000, vielleicht 300000 Wiener. Frenetisches »Sieg Heil!«-Geheul brandete auf. »Ich proklamiere nunmehr für dieses Land seine neue Mission«, verkündete Hitler: »Die älteste Ostmark des deutschen Volkes soll von jetzt ab das jüngste Bollwerk der deutschen Nation sein.« Der Anschluß war vollzogen.

Am 11. März um 15.30 Uhr hatte der österreichische Bundeskanzler Kurt Schuschnigg unter dem Druck der Nationalsozialisten demissioniert. Im ganzen Land wehten bereits seit Stunden an den öffentlichen Gebäuden die Hakenkreuzfahnen. Auf der Straße grüßte man einander offen mit dem verbotenen Zuruf »Heil Hitler!« SA-Kolonnen marschierten durch die Städte und Dörfer und besetzten Postämter, Bahnhöfe, Gemeindekanzleien und Gendarmerieposten. Die Wiener SS-Standarte 89 umstellte das Regierungsviertel. Es solle kein »deutsches Blut« fließen, begründete Kanzler Schuschnigg im Radio den widerstandslosen Rücktritt und verabschiedete sich mit einem »christlichen und deutschen Wort« von seinem Volk: »Gott schütze Österreich!«

Knapp vor Mitternacht, etwa um 23.00 Uhr, ernannte Bundespräsident Wilhelm Miklas, der sich lange gesträubt hatte, den Minister für öffentliche Sicherheit, Arthur Seyß-Inquart, einen »gemäßigten Nationalen«, der jedoch tatsächlich insgeheim Mitglied der SS gewesen sein dürfte, zum neuen Bundeskanzler. Er weiche der Gewalt, erklärte Miklas in seiner letzten Rundfunkrede.

Der Schriftsteller Alfred Polgar hatte den Abend bei Freunden verbracht. Man diskutierte angeregt, besorgt, faßte wieder Mut. Bestand noch Hoffnung? Plötzlich erhob sich Polgar; er müsse noch den Nachtexpreß nach Zürich erreichen, entschuldigte er den frühen Aufbruch.

Im Morgengrauen des 12. März landete der Reichsführer SS, Heinrich Himmler, mit einem Vorkommando der Gestapo auf dem Flugfeld Wien-Aspern. Kurz darauf überschritten insgesamt 117000 Mann der 8. Armee der deutschen Wehrmacht die österreichische Grenze. Es gab blamable Pannen, doch keine Gegenwehr. Kein Schuß fiel, die Bevölkerung streute vielmehr Blumen.

Hitler folgte unmittelbar seinen Soldaten. In seiner Geburtsstadt Braunau beginnend, führte die *via triumphalis* seiner Heimreise über Linz, wo er das Realgymnasium besucht hatte, bis nach Wien, in jene Stadt, wo er so gründlich verkannt worden war und wo er das geistige Rüstzeug für seine spätere politische Laufbahn erhalten hatte. Nun ließ der Wiener Kardinal Theodor Innitzer alle Kirchenglocken der Stadt zur Begrüßung läuten. Er wisse gar nicht mehr, wie schön seine Heimat sei, verriet Hitler in einem Telephongespräch seinem Paladin Hermann Göring, der den Anschluß tatkräftig vorangetrieben hatte und jetzt in Berlin die Stellung hielt.

Am 13. März wurde das »Reichsgesetz über die Wiedervereinigung Österreichs mit dem Deutschen Reich« verkündet. Am 14. März leisteten die Soldaten des ehemaligen österreichischen Bundesheeres ihren Treueeid auf Adolf Hitler. *Finis Austriae.*

In der Nacht bevor auch er den Schwur auf Führer, Volk und Vaterland leisten sollte, desertiert der Kadettenschüler Fey aus der Offiziersakademie in Wiener Neustadt. Der Sohn des zeitweiligen Wiener Heimwehr-Führers und Polizeiministers Major Emil Fey, eines zwielichtigen, zumindest vorübergehenden Sympathisanten der Nationalsozialisten, findet Zuflucht in der elterlichen Wohnung in Wien. Die Familie will aus dem Leben scheiden, der Vater schreibt Abschiedsbriefe. Der Kadett betritt ein benachbartes Zimmer, setzt sich eine Pistole an die Schläfe, drückt ab. Er hat aber schlecht gezielt, ist nur geblendet. »Ich bin nur blind, Vater«, stammelt er blutüberströmt. Es ist ein Uhr nachts.

Der Major nimmt seinem Sohn die Waffe aus der Hand, legt an. Herzschuß. Er beendet seine letzten beiden Briefe. Dann erschießt er seine Frau. Daraufhin seinen Hund. Zuletzt sich selbst.

Am 16. März, gegen 22.00 Uhr trommeln zwei SA-Männer an eine Wohnungstür im dritten Stock des Hauses Gentzgasse 7. Die Haushälterin, die ihnen öffnet, beschimpfen sie als »Judenhure«. Es kommt zu einem Wortwechsel. Mittlerweile flüchtet der Kulturhistoriker und Essayist Egon Friedell, der in den letzten Jahren nur noch selten sein mit Büchern verbarrikadiertes Domizil verlassen hatte, in das Wohnungsinnere. Hinter sich versperrt er die Türen. Im Schlafzimmer öffnet er ein Fenster und stürzt sich auf die Straße. »Bis auf eine Schramme an der Schläfe völlig unverletzt«, befindet der Notarzt; das Herz des Selbstmörders habe noch während des Sturzes versagt.

Vor dem Haus Berggasse 19 waren Wachposten mit Hakenkreuzbinden aufgezogen. Sie kontrollieren alle, die kommen und gehen. »Wäre es nicht besser, wenn wir uns alle umbrächten?« fragt Anna ihren Vater. »Warum?« antwortet Sigmund Freud: »Weil es genau das ist, was sie von uns erwarten?« Er hatte den Ausbruch der Bestialität vorausgeahnt und hatte gleichzeitig gehofft, die Wiener würden nicht »zum Nazismus degenerieren«. Nun durchwühlen Gestapo-Männer Wohnung und Ordination. Anna wird in das Gestapo-Hauptquartier zum Verhör vorgeladen; sie hat sicherheitshalber eine große Dosis Veronal, ein schweres Schlafmittel, mitgenommen.

Es bedurfte der Freunde in aller Welt, um ein Ausreisevisum in die Freiheit zu erhalten. Die amerikanische Regierung interveniert, Freuds Biograph Ernest Jones mobilisiert das britische Kabinett, Freuds Pariser Schülerin, Prinzessin Marie Bonaparte, eilt nach Wien und bezahlt die »Reichsfluchtsteuer«. Freud muß eine »Unbedenklichkeitserklärung« unterzeichnen. »Ich kann die Gestapo jedermann auf das beste empfehlen«, schreibt er mit eigener Hand auf das vorgedruckte Formular. Nach ungewissem Warten besteigt er endlich am Abend des 4. Juni den Orientexpreß in Richtung Paris.

Im »Hôtel de la Poste«, in seinem Pariser Exil, sitzt der traurige Dichter Joseph Roth und beschreibt für das Feuilleton einer Emigrantenzeitung die »Hinrichtung« seiner Heimat: »Seitdem fließt viel Blut in Österreich, deutsches und anderes. Die historische Schuld daran ist alt. Die moralische jünger. Man darf nicht jene über dieser übersehen, wenn man die Vergewaltigung Österreichs verstehen will. Alle Schuld ist tiefer und früher gelegen, als es der Aktualitätssinn ahnt.«

Wenige Monate nach seinem Rücktritt befindet sich der frühere Bundeskanzler Kurt Schuschnigg in einer Zelle der Wiener Gestapo-Zentrale im vormaligen Hotel Metropol am Morzinplatz. »Die heutige Lösung ist ebenso zwangsläufig als endgültig, historisch und begründet«, formuliert der Inhaftierte in einem Gandengesuch an Hitler, in dem er sich erbötig macht, »der deutschen Sache dienlich zu sein«. Ihm, dem gefallenen Patrioten, sei in den Jahren vor dem Anschluß lediglich eine »halbe Lösung« vorgeschwebt, ein »verschleierter Anschluß oder eine losere staatsrechtliche Bindung«; doch »der Führer... hat das Problem gelöst, das seit 1866 offenstand. Er hat somit vollendet, was Bismarck begonnen hat.«

War also ein alter Traum in Erfüllung gegangen? Hatte Hitler seine Heimat von jener Anschlußsehnsucht erlöst, die weit über die Reihen der österreichischen Nationalsozialisten hinausreichte? Österreich hatte aufgehört zu bestehen und seinen alten karolingischen Namen »Ostmark« wieder angenommen; die Bundesländer Ober- und Niederösterreich wurden in die Gaue Ober- und Niederdonau umbenannt. Während des Zweiten Weltkrieges wurde die Nomenklatur neuerlich geändert: die Heimat des Führers wurde von »Ostmark« in »Alpen- und Donaugaue« umgetauft.

Einen Monat nach dem Anschluß, am 10. April 1938, inszenierten die Nationalsozialisten eine Volksabstimmung in Österreich. Die neuen Machthaber mobilisierten alle Kräfte. Der saarpfälzische Gauleiter Josef Bürckel, der bei der Wiedereingliederung des Saargebietes kompromißlose Entschlossenheit bewiesen hatte, organisierte als neuernannter Reichskommissar einen bombastischen Propagandafeldzug: Massenaufmärsche, SA-Paraden, Spielmannszüge, Werbefahrten von über und über dekorierten

Lastwagen-Kolonnen, überall Plakate und Parolen; kein Volksgenosse durfte unberührt bleiben. Schließlich stimmten 99,73 Prozent für die Heimkehr ins Reich. »Ein Ergebnis«, so meint der Salzburger Historiker Gerhard Botz, »das im wesentlichen durchaus nicht gefälscht war.«

Die »nahezu hysterischen Begeisterungsstürme« (Gerhard Botz) der ersten Ostmark-Monate sollten erst eine geraume Zeit später der Ernüchterung weichen, als immer mehr Österreicher erkannten, daß Hitlers »Anschluß« nicht jener Anschluß war, den sie ersehnt hatten, und die deutschen Nationalsozialisten keineswegs gewillt waren, ihnen jene Sonder- oder gar Vormachtstellung einzuräumen, die sie sich insgeheim erhofft hatten und in vielen Fällen wahrscheinlich auch für ihr angestammtes Recht hielten.

Das Dritte Reich, dem sie nun einverleibt worden waren, war selbstverständlich nicht jenes nebulose Deutsche Reich österreichischer Nation, auf welches man so inbrünstig gewartet hatte; die deutsche Kriegswirtschaft nicht das Schlaraffenland, an das man angeschlossen werden wollte. Selbst viele der österreichischen Nazi-Funktionäre fühlten sich geprellt: Sie wurden mit minderen Posten im »Altreich« abgespeist. Die altehrwürdige Residenzstadt Wien verkam zu einem Provinznest; selbst Linz, diese Etappenstation links der Donau, lag dem neuen Herrn näher am Herzen. Entschieden wurde in Berlin, und die Österreicher hatten zu parieren. Man tat es aus Pflichterfüllung in der Art und Weise eines Kurt Waldheim.

Der Keim zur Opferlegende, an die sich Österreich nach 1945 klammern sollte, wurde somit bereits in den ersten Jahren der deutschen Ostmark gelegt. Es entstand das Märchen vom vergewaltigten Land; tatsächlich ist es jedoch die Geschichte einer verschmähten Leidenschaft, und die Unschuldsbeteuerungen gleichen den Anschuldigungen einer enttäuschten und beleidigten Geliebten, die sich nach raffiniertem Verführungsspiel – halb zog er sie, halb sank sie hin – schließlich willig hingegeben hatte, nach ihrem Fall jedoch stets nur Mätresse blieb und nie zur Herzenskönigin erkoren wurde.

Den Nationalsozialisten war in Österreich ein Erbe in den Schoß gefallen, das ihnen, einmal an der Macht, nur hinderlich erscheinen konnte. Sie hatten das gesamte völkische Lager vereinnahmt, einen zänkischen Haufen voller divergierender Ideen und oft skurriler Einfälle. Viele der geistigen Strömungen waren auf dem Nährboden der untergegangenen österreichisch-ungarischen Monarchie gereift und gärten zum Teil schon seit den Tagen der bürgerlichen Revolution von 1848. Alldeutsche und Antisemiten bildeten lediglich die beiden größten Reservoirs, aus denen sich die unbequeme Beute speiste.

»In der historischen Situation der Ersten Republik wurde die NSDAP zu einer Sammelbewegung«, urteilt der Wiener Historiker Gerhard Jagschitz: »In ihr trafen völkische, nationalliberale, bündische, groß- und kleindeutsche, katholisch-romantische, antisemitische, antimarxistische, antiparlamentarische, autoritäre, pangermanische und jugendlich-aktivistische Strömungen aufeinander.« Sie war Arbeiterpartei und Kleinbürgerbewegung; Kampfbund gegen alles »Fremdvölkische« und Bollwerk gegen die »rote Gefahr«; Studenten und Bauern, treue Katholiken und Antiklerikale, rechtskonservative Intellektuelle oder rabiate Freischärler – das Hakenkreuz überschattete sie alle.

Von Anbeginn war die Partei – oder die »Bewegung«, als die sie sich verstand – heillos zerstritten. Die einzelnen Fraktionen haderten untereinander um den richtigen Weg und um die reine Lehre. Weder war das Ziel klar umrissen, noch gab es irgendeine einigermaßen einheitliche Vorstellung über den Weg dorthin. Man irrte orientierungslos durch einen Parolendschungel; jeder versuchte, sich seinen eigenen Trampelpfad freizuschlagen. Im völkisch-nationalen Chaos konnte man sich selbstverständlich auch auf keinen österreichischen Parteifunktionär einigen, der dieser zersplitterten Gruppe Gesicht und Namen gegeben hätte – in einer Epoche charismatischer Politiker geradezu eine Garantie für Bedeutungslosigkeit. Die Nationalsozialisten waren zwar talentierte Krawallmacher. Doch gelang es ihnen nie, einen Abgeordneten ins österreichische Parlament zu entsenden. Zwar schwärmten sie für militärische Disziplin. Doch ihr Putschversuch im Jahr 1934 hatte operettenhafte Züge und endete in einem Fiasko.

Erfolg stellte sich erst ein, nachdem sie sich »bedingungslos einem unbestrittenen politischen Führer untergeordnet hatten und konsequent ein einziges politisches und soziales Realisationsmodell verfolgten« (Gerhard Jagschitz). Eben Hitler und den »Anschluß« 1938.

Doch mächtig und zu einer tödlichen Bedrohung für den Staat wurden die österreichischen Nationalsozialisten nicht aus eigener Kraft. Die Republik erlag den konzentrischen Angriffen deutschnationaler und erzkonservativer Gruppen, die sich in dem krisengeschüttelten Land formiert hatten. Die Nazis profitierten von der Schwäche der anderen Parteien und sahnten enttäuschte Überwechsler ab. Je mehr die Rivalen versagten, desto stärker wurde die NSDAP: eine Partei von Renegaten, die sich im entscheidenden Augenblick, jenen März-Tagen vor Hitlers Einmarsch, um Hunderttausende Mitläufer, Kriegsgewinnler und Opportunisten verstärkte, die fürchteten auf der falschen Seite zu stehen oder zu spät zur Verteilung der Beute zu kommen. »März-Veilchen« nannte man spöttisch in Österreich all jene neuen Parteigenossen – einige zehntausend –, die es in den Wochen vor dem »Anschluß« gerade noch geschafft hatten, einen Mitgliedsausweis zu ergattern. Der Ansturm war so groß, daß die deutsche Mutterpartei unverzüglich nach der Machtübernahme eine Aufnahmesperre verhängte, die erst 1939 wieder aufgehoben wurde.

Gesicherte Mitgliederzahlen aus der Zeit der Illegalität – seit Juni 1933 war die NSDAP in Österreich verboten – gibt es kaum. Im Juni 1937 wurden 75572 Parteigenossen gezählt, ein halbes Jahr später, im Dezember, 105035 – zu diesem Zeitpunkt zeichnete sich das nahende Ende der Eigenstaatlichkeit bereits überdeutlich ab. Als Bundeskanzler Schuschnigg, nach seiner demütigenden Vorsprache bei Hitler in Berchtesgaden im Februar 1938, dem deutschen Kanzler mit einer eigenen Anschluß-Volksabstimmung zuvorkommen wollte, rechnete er damit, daß sich etwa drei Viertel der Bevölkerung »für ein freies und deutsches, unabhängiges und soziales, für ein christliches und einiges Österreich« aussprechen würden. Die zornige Reaktion Hitlers auf den Trick des Österreichers machte die Frage freilich akademisch. Der »harte Kern der Anschluß-Befürworter«, so schätzt der Historiker Gerhard Botz, habe jedoch wenig mehr als ein Drittel der Bevölkerung ausgemacht – jedenfalls seit dem Zeitpunkt, zu dem der Nationalsozialismus in Deutschland an die Macht gekommen war.

Nach dem Ende des Ersten Weltkrieges, im Hungerwinter 1918/19, hatten noch nahezu alle politischen Gruppen in Österreich ihr Heil vor einer ungewissen Zukunft in einem Zusammenschluß mit dem ebenfalls besiegten und notleidenden Deutschen Reich gesehen. Die Konservativen zauderten damals ein wenig – denn in Deutschland herrschten Revolution und Räterepublik; die Sozialdemokraten strebten gerade deswegen ins Reich. Lediglich die kleine Kommunistische Partei wollte Österreich weiterhin in seinen engen Grenzen sehen – wohl weil sie erkannt hatte, daß die deutschen Umsturzversuche zum Scheitern verurteilt waren und die österreichische Bourgeoisie, soweit sie den Untergang der Monarchie überlebt hatte und als gesellschaftliche Kraft überhaupt noch vorhanden war, einen weitaus mickrigeren Gegner abgab.

In Tirol und Salzburg waren 1921 Volksabstimmungen abgehalten worden: Die Mehrheit für einen Anschluß lag jeweils jenseits der 90 Prozent. Ein weiteres Plebiszit mit einem ähnlichen Ergebnis in der Steiermark verhinderte nur der massive Druck der siegreichen Entente.

Restösterreich bildete jenen Teil aus der Konkursmasse der zerschlagenen Donaumonarchie, den niemand haben wollte: ein Fünftel des Territoriums und ein Viertel der Bevölkerung des Habsburgerreiches. Es war ein überlebensverzagtes Land, dem jegliche nationale Identität abhanden gekommen war. Ein Ersatz für die dynastische Idee der Monarchie, eines Reiches, das zwölf Nationen vereinigt hatte, war weit und breit nicht zu finden. Die deutschsprachigen Siedlungsgebiete in Böhmen und Mähren waren in der neugeschaffenen Tschechoslowakei aufgegangen; Südtirol hatte man an Italien verloren; im Süden loderten Grenzkonflikte mit zwei Nachfolgestaaten der Monarchie: Jugoslawien war in Kärnten und in der Steiermark einmarschiert, Ungarn im Burgenland. Wohin sollte sich der bedrängte Kleinstaat wenden?

Bei den Friedensverhandlungen von Saint-Germain war Österreich jedoch auferlegt worden, es dürfe seine Unabhängigkeit nicht ohne die einstimmige Erlaubnis des Rates des Völkerbundes »veräußern«. Frankreich, ein ständiges Mitglied des Rates, wollte nicht mitansehen müssen, daß der Kriegsverlierer Deutschland in weiteren Grenzen als vor 1914 wiedererstehen würde. Wann immer die österreichische Regierung um bitter benötigte Finanzhilfe vorstellig wurde, handelte man ihr als Gegenleistung einen mehrjährigen Anschluß-Verzicht ab. Am zähen Widerstand der Entente scheiterte wenige Jahre später auch der Plan einer Handels- und Zollunion mit dem Deutschen Reich der Weimarer Republik.

In diesen kleinmütigen Jahren lehrte an der Wiener Universität ein Staatstheoretiker, der, wie sich einer seiner Hörer, der Geschichtsprofessor Adam Wandruszka, erinnerte, »fast die gesamte nichtmarxistische politische Jugend in seinen Bann zog«. In seinem berühmtesten Werk, »Der wahre Staat«, propagierte Othmar Spann eine elitäre, ständische Gesellschaftsstruktur, an deren Basis der Arbeiter als »Hervorbringer der Mittel« schuftet, derweil in höchster Höhe der »geistige Held« thront. Kein Wunder, daß die studierenden Bürgersöhne an den Lippen dieses Lehrers hingen.

In einer seiner Vorlesungen prophezeite der Professor: »Eine neue Ottonen-, eine neue Stauferzeit sehe ich kommen.« Deutschland sei als die »größte, leistungsfähigste festländische Macht« aus dem Stahlgewitter des Weltkrieges hervorgegangen und habe zudem die »Aufgaben« der Donaumonarchie übernommen; Deutschland werde wieder Ordnung schaffen auf dem entzweiten Kontinent. »Wenn das deutsche Volk seinen Mann stellt und die Dinge den durch ihre Natur gesetzten Verlauf nehmen, wird eine glänzende, an die alte Kaiserzeit gemahnende Zukunft unser harren.«

An Reichsmystikern vom Schlage Spanns herrschte im rechtskatholischen Lager der Zwischenkriegszeit kein Mangel. Ihre Zeitschriften nannten sie *Der Gral* oder *Schönere Zukunft*. Ihre Beschwörungsformeln vergangener Größe vergifteten nachhaltig das intellektuelle Klima; mit ihren vollmundigen Schilderungen des Reiches, das da kommen sollte, trieben sie einen Teil der Studenten den Nazis in die Arme.

Die Vision vom Heiligen Römischen Reich übte magische Anziehung aus. Man wollte den Anschluß – freilich unter umgekehrten Vorzeichen: Wien, nicht Berlin, sollte Zentrum sein. Die alte großdeutsche Reichsidee – Deutschland unter Einschluß *und* unter Führung Österreichs – schwirrte in der Phantasie der konservativen Elite des Landes. Im Gegensatz dazu war Hitler nur Kleindeutscher: Er sah in Österreich lediglich eine Chance zur Gebietserweiterung.

Vor dem allgemeinen deutschen Katholikentag 1933 ernannte sich Kurt Schuschnigg, damals noch Justiz- und Unterrichtsminister im Kabinett des später ermordeten Bundeskanzlers Engelbert Dollfuß, höchstpersönlich zum Reichsverweser. In salbungsvollen, wenngleich recht unverhohlenen Tönen erhob der Offizierssohn und Jesuitenzögling in seinem Referat (»Die Sendung des deutschen Volkes im christlichen Abendland«) Führungsanspruch. Der »wundervolle Dom, den Augustinus als Civitas Dei prophetisch verkündet: Reich Gottes auf Erden, heiliges Reich«, so erläuterte Schuschnigg den Gläubigen im Wiener Stadion, sei eben jenes Heilige Römische Reich Deutscher Nation »bis zu Karl V., in dessen Reich die Sonne nicht unterging und das christliche Abendland und damit das deutsche Volk zu Weltmacht gelangt war«.

Gegen Ende der Rede kam der junge Ideologe aus Tirol zur Sache: »Dies alles hat seinen tiefsten Grund darin, daß der Gedanke des Heiligen Reiches in Österreich, das bis zum heutigen Tage die Reichssymbole birgt (erst Hitler ließ sie nach dem Anschluß nach Nürnberg transportieren; *Anm.*), im Laufe der Jahrhunderte das Heimatrecht erlangt hat. Nicht die Körperlichkeit des jeweiligen Staates, sondern die große gestaltende Seele des abendländischen Gedankens vom Heiligen Reich... gibt unserer österreichischen Heimat auch heute noch ihren lebendigen, unvergänglichen Sinn... Brennpunkt, Magnet und Brücke zu sein, steht denen zu, deren Aufgabe es war... in der Verteidigung mit Blut und Eisen, Ostmarkwächter und Pioniere des deutschen Volkstums, damit des christlichen Abendlandes zu sein.« Die Katze war aus dem Sack: Den Anspruch auf des Reiches Größe und *in dulci jubilo* wollte man nicht einem Haufen dahergelaufener Verlegenheitsdeutscher vom Kaliber des Plebejers Hitler oder, mein Gott, gar des hinkenden Kobolds Goebbels überlassen. Wenn überhaupt, so steht die Wacht, fest und treu, an der Donau – und der Rhein ist weit. Ein schwindsüchtiger Zwerg, und nicht mal schlau wie David, will Goliath sein: Soviel patriotisches Pathos hätte dem Hofrat Grillparzer Ehre gemacht.

Mit historischen Zauberformeln und hymnischen Heils- und Reichsbotschaften war den meisten Österreichern jedoch wenig gedient. Sie griffen zur Selbsthilfe. In Wien scheiterte bereits im April 1919 eine Revolution nach dem Vorbild der ungarischen Räterepublik. In den westlichen Bundesländern formierten sich im Gegenzug überall in den Kleinstädten und Dörfern Heimwehr-Gruppen aus Bauern und heimgekehrten Soldaten; verabschiedete Offiziere der aufgelösten k. u. k. Armee übernahmen das Kommando, die Waffen kamen hauptsächlich aus Heeresbeständen. In Tirol erbeuteten die Milizen einmal zweiundzwanzig Gebirgsgeschütze, in der Steiermark bestand bereits 1919 ein Fonds zum Ankauf von Waffen in Höhe von drei Millionen Kronen. Die steirischen Arsenale waren prall gefüllt: 17000 Gewehre, 286 Maschinengewehre, zwölf Kanonen, sogar Flugzeuge. Noch stand man Gewehr bei Fuß; doch die Provinz setzte bereits zum Sprung auf die Hauptstadt an.

Die Wehrverbände einte die Abneigung gegen das »rote Wien«, die sozialdemokratischen Arbeiter und ihre bewaffnete Parteigarde, den Republikanischen Schutzbund. Diese »Austromarxisten« wagten ein historisches Experiment. Wie ihre deutschen Genossen hatten sie 1914 bei Ausbruch des Weltkrieges versagt und waren zu den Hurra-Schreiern übergelaufen. Nun wollten sie in einem Balanceakt – rhetorisch revolutionär, im politischen Handeln jedoch behutsam und reformistisch – ihre Hochburg

Wien in eine proletarische Mustermetropole verwandeln: Kommunale Großtaten, die wegweisenden Gemeindehöfe beispielsweise, verbanden sie mit dem puritanischen Vereinsleben einer roten Pfadfindertruppe für groß und klein. Immer mehr verschanzten sie sich so in einer hermetisch abgeschlossenen Gegenkultur, einer moralischen Festung, behütet von einem Palisadenwald aus erhobenen Zeigefingern. Die Überzeugung ethischer Überlegenheit und der Glaube an die geschichtliche Notwendigkeit des sozialen Fortschritts nährten die gefährliche Fiktion eigener Stärke; der Zukunftsoptimismus führte zu Selbstüberschätzung. Die strenge Würde der Parteigranden und das revolutionäre Pathos der Parteiaufmärsche reizten jedoch gleichzeitig die kleinbürgerlich-provinzielle Front der Vaterländler.

Die Heimwehren dienten als Streikbrecher, beispielsweise bei einem Forstarbeiterstreik im Ennstal, und stärkten die einzelnen Landeshauptleute, die zunehmend mit einem separatistischen Kurs liebäugelten. Antidemokratische Milizen, etwa die Veteranenorganisation des »Frontkämpferverbandes«, folgten bald diesem Beispiel.

Die militante Begeisterung wuchs immer mehr. Burschenschaften, Landsmannschaften, akademische Turner und Sänger und das ganze ausrangierte Personal der Monarchie mochten nicht länger abseits stehen. Geflohene Freischärler aus Deutschland – etwa Oberst Max Bauer, die rechte Hand des späteren Putsch-Generals Erich Ludendorff, oder Hauptmann Waldemar Papst, der wegen seiner Rolle in den Morden an Rosa Luxemburg und Karl Liebknecht steckbrieflich gesucht wurde – reihten sich in die österreichischen Kampfgruppen ein. Wilde Pläne wurden geschmiedet. Man beabsichtigte beispielsweise, eine »bayerisch-österreichisch-ungarische Union unter Wittelsbach« (Max Bauer) auszurufen, oder verfolgte ganz einfach nur »wahrhaft völkische Ziele«.

Die Tiroler Heimwehr zählte nach kurzer Zeit 12000 Mann und 8446 Gewehre. In Bregenz wurde eine Maschinengewehrkompanie aus den Mitgliedern des örtlichen Ruderklubs gebildet. Und die akademischen Legionen von Graz und Leoben schlossen sich den steirischen Heimatschützern an. Ihre Standarte schmückte bereits in den ersten Jahren der jungen Republik das Hakenkreuz; ihre Losung lautete: »Kampf gegen Marxismus, bürgerliche Demokratie, Schaffung eines autoritären Staates und Anschluß an das Reich«.

»Kurz, es scheint, als würden Vorbereitungen zum Bürgerkrieg getroffen«, meldete die britische Botschaft aus Wien an das Foreign Office in London.

Schließlich mengte sich auch noch die bayerische Freischärlertruppe des Forstrates Georg Escherich, »Orgesch«, in das Getümmel. Sie versorgte die Heimwehrverbände in Tirol, Salzburg und Oberösterreich mit Waffen und ideologischer Munition. Bei einer Besprechung mit dem Tiroler Heimwehr-Führer Richard Steidle meinte ein Professor Stempfle aus München, Emissär von angeblich 300000 wohlgerüsteten Orgesch-Männern: »Die Bayern brauchen unbedingt Rückendeckung durch die Tiroler und Salzburger, wenn sie gezwungen sein sollten, nach Norden zu marschieren.«

Zunächst ging die Fahrt allerdings gen Osten. Als das bayerische Freikorps »Oberland« in Oberschlesien deutsche Heimaterde verteidigte, eilte ihm eine steirische studentische Legion zu Hilfe. Eine zweite österreichische Einheit marschierte unter der »Sturmfahne Deutsch-Österreich« als »Tiroler Sturmzug« gegen die aufständischen Polen. Dieser Sturmfahne folgte auch der nachmalige Bundesführer der österreichischen Heimwehren, Ernst Rüdiger Fürst von Starhemberg.

Zwei Jahre nach dem Oberschlesien-Kreuzzug, im November 1923, putschte Hitler in Müchen; mit ihm zog das Freikorps »Oberland« auf die Feldherrnhalle: an der Spitze Hitler, Ludendorff und Freikorps-Kommandant Weber, dahinter links in Viererreihen die »Sturmabteilung Adolf Hitler« und rechts, ebenfalls in Viererreihen, die Oberländer MG-Kompanie. Zwei Mann aus der rechten Kolonne überlebten den Marsch nicht; Fürst Starhemberg, der Hitler bei dem versuchten Staatsstreich gefolgt war, konnte rechtzeitig das Weite suchen und über die nahe Grenze nach Österreich flüchten.

Eine große Gruppe der Münchner Putschisten eilte ihm nach; auch Hitler hatte ursprünglich geplant, sich vor der drohenden Verhaftung in seine alte Heimat zu retten. Statt dessen fanden enge Vertraute des Anführers, der verwundete Hermann Göring etwa, Alfred Rosenberg, Hermann Esser oder Ernst Hanfstaengl, Zuflucht bei ihren Gesinnungsbrüdern in Salzburg. Die österreichischen Nationalsozialisten sammelten sogar Geld und schmuggelten Propagandamaterial zu den notleidenden deutschen Parteigenossen, die nach dem gescheiterten Putsch versuchten, in der Illegalität zu überwintern.

Zu diesem Zeitpunkt war die österreichische NSDAP noch keineswegs unmündiges Anhängsel der deutschen Partei. Vielmehr trat man in dem stolzen Selbstbewußtsein auf, die »Bewegung« begründet zu haben. Hatte dies doch der Führer selbst eingeräumt: Er schäme sich geradezu, so gestand Hitler 1920 in einer Rede in Salzburg, »daß erst heute, nach so vielen Jahren, die gleiche Bewegung, die in Deutschösterreich schon 1904 begonnen hat, im Deutschen Reich Fuß zu fassen beginnt«.

Tatsächlich reichen die nationalsozialistischen Wurzeln, wie schon erwähnt, zurück in die letzten Jahrzehnte der Donaumonarchie. In den gemischtsprachigen Gebieten des Vielvölkerstaates, vor allem in Böhmen, Mähren und in dem habsburgischen Teil Schlesiens, waren in den achtziger Jahren des vergangenen Jahrhunderts zahlreiche deutsch-nationale Arbeitervereine und völkische Gewerkschaften entstanden. Textilarbeiter, Kumpel aus den Braunkohlegruben, kleine Handwerker und Eisenbahner fühlten sich durch den immer stärker anschwellenden Zustrom tschechischer Arbeiter bedroht. Die Tschechen schienen bereit zu sein, für jeden Lohn zu arbeiten; folglich fürchteten die Deutschsprachigen, aus ihren angestammten Arbeitsplätzen verdrängt zu werden.

Im Mai 1899 hatte in Eger erstmals ein »deutscher Arbeiterkongreß« getagt, vier Jahre später wurde in Aussig die »Deutsche Arbeiterpartei« gegründet. Im Jahr darauf, auf dem ersten Parteikongreß in Trautenau, formulierten die Stammväter der »Bewegung« das Programm. Motto: »Arbeit in deutschen Gebieten nur für deutsche Arbeiter«. Erst 1913 fand die national-gewerkschaftliche Forderung eine antisemitische Ergänzung: Nun wurde auch »allen fremdvölkischen Einflüssen, ganz besonders dem ständig wachsenden jüdischen Geist im öffentlichen Leben« der Kampf angesagt.

Die Erfolge der jungen Partei blieben zunächst bescheiden. Bei den Parlamentswahlen des Jahres 1907 erhielt sie in ganz Böhmen lediglich 3500 Stimmen. Vier Jahre später, 1911, erkämpfte sie bereits 26000 Stimmen und drei Sitze im Reichsrat – alle gegen sozialdemokratische Rivalen in nordböhmischen Industriebezirken.

Den Umschwung hatte vor allem ein Mann bewirkt: Walter Riehl, ein Rechtsanwalt aus Wiener-Neustadt, der im nordböhmischen Reichenau als Regierungsbevollmächtigter tätig war. Sein Großvater war einer jener radikalen Demokraten gewesen, die während der Revolution von 1848 Barrikaden in den Straßen von Wien errichtet hatten. Im elterlichen Haus verkehrte häufig der Sozialistenführer Engelbert Pernerstorfer, der schnell zu einem väterlichen Freund wurde, den Riehl »Onkel« nannte. »Bis in sein hohes Alter ein jugendlich begeisterungsfähiger Brausekopf«, erinnerte sich Riehl in einem Gedenkartikel, »der Sozialismus war für ihn alles weniger denn eine Geschäfts-, sondern reine Gefühlssache. Ebenso hielt er es mit seiner deutschen Gesinnung... wie mit seinem Kampf gegen die Verjudung der Arbeiterbewegung.« Auf Veranlassung Pernerstorfers hatte der junge Jurastudent Riehl 1904 anläßlich des 1. Mai vor den Arbeitern der Wiener Neustädter Lokomotivfabrik eine Rede gehalten.

In Böhmen wandelte sich der Rechtsanwalt zum Nationalisten: »Ich halte es für männlich und offen, seinen Irrtum einzugestehen.« Er wurde schnell zum begehrtesten Versammlungsredner der Deutschen Arbeiterpartei, organisierte Vermittlungsbüros für »deutsche« Arbeitsuchende und radikalisierte den rabiaten Biertischverein. Einmal stürmte er mit jungen Arbeitern eine tschechische Gewerkschaftsversammlung; die reichsdeutsche Fahne wurde entfaltet, die »Wacht am Rhein« gesungen, und in der anschließenden Saalschlacht zogen sich Riehls Männer erst zurück, nachdem die Polizei eingeschritten war.

Häufig gebrauchten Riehls Anhänger in diesen Tagen das Schlagwort vom »nationalen Sozialismus«, mit dem die »Verderblichkeit der internationalen Lehre der Sozialdemokratie« bekämpft werden sollte. Auf einem Parteitag im August 1918 in Wien änderte die »nationale und freiheitliche Partei« schließlich ihren Namen in »Deutsche Nationalsozialistische Arbeiterpartei«, und der böhmische Eisenbahner Karl Jung verfaßte eine theoretische Parteifibel: »Der nationale Sozialismus – Seine Grundlagen, sein Werdegang, seine Ziele«. Viele Punkte aus diesem ersten nationalsozialistischen Forderungskatalog tauchten wenig später in den »Fünfundzwanzig Punkten« von Adolf Hitlers NSDAP wieder auf. Eine von Jungs Parolen lautete beispielsweise: »Gemeinnutz geht vor Eigennutz.«

Die nationale Arbeiterpartei spielte, schon auf Grund ihrer beschränkten Zielsetzung, nur eine periphere Rolle in der politischen Auseinandersetzung im habsburgischen Vielvölkerstaat. Doch im kreischenden Chor des Nationalitätenstreits in der untergehenden Monarchie besaßen die Parteiführer eine deutlich vernehmbare Stimme. Sie muß auch Adolf Hitler ans Ohr gedrungen sein: In seinen Wiener Jahren lebte er eine Zeitlang unweit der Parteizentrale seiner Vorläufer im gleichen Gemeindebezirk der damaligen k. u. k. Residenzstadt.

Die Bedeutung der altösterreichischen Nationalsozialisten sieht der britische Historiker Frances Carsten darin, »daß sie die Saat ausstreuten, die nach 1918 keimte, daß die späteren Nationalsozialisten auf älteren Grundlagen aufbauen konnten, vor allem auf der völkischen Idee«.

Den Grundstein zum Wiederaufbau legte Walter Riehl selbst. Nach Kriegsende übersiedelte der Rechtsanwalt nach Wien. Die »Reichsparteileitung« befand sich nun in seiner Kanzlei am Stephansplatz Nummer 5, mitten im Herzen der Stadt. Dort erschien auch das Parteiorgan, die *Deutsche Arbeiter-Presse*. »Ein soziales Alldeutschland« forderte das Blatt bereits im Dezember 1918; »alle ehrlich arbeitenden Volksgenossen« waren aufgerufen »zur Befreiung von Klerikalismus und roter Hebräerherrschaft«.

In den ersten Monaten der jungen Republik glich Wien einem überfüllten Flüchtlingslager. Aus den ehemaligen östlichen Provinzen der Monarchie ergoß sich ein nicht versiegen wollender Strom galizischer Juden, sudetendeutscher Arbeiter und böhmischer Eisenbahner in die Metropole; sie alle fürchteten den glühenden Nationalismus der Nachfolgestaaten. Für die österreichischen Nazis ergab sich ein reiches Betätigungsfeld: Sie hetzten gegen das »ostjüdische Händlergesindel« und warben unter den verunsicherten »volksdeutschen« Emigranten; die geflüchteten Eisenbahner müßten in Baracken darben, derweil die zugewanderten Juden »in Palästen wohnen«.

Die kleine Partei empfand sich als Pionier der Bewegung. »Gesamtdeutsche Vertretertagungen« wurden organisiert und eine »zwischenstaatliche Kanzlei« eingerichtet, deren Vorsitz Riehl selbst übernahm. Er sah sich wohl als Hüter und Bewahrer der nationalsozialistischen Ideologie. Vermittelnd warf er sich daher zwischen die Münchner »Deutsche Arbeiterpartei«, vertreten durch Parteigründer Anton Drexler und den Propagandareferenten Adolf Hitler, und deren norddeutsche Konkurrenz, die ein Alfred Brunner aus Düsseldorf anführte. Der Burgfrieden hielt nicht lange, die Bayern brachen selbstherrlich die Abmachung. Bald mußte Riehl einsehen, daß er der wachsenden Popularität Hitlers nichts entgegenzusetzen hatte. Bereits 1922 begrüßte der alte Parteiveteran den Auslandsösterreicher in Wien als »unseren reichsdeutschen Führer«.

Der »volkstümliche Agitator« und »bayerische nationalsozialistische Proletarierführer« (*Deutsche Arbeiter-Presse*) wurde von seinen österreichischen Parteifreunden häufig als Redner in die Schlacht geschickt. Mit seiner »zwingenden, gottbegnadeten Überzeugungskraft«, so freuten sich die Wiener Nazis (niemals gänzlich frei von barocker Logik), fülle er sogar die »größten Säle« der Stadt, etwa das Gasthaus Gschwandtner in Hernals oder den »Marokkaner« im Prater. Es waren »Festabende«: Hitler »sprach zwei Stunden – und wir hätten ihm noch Tage zugehört«. Schon damals verriet der »Feuerkopf« allen, die es hören wollten, was er im Schilde führte. Am 29. September 1920 in Innsbruck beispielsweise: Er sei »entschlossen, die Judenfrage bis zur letzten Konsequenz zu lösen«.

Die wortgewaltige Unterstützung half. Langsam wuchs die österreichische Nazi-Sekte. Bei den ersten Wahlen, an denen sie sich beteiligt hatte, hatte sie es nicht einmal auf ein Dreiviertelprozent der Stimmen gebracht; drei Jahre später, im August 1923, waren bereits 34000 Mitglieder registriert, die Parteizeitung hatte eine Auflage von 22000

Exemplaren, die paramilitärische Ordnertruppe (»Vaterländischer Schutzbund« hieß dieser SA-Vorläufer) zählte 9800 Mann, und bei den Gemeinderatswahlen von Linz errang die Partei beachtliche 7,85 Prozent und vier Mandate. Der Durchbruch schien erreicht.

Doch da spalteten sich die Nationalsozialisten über der Frage zukünftiger Wahlbeteiligungen. Hitler, der schon die Allmacht des Parteiführers usurpiert hatte, verlangte, die Partei habe sich aus »jeglicher Form von Parlamentarismus« herauszuhalten. Walter Riehl, der einen zumindest pseudodemokratischen Weg einschlagen wollte, unterlag in allen Abstimmungen und legte den Parteivorsitz nieder; sein Nachfolger wurde der Werkmeister Karl Schulz, später Gauleiter von Wien. In einem Brief behauptete Riehl kurz darauf, er habe sich zurückgezogen, weil er mit dem bevorstehenden Münchner Putsch nicht in einem Atemzug genannt werden wollte; er habe die Katastrophe vorausgeahnt.

Tatsächlich hatte der Marsch auf die Feldherrnhalle der Partei vorläufig den Garaus bereitet. Hitler schmachtete auf dem Landsberg in Festungshaft; die deutsche NSDAP war verboten, und der versprengte Rest der Getreuten verkümmerte – in Österreich ebenso wie im Reich. Man war führer- und daher ratlos. Die Kasse war knapp, die Schulden waren auf 400 Millionen Inflations-Kronen angewachsen.

Dennoch erreichte den eingekerkerten Hitler aus Österreich eine »heilige Versicherung unverbrüchlicher Treue«. Eine kleine Schar trotzte weiterhin standhaft dem Schicksal. An einem dieser trüben Tage wurde in Salzburg das »Braunhemd« geboren. Auf Anregung des geflohenen SA-Kommandanten Göring fertigte der Mozartstädter Schneidermeister Prokosch einige Musterhemden an, die »billiger und kleidsamer« sein sollten als die bis zu diesem Zeitpunkt gebräuchlichen Windjacken der SA. Als Vorbild diente dem Salzburger Modeschöpfer die Uniform der seinerzeitigen deutschen Kolonialsoldaten unter Lettow-Vorbeck in Afrika. Er taufte daher seinen Entwurf »Lettow-Hemd«.

Der Salzburger SA-Mann Fritz Patzelt ward ausersehen, zu Hitler nach Landsberg zu pilgern und dem Führer das Salzburger Parteikleid vorzuführen. Einige Fotos, auf welchen die Tracht in verschiedenen Variationen veranschaulicht wurde, ergänzten die Modenschau. »Am besten gefiel dem Führer« jene Adjustierung, so erinnerte sich der braune Dressman, bei der zum Braunhemd »die Kurzlederne mit weißen Stutzen und Halbschuhen« getragen wurde. Kleider machen Leute: Unverzüglich verfügte der Führer, daß »in Hinkunft« die neue Kreation »als Uniform der NSDAP zu gelten hat«.

Lange erfreute sich der braune Couturier Prokosch freilich nicht an seiner Schöpfung; ihn ereilte ein österreichisches Erfinderschicksal. Bald überstieg nämlich die Nachfrage nach Braunhemden seine Kapazität; die Produktion wurde nach München verlegt, und des Teufels Schneider fiel in Vergessenheit.

Nachdem Hitler aus seiner schonungsvollen Haft entlassen worden war und 1925 die NSDAP neuerlich begründet hatte, füllten sich schnell die Reihen der Braunhemden. Nur in Österreich stagnierte die »Bewegung«. Die Parteiorganisation stritt unentwegt untereinander, regionale Führer warfen sich in ihren jeweiligen Bezirken zu Diktatoren auf; die Autorität des Landesleiters Karl Schulz verfiel mit jedem Tag mehr.

Auch mit der Münchner Parteizentrale lag Schulz in steter Fehde. Der Wiener wollte beispielsweise nicht hinnehmen, daß Hitler bereitwillig versprach, Südtirol preiszugeben, nachdem Benito Mussolini in Italien die Macht ergriffen hatte. Den bedingungslosen Führungsanspruch seines emigrierten Landsmannes stellte Schulz ebenso in Frage wie die Befehle, die aus Bayern übermittelt wurden. Der

»Anschluß«, der eher absolute Unterordnung bedeutet hätte, sollte warten. Man suchte nach einem eigenständigen, österreichischen Weg, beharrte auf nationaler Eigenständigkeit. Ein in seiner verblüffenden Parallelität nahezu tragikomisches Vorspiel auf das Jahr 1938.

Mehrmals reiste Schulz zu Hitler, um einen Kompromiß auszuhandeln. Jedesmal wurde er abgekanzelt. »Seine Stimme überschlug sich«, erinnerte sich der Österreicher an eine der Vorsprachen bei seinem Vorgesetzten: »Sein Gesicht wurde beim Sprechen starr, der Speichel floß ihm von den Lippen, und er redete sich in eine derartige Ekstase hinein, daß er sich mit der Hand auf die Brust und Stirne schlug, daß es nur so klatschte.«

Ein letztes Zusammentreffen in Passau entartete 1926 zu einer zweistündigen Standpauke. Die Österreicher sollten sich nur nicht einbilden, sie hätten Anrecht auf eine Sonderstellung, drohte Hitler: Wie jeder andere deutsche Gau schuldeten auch sie jedem Befehl unbedingten Gehorsam. Die Strafpredigt endete damit, daß Schulz abgesetzt wurde.

Abermals stürzten die österreichischen Nationalsozialisten in ein Schisma. Eine Fraktion unterwarf sich Hitler und nannte sich fortan »Hitlerbewegung«, die andere hielt loyal zu Schulz. Noch um die Jahreswende 1928/29 besaß die Hitler-Gruppe lediglich 5002 Mitglieder, während in der Schulz-Partei immerhin noch 6274 Unverwüstliche ihren Beitrag zahlten. Mit der abgesplitterten Hitler-Truppe war vorläufig kein Staat zu machen. Sie schaffte es im September 1928 nicht einmal, die dreihundert Plätze in einem Sonderzug von Wien zu einem SA-Treffen im steirischen Bruck an der Mur zu füllen; lediglich dreiundvierzig Männer entrichteten das Fahrgeld. Um eine Blamage zu vermeiden, mußte der gesinnungsverwandte Landeshauptmann Anton Rintelen zu einem Verbot des Aufmarsches bewogen werden.

Nur auf den Universitäten gelang es den Nazis, Fuß zu fassen. In ihren Hochburgen Graz und Leoben hatten sie schon früh den Ton angegeben. Nun eroberten sie auch außerhalb der völkischen Domäne akademischen Boden. Am spektakulärsten gelang dies an der Universität Wien. Obwohl der braune Studentenbund nur wenige Mitglieder zählte, mobilisierte er Tausende Kommilitonen zu antisemitischen Krawallen. SA-Studenten blockierten in voller Uniform die Eingänge; tagelang mußte die Alma Mater gesperrt werden. Sie hätten die Hochschule unter »Hakenkreuzterror« gestellt, meldete einer der Krawallmacher stolz seinem Gauleiter: Schandtaten, »bei denen wir sämtliche jüdischen Anschlagkästen zertrümmerten, Vorlesungen sprengten, Pedelle stundenlang gefangenhielten, ultimative Forderungen stellten und schließlich Rektor Innitzer in seiner Kanzlei belagerten«. Widersacher wurden eingeschüchtert, Unentschlossene mitgerissen. »Nach zweijährigem Kampfe waren wir die Herren der Universität. Die deutsche Studentenschaft kroch vor uns.« Das Rektorat ernannte die SA-Studiosi sogar zu Ordnertruppen.

Es war dies die gleiche Taktik, mit der die Nationalsozialisten schließlich auch in Österreich an die Macht gelangen sollten: Sie ergriffen die Initiative und überrumpelten in einem Frontalangriff die gesamte zankende und zaudernde deutschnationale Rechte.

In den Jahren, in denen die Nazis die Universitäten überrannten, beherrschten allerdings noch die österreichischen Rechten unangefochten das völkische Lager. 1927 legten sie ihre Reifeprüfung ab, als sie einen landesweiten Generalstreik brutal unterdrückten, zu dem die Sozialdemokraten nach dem Brand des Wiener Justizpalastes und dem darauffolgenden Massaker an demonstrierenden Arbeitern aufgerufen hatten.

Dieser Erfolg stärkte das Selbstbewußtsein der Wehrverbände. Heimwehrführer spekulierten offen mit einem Putsch. Sie verhandelten mit den autoritär regierten Nachbarländern Ungarn und Italien und streckten ihre Fühler zu dem deutschen Zeitungskönig Alfred Hugenberg und seinen Stahlhelm-Verbänden aus. Schließlich einigten sich der ungarische Außenminister Graf István Bethlen und Benito Mussolini in Mailand, die österreichischen Heimwehren zu einer Staatsstreich-Truppe aufzurüsten. Österreich sollte als Brücke zwischen dem faschistischen Italien und dem revisionistischen Ungarn dienen. Mussolini überwies 1,6 Millionen Lire.

Der neubestellte Bundesführer der Heimwehren, Ernst Rüdiger Fürst von Starhemberg, stellte aus eigenem Vermögen »Jäger-Bataillone« auf mit dem Ziel, aus seiner Privatarmee eine »politische Kampfbewegung« zu formen. Angesichts dieser Übermacht mußten die anderen braunen Radauschläger in Österreich vor Neid erblassen. Immer lautstärker forderten Starhemberg und seine vaterländische Junta die Macht im Staat. Doch vor dem entscheidenden Schritt, einem bewaffneten Aufstand, schreckten die Heimwehrführer letzten Endes zurück. Langsam verloren die italienischen und ungarischen Gönner die Geduld; sie forderten Taten und bekamen jedesmal nur starke Worte zu hören.

Letztlich waren die Heimwehren auch zu sehr uneins, um in einer gemeinsamen Aktion die Macht an sich zu reißen. Mißtrauisch verfolgten regionale Führer das Treiben ihrer Rivalen aus den benachbarten Landesteilen. Die Steirer konspirierten mit Adolf Hitler; die Tiroler intrigierten in Budapest; Fürst Starhemberg ließ sich von Mussolini schmeicheln. Amüsiert notierte damals ein britischer Beobachter, die Führungsriege der Heimwehren verfüge über »fünf Prinzen, acht Grafen, zehn Barone, vierundzwanzig Oberste und eine große Anzahl von Oberstleutnants und Majoren«.

Am meisten umworben war Starhemberg. 1930 tauchte sogar Heinrich Himmler höchstpersönlich in Wien auf, um dem Heimwehr-Fürsten einen hohen SS-Rang anzudienen. Ein zweiter nationalsozialistischer Abwerbungsversuch scheiterte kurz darauf. Der Wiener Gauleiter Alfred Eduard Frauenfeld will bereits im fürstlichen Vorzimmer auf seine Audienz gewartet haben, um die letzten Details einer Wahlgemeinschaft zwischen Nazis und Heimwehren zu besiegeln, als ein Emissär der Regierung den Aristokraten mit dem Angebot einer großzügigen Staatshilfe zur Sanierung seiner zerrütteten Finanzen umstimmen konnte; der Fürst habe sich durch eine Tapetentür fortgestohlen, der Nazi wurde unter faulen Ausreden aus den fürstlichen Gemächern komplimentiert.

Mit großem Geschick hatten die christlichsozialen Bundeskanzler Ignaz Seipel, Johannes Schober und Engelbert Dollfuß den wankelmütigen Fürsten immer mehr in ihre Regierungen eingebunden. Starhemberg saß als Minister in verschiedenen Koalitionsregierungen; der potentielle Putschist wurde zunehmend zu einem Repräsentanten des Staates.

Seine enttäuschten Anhänger liefen zu den Nationalsozialisten über. Schließlich trieb der Tiroler Heimwehrführer Steidle einen tiefen Keil in die Einheit des Wehrverbandes. Er versuchte, die gesamte Heimwehrführung zu dem sogenannten »Korneuburger Eid« zu zwingen, in dem sie sich zu einem bewaffneten Aufstand verschworen hätte. Die alten Rivalitäten brachen erneut auf. Als dann der steirische Heimatschutz-Kommandant Walter Pfriemer 1931 losschlug, scheiterte der Putsch an der Untätigkeit seiner Kameraden. Kurz nach der Niederlage unterstellte sich die steirische Umsturztruppe geschlossen den Nationalsozialisten.

Der österreichischen »Hitlerbewegung« war es mittlerweile gelungen, ihre Basis zu verbreitern und tausende

Überläufer anzuziehen. Über Nacht schien die »Bewegung« verwandelt: Die internen Machtkämpfe schienen beigelegt, die Parteisoldaten traten mit ungewohntem Elan auf. Hitler hatte die Geduld mit den streitsüchtigen und intriganten österreichischen Funktionären verloren und ernannte den Wiesbadener Ortsgruppenleiter Theo Habicht zum neuen Landesleiter. Der »frühere Schaufenster-Dekorateur und kommunistische Agitator« (so sein Rivale Starhemberg) räumte sofort auf. Die Organisation wurde gestrafft, der Parteiapparat auf eine zentral geplante Strategie festgelegt. Die vielen Eigenmächtigkeiten wichen einem gemeinsamen Vorgehen mit dem Ziel, die konkurrierenden Gruppen des völkischen Lagers zu unterwandern.

Zum Hauptangriffsziel hatten sich die Nazis die Heimwehren gewählt – in anderen völkischen Vereinen, wie dem Turnerbund oder dem »Schulverein Südmark« (der in gemischtsprachigen Gebieten deutsche Schulen förderte), hatten sie sich bereits festgesetzt. Lange hielten die zersplitterten Heimwehr-Verbände dem Ansturm nicht stand. Sie schlossen Aktionsgemeinschaften mit den Nazis oder wechselten ganz einfach die Fronten; Bezirk um Bezirk fiel. In Wien-Hietzing trat beispielsweise die Gruppe der örtlichen »Starhembergjäger« fast geschlossen der SA bei. Vergeblich klagten die Reste der einst mächtigen »Großdeutschen Partei«: »Die nationalsozialistische Politik in Österreich beschränkt sich im Negativen, im Vernichten und Zertrümmern.«

Für die meisten Überläufer war es nur ein kleiner Schritt. Sie mußten nur selten ihre Überzeugung opfern; vielmehr schlossen sie sich der attraktivsten und dynamischsten Gruppe innerhalb ihrer großen Gesinnungsgemeinschaft, die ja ein inhomogener Haufen war, an. Es habe sich daher nur um eine Zeitfrage gehandelt, urteilt der Historiker Frances Carsten, »bis der gefräßigste Fisch die anderen im gleichen Teich schwimmenden auffressen würde«. Und zum Haifischwesen fühlten sich die Nazis frühzeitig berufen. Völkische Allesfresser, die schluckten, was ihnen vor die Zähne kam.

Erfolgreich hatten die Nationalsozialisten die zentralen Aussagen der zahlreichen völkischen Gruppen besetzt. Das wichtigste Agitationsthema war nach wie vor der Antisemitismus. Hier konnten die »Hakenkreuzler« auf breite Zustimmung rechnen: Judenhaß, das war der kleinste gemeinsame Nenner der konkurrierenden Grüppchen, das alle Unterschiedlichkeiten übergreifende Movens der Verrohung. Juden waren an allem schuld, und alle Schwierigkeiten wären lösbar, wenn man erst die Juden loswürde. Jede noch so komplizierte Sachfrage gipfelte daher in einer einfachen Schlußfolgerung: »Hau den Juden!«

Schamlos hatten die österreichischen Nazis von Beginn an in antisemitischen Aktionsgemeinschaften (etwa im »Antisemitenbund«) am lautesten gebrüllt. Selbst in Zeiten, in denen sie als politische Partei kaum wahrzunehmen waren, machten sie als Judenhetzer von sich reden. Ihre Krawallgarden setzten sich beispielsweise an die Spitze jener Gruppen, die gegen die Abhaltung des Zionistischen Weltkongresses in Wien randalierten. Oder sie versuchten die Wiener Börse zu stürmen; als sie von der Polizei zurückgeschlagen wurden, überfielen Nazi-Trupps mit Stinkbomben und Papierböllern bewaffnet umliegende Kaffeehäuser, in denen sie jüdische Gäste vermuteten. Allseitiger Beifall war ihnen gewiß.

Um die Stimmen der österreichischen Antisemiten buhlten in der Zwischenkriegszeit selbst Politiker und Parteien, die sich weit außerhalb des völkischen Lagers befanden. Bis tief in die Sozialdemokratie reichte die judenfeindliche Koalition; einer der ersten, die im republikanischen Österreich eine »Abreisendmachung der Fremden« angeregt hatten, war ein sozialdemokratischer Abgeordneter namens Albert Sever.

Besonders verbittert kämpften die Christlichsozialen mit den Nationalsozialisten um die Gunst der österreichischen Judenhasser. Bereits am Heiligen Abend 1918, die Republik war noch keine zwei Monate alt, hieß es in einem (bereits zitierten) Manifest der katholischen Staatspartei: »... das deutsch-österreichische Volk zum schärfsten Abwehrkampf gegen die jüdische Gefahr aufzurufen«.

Nach vierzehnjährigem Kampf und Ruf mußte der Verfasser einer Denkschrift allerdings resignieren: »Wir Christlichsozialen können mit unserem *christlichen Antisemitismus* (man beachte die Kombination der Begriffe; *Anm.*) nicht mehr mit den Nationalsozialisten konkurrieren. Dem wirklich überzeugten Antisemiten waren wir zu lau, er ging hinüber zum Hakenkreuz.«

Die Reihen der österreichischen Antisemiten schlossen sich immer fester hinter der Hakenkreuzfahne. Mochte auch Heimwehrführer Fürst Starhemberg den Jargon der völkischen Konkurrenz täuschend ähnlich imitieren. »Unter Volksgenossen meine ich nur jene, die die Rasseninstinkte des Deutschen tragen«, verkündete er: »Ich meine nicht jene fremden, plattfüßigen Parasiten aus dem Osten.« Gleichfalls nicht gemeint sein konnten wohl die verfeindeten Brüder von der österreichischen NSDAP, erschien ihm doch deren Kampfgemeinschaft als eine »von einer Handvoll Tschechenstämmlingen geführte Partei«.

Vergebliches Werben, letzte verzweifelte Versuche. Siegessicher gingen die Nationalsozialisten zum Angriff über; die Partei war zur Massenbewegung angeschwollen. Bei Regionalwahlen im April 1932 gewann die NSDAP im nach wie vor roten Wien 200000 Stimmen (achtzehn Monate zuvor waren es lediglich 27000 gewesen) und errang fünfzehn von hundert Mandanten im Rathaus der Hauptstadt. In anderen Bundesländern lag ihr Stimmmenanteil bei zwanzig Prozent, in manchen Städten, wie Innsbruck, sogar bei über vierzig Prozent.

Die anstehenden Parlamentswahlen versprachen einen braunen Triumph. Zusätzlich gestärkt durch Hitlers Machtergreifung in Deutschland wollen die Nazis ihre letzten Kräfte mobilisieren: Selbst Flugzeuge sollten zu einer Propagandaschlacht ungeahnten Ausmaßes aufgeboten werden. Landesleiter Theo Habicht setzte auch verstärkt auf Terror. Mordanschläge, Saalschlachten, Tränengasattentate auf Warenhäuser, Cafés und Kinos oder Papierböllerexplosionen waren an der Tagesordnung. In Wien flogen reihenweise die Telefonzellen in die Luft, in den Fremdenverkehrsgemeinden sprengten Sabotagetrupps Eisenbahnbrücken, Schienenstränge und Hochspannungsmasten. Einmal wurden an einem einzigen Tag, es war der 8. Jänner 1934, insgesamt 140 Anschläge behördlich registriert.

Zu Wahlen sollte es im autoritären Regime der Ersten Republik jedoch nicht mehr kommen: In begründeter Furcht vor einem Einzug der Nationalsozialisten in den österreichischen Nationalrat griff die Regierung zu einem letzten Verzweiflungsmittel. Mit Hilfe eines Geschäftsordnungstricks gelang es Bundeskanzler Engelbert Dollfuß im März 1933, das Parlament auszuschalten; er regierte den Staat daraufhin mittels Verordnungen. Das Schicksal des Landes entschied sich nun jedoch in Bürgerkriegen.

Nach und nach wurden alle Parteien und Wehrverbände verboten. An ihre Stelle trat die »Vaterländische Front«, eine Art staatstragende, patriotische Einheitspartei, die sich allerdings zu einem Auffangbecken für Opportunisten und Mitläufer entwickelte. Über Nacht sollte zur Legitimierung des Regimes ein »österreichische Nationalbewußtsein« geschaffen werden; man holte fromme, altösterreichische Dichter aus der Versenkung, mariatheresianische Sentimentalitäten wurden laut; älplerische, zaghaft-monarchistische, schmalzig-barocke und fanfarenkatholische Töne waren zu hören. Sie fanden zu wenig Widerhall. Mit Pomp, Rhetorik und nationalem Gepränge versuchte der kleingewachsene Kanzler in Österreich das getreue Abbild einer faschistischen Diktatur zu inszenieren. Doch in dem nach wie vor bettelarmen Land scheiterten zumeist schon die Ansätze. »Millimetternich«, so verspotteten die Nazis den ungeschickten Despoten.

Nach kurzer Verwirrung hatten sie sich in der Illegalität zurechtgefunden. Ihr Bombenterror hielt die Behörden in Atem, mit frechen Aktionen stellten sie das System bloß. Überall tauchte das verbotene Hakenkreuz auf: Von Fabrikschloten und Kirchtürmen wehten Hakenkreuz-Banner, das Emblem wurde in Hochgebirgswiesen gemäht oder Schafen ins Fell gebrannt; mitunter trieb eine Armada von Papierschiffen, auf denen kleine Hakenkreuz-Wimpel flatterten, die Salzach und die Donau hinunter, oder ein Kraftwagen streute im dicksten Verkehrsgewühl mit Hilfe eines raffinierten Mechanismus Tausende aus Karton gestanzte Parteisymbole.

Die Polizei war machtlos. Je mehr Nazi-Funktionäre verhaftet und in die sogenannten »Anhaltelager« eingeliefert wurden, desto vehementer trat die Partei auf. In Bayern formierte sich aus geflüchteten Nationalsozialisten die »Österreichische Legion«: eine Armee von Emigranten, die von der deutschen Reichswehr ausgebildet und bewaffnet wurde und nur auf einen Einmarschbefehl zu warten schien. Schon war Kanzler Dollfuß bereit, mit den Nationalsozialisten über eine Regierungsbeteiligung zu verhandeln. NSDAP-Landesleiter Habicht kreiste bereits in einem Sonderflugzeug über Wien, als Fürst Starhemberg, der unruhigste der bösen Geister der Ersten Republik, der seinen letzten Einfluß schwinden sah, den Plan platzen ließ; per Funkspruch wurde Habicht zurück ins Münchner Exil beordert.

Das Veto des Fürsten hatte Gewicht, denn noch wurden

Starhembergs Heimwehr-Bataillone gebraucht. Im Februar 1934 hatten sie der Regierung geholfen, die Sozialdemokratie in einem blutigen Bürgerkrieg niederzuwerfen. Zahlreiche Sozialisten, vor allem junge, ungeduldige Arbeiter, denen die stets bedächtigen Parteipatriarchen längst viel zu nachgiebig und kraftlos waren, desertierten nach der Niederlage zu den Nazis. Selbst in den »Anhaltelagern«, die sich rasch füllten, verbrüderten sich mitunter Rote und Braune gegen den gemeinsamen katholischen Erzfeind. Die Heimwehren waren nun die letzte zuverlässige Machtstütze des Regimes.

Im Juli sahen die Nationalsozialisten ihre Stunde gekommen und wagten einen Aufstand. Und wieder waren es die österreichischen Heimwehren, die dem schwachen Bundesheer zu Hilfe eilten und den Putschversuch in der Provinz innerhalb weniger Tage erstickten.

Die braune Erhebung vom 25. Juli 1934 war ein dilettantischer Streich. Um die Mittagszeit stürmten 154 Mann der Wiener SS-Standarte 89 das Bundeskanzleramt und die Rundfunkanstalt *RAVAG*. Kanzler Dollfuß wurde bei dem Versuch, über eine Hintertreppe zu entwischen, von zwei Schüssen tödlich getroffen und verblutete auf einem barocken Polstermöbel – bis heute sind die genauen Umstände des Mordes nicht geklärt. Über den Rundfunk verkündeten die Putschisten ihren Staatsstreich.

Ihr Plan war jedoch verraten worden, und sie hatten nicht, wie erhofft, das gesamte Kabinett überwältigen können. Im Heeresministierum befahl Kurt Schuschnigg, der designierte Nachfolger des sterbenden Kanzlers, den Gegenangriff. Die SS-Putschisten saßen in der Falle.

Die Alarmabteilung der Wiener Polizei umzingelte die Staatskanzlei am Ballhausplatz. Erst nach stundenlangen Verhandlungen ergaben sich die Umstürzler und wurden verhaftet. Dreizehn Aufführer wurden binnen weniger Wochen am Galgen hingerichtet.

In den Bundesländern löste die Nachricht von der SS-Aktion Verwirrung aus. Die SA-Stürme in der Steiermark und Kärnten hatten, unabhängig von der Aktion der Wiener SS, ihren eigenen Aufstand für den Herbst eingeplant. Angesichts des Fait accompli vom Ballhausplatz entschieden sie sich nun doch halbherzig zum Handeln. Sie besetzten einige Provinzstädte, aus denen sie allerdings schnell wieder vertrieben wurden. Tausende Nationalsozialisten flüchteten über die Grenze nach Jugoslawien und Italien.

Nach dem Debakel war die NSDAP paralysiert. Doch die Agonie währte nur einige Monate. Im Untergrund entstand eine neue, konspirative Kaderorganisation, die den alten Kampf mit neuer Kraft aufnahm. Bald gehörte der braune Terror wieder zum Alltag. Zielstrebig unterwanderten die Nazis weiterhin die vaterländischen Verbände und völkischen Vereine; die Trennungslinien wurden immer verschwommener. Als in Eggeberg bei Graz eine SA-Gruppe ausgehoben wurde, fand man unter den sechzig Verhafteten einen christlich-deutschen Turner, zwei Heimatschützer, drei Mitglieder der Vaterländischen Front, den Obmann der Ortsgruppe des Reichsbundes der Kriegsopfer Österreichs sowie zwei ehemalige Sozialdemokraten und zwei frühere Mitglieder des Republikanischen Schutzbundes. Bis ins hinterste Bergtal war das Alpenland bereits verseucht; die Regierung in Wien schien in den letzten Jahren der Republik häufig zur Staffage degradiert worden zu sein.

Die Niederwerfung der braunen Revolte erwies sich für das österreichische Regime als Pyrrhussieg. Einerseits entglitt die NSDAP nun gänzlich in den Untergrund und versteckte sich in Tarnorganisationen. Andererseits mußte Adolf Hitler erkennen, daß, allein auf die Kraft seiner österreichischen Parteigenossen gestützt, der Anschluß bestenfalls ein Fernziel bleiben konnte. Als Druckmittel waren die braunen Kolonnen unersetzlich, sie allein konnten die Voraussetzungen schaffen. Doch um dem Regime den letzten Stoß zu versetzen, reichten ihre Fähigkeiten nicht aus.

Im Inneren der Republik, in Herz und Hirn der Leute, war der Anschluß – wenn nicht an das Deutsche Reich, so doch an das nationalsozialistische Pogromdenken –, wie gezeigt, längst vollzogen: eine schleichende Vergiftung mit pathetischen Phrasen und mystischem Volkstumsgeschwafel, mit dröhnender Menschenverachtung und rassistischem Feuerregen, mit Mordlust, Beutegier und niederträchtiger Opportunistengesinnung.

Die politische Tatsache des Anschlusses mußte jedoch von oben, in einem deutsch-österreichischen Machtkampf erzwungen werden. Hitler setzte nun auf den evolutionären Weg, und die ungestüme österreichische Partei wurde aus dem Kräftespiel verdrängt. Schritt um Schritt rangen die deutschen Diplomaten – allen voran der neue Botschafter in Wien, Franz von Papen – dem Bundeskanzler Kurt Schuschnigg Konzessionen ab. Das Regime beging Selbstmord auf Raten.

Mit jedem neuen Abkommen wurde die österreichische Unabhängigkeit weiter unterminiert, der Handlungsspielraum des Regimes eingeengt. Während vor den Kulissen die österreichischen Behörden und die Nationalsozialisten einander noch erbittert bekämpften, hatte hinter verschlossenen Türen bereits das quälend langsame Rückzugsgefecht der österreichischen Regierung begonnen. Alle Welt schien das Land aufgegeben zu haben.

Die Anschluß-Strategen sicherten sich die Unterstützung einer rechtskatholischen Fronde um den Direktor des Kriegsarchivs, Edmund Glaise von Horstenau, und den Wiener Rechtsanwalt Arthur Seyß-Inquart, einen hinterhältigen politischen Glücksspieler, den Joseph Roth mit tiefster Verachtung »einen bigotten Dreckshaufen« nannte. Diesem Klüngel wuchs die Rolle des zeremoniellen Totengräbers zu, da die Leichengrube bereits ausgehoben war. Offiziell keine Nationalsozialisten, waren sie jedoch für die Ideen der »Bewegung« empfänglich, nach einer antisemitischen Diktatur sehnten sie sich allemal.

Kaum hatten die Nazi-Diplomaten ihre Fünfte Kolonne an die Schaltstellen des Regimes manövriert, war das Ende der Republik besiegelt. Die 8. Armee, die am 12. März 1938 die Grenzen überrollte, bildete nur noch die Nachhut. Der Damm war längst geborsten – wohl schon vor vielen Jahren, als sich die verrottete österreichische Elite gegen die Demokratie entschieden und den Nationalsozialisten nichts anderes entgegengesetzt hatte als ihre eigenen, kläglichen Faschismus-Modelle. Als die NSDAP in Deutschland bereits knapp zwei Millionen Wähler auf sich vereinigte, bildeten die österreichischen Parteigenossen lediglich einen sektiererischen Radauverein mit kaum fünftausend Mitgliedern, die nicht mal ihre Fahrkarten bezahlen konnten.

Erst der moralische Bankrott der konservativen Machthaber und des bigotten Restbürgertums, ihre antisemitische und antidemokratische Grundhaltung, beflügelten die nationalsozialistische Partei und trieben ihr Hunderttausende in die Arme. Nur so konnten die österreichischen Nationalsozialisten zur unüberwindlichen Bedrohung werden.

In der historischen Stunde des Anschlusses hatten neue und alte Nazis freilich nichts weiter im Sinn als die Verteilung der Beute. Eine infernalische Orgie der Habgier und Raffsucht brach los. Es wurde geplündert und gestohlen, »arisiert« und abgesahnt, solange der Vorrat reichte. Selbst die preußische Disziplin der neuen Machthaber konnte die Raubrattenzüge nicht stoppen. Nicht einmal was niet- und nagelfest war, war sicher.

Das Wiener Gesindel stürzte sich auf die Juden, schleifte sie auf die Straße und zwang sie, auf ihren Knien das Pflaster zu schrubben oder mit bloßen Fingernägeln Schuschnigg-Plakate von den Häuserwänden zu kratzen. Zeitgenössische Fotos zeigen diese »Reibepartien« (ein weiterer Terminus aus der Fachsprache der Wiener Niedertracht): Höhnisch grinsen feiste Lodenjoppen, johlend drängen sie sich um ein schlotterndes Menschenbündel, spucken, treten, stoßen. »Wir danken dem Führer, er hat den Juden Arbeit geschenkt.« Zu recht gilt der Wiener Humor als gallenschwarz und leichenbitter.

»Ist Ihnen bekannt«, so fragte ein anonymer Brief bei der Wiener Gauleitung an, »daß bei diesen Arbeiten dem zusehenden Publikum noch besondere Belustigungen geboten wurden, indem nämlich die Befehlshaber der Reibbrigaden durch Zusammengeben der Hände einen Ring bildeten, innerhalb dessen die Juden, mit den Kübeln in den Händen springen, hüpfen und andere groteske Bewegungen machen mußten und daß den Juden als Schlußpunkt der geleisteten Arbeit der schmutzige Inhalt der Kübel auf die Kleider geschüttet wurde? Ist Ihnen bekannt, daß es da noch Verschärfungen gab? Daß Juden in den Keller gesperrt, mit dem Erschießen bedroht wurden, so daß sie dann noch froh waren, daß man ihnen lediglich den Kopf mit Teer einschmierte, dann das halbe Kopfhaar und die Augen herausschnitt?«

»I man, schaun S', was ma uns dann nachher vorg'worfen hat, das war alles ganz anders«, wird Jahrzehnte später der *Herr Karl*, die Quintessenz des Wiener Wesens, lamentieren. »I hab nur an Juden g'führt, I war ein Opfer.« Das wird der spätere österreichische Bundespräsident Kurt Waldheim sagen, der in jenen Tagen braunen Rössern die Sporen gab, das werden seine Redenschreiber sagen, seine Wähler, und sie werden abermals von der jüdischen Weltverschwörung sprechen...

In jenen Tagen beginnt der Auszug des europäischen Geistes aus Wien. Er bettelt in fremden Konsulaten um

Visa und Aufenthaltsgenehmigung. Er sendet Hilferufe in die Welt – um ein *Affidavit* aus den Vereinigten Staaten, eine Schiffspassage nach Südamerika, ein Bahnbillet nach Paris, ein Flugticket via Rotterdam nach London. Er steht stunden- und tagelang ungeduldig in Menschenschlangen. Er versteckt sich vor den Häschern. Ganze Nächte fuhr der Schriftsteller Hermann Broch mit der Stadtbahn kreuz und quer durch Wien, um nicht aufgegriffen zu werden. Wechselnde Nachtlager. Er schmuggelt seine Manuskripte außer Landes. Wagte sich nur noch in einziges Kaffeehaus, blickte unentwegt über die Schulter. Broch, ein eleganter Gentleman mit englischen Manieren, sprach später nur von Ekel: »Der Ekel war mein schlimmstes Hitler-Erlebnis.« Häufig, wenn er durch die Straßen von Wien irrte und auf die groben Demütigungen stieß, die man seinen Mitmenschen antat, wurde ihm so übel, daß er sich übergeben mußte.

»Viennese Go Wild / Jam Noisy Streets«, meldete die Schlagzeile der *New York Times*. Und: »Youths On The March / No Opposition Visible.«

Tatsächlich war die berserkerhafte Gemeinheit von der Leine, und in Wien sind es nicht furchterregende Höllenhunde, die losgelassen werden, sondern kläffende Köter, die mit Vorliebe erst dann zuschnappen, wenn sich ihr Opfer nicht mehr wehren kann. Das Erpresserwesen blühte: Wer nicht augenblicklich zahlte, wurde bei den braunen Behörden denunziert – bestenfalls – oder niedergeprügelt. Rechtsanwalt Hugo Sperber und Isidor Pollack, Direktor einer chemischen Fabrik, wurden von notdürftig uniformierten Rollkommandos buchstäblich zu Tode getrampelt.

Im Juli 1938 zogen die *Deutschland-Berichte*, ein Informationsdienst der deutschen Sozialdemokraten in der Emigration, Bilanz der ersten Ostmark-Monate: »Bald begannen die Demolierungen und ›Requirierungen‹, das heißt Plünderungen jüdischer Geschäfte, die Erpressungen bei jüdischen Geschäfts- und Privatleuten. In den Läden erschienen vierzehn- bis sechzehnjährige Burschen, von etwa zwanzig- bis fünfundzwanzigjährigen SA-Männern angeführt, und ›requirierten‹ Lebensmittel, Schuhe, Anzüge, Stoffe usw. Häufig wurde die Beute mit Lastkraftwagen abtransportiert. Auf diese Weise wurden fast sämtliche Geschäfte heimgesucht... Die Ausräumung des Warenhauses Schiffmann in der Taborstraße dauerte drei Tage. Arbeiter mit Hakenkreuzbinden leerten die Lager, Männer im Braunhemd hielten die neugierige Menge fern... Die Selbstmorde und Selbstmordversuche in den Reihen der Wiener Juden nahmen täglich zu. In der Woche nach der Machtergreifung zählte man in der ersten Wochenhälfte täglich etwa zehn Selbstmorde und Selbstmordversuche, in der zweiten Wochenhälfte täglich zwanzig, am Samstag stieg die Ziffer auf fünfzig.«

Die Praxis der »Arisierung« jüdischen Vermögens begann. Nach nazideutscher Vorstellung sollte dies ein gesetzlich bemäntelter Enteignungs-Vorgang sein. Doch die Anschließer hatten die Rechnung ohne die Angeschlossenen gemacht. Die Wiener »Heil«-Schreier arisierten wild und willkürlich: Wer zuerst kam, kassierte zuerst. Eine Hakenkreuzbinde genügte: Ihr Träger erklärte sich einfach zum »kommissarischen Verwalter«, setzte sich auf den Chefsessel und ließ sich aushalten; wenn er nicht auch gleich, wie im Fall der Gemischtwarenhandlung Reindler, die »Judenwohnung« bezog und sogar die Schultaschen und Spielsachen der »Judenkinder« für seine Familie mitgehen ließ.

Es gibt keine zuverlässige Statistik. Die Meute raffte in einem Tempo, dem zu folgen niemand imstande war. »Mußte den Norddeutschen der Nationalsozialismus also vielfach erst auf die privaten, sozusagen unpolitischen Gefahren des Judentums aufmerksam machen, so ist in Wien im Gegenteil die Aufgabe einer verantwortungsbewußten, um die Untadeligkeit und Reinheit der Bewegung besorgten Volkserziehung, den überschäumenden Radikalismus einzudämmen«, notierte im April 1938 der *Völkische Beobachter*: »Denn – das merke jeder – Deutschland ist ein Rechtsstaat. Das heißt: In unserem Reiche geschieht nichts ohne gesetzliche Grundlage. Pogrome werden keine veranstaltet, auch nicht von der Frau Hinterhuber gegen die Sara Kohn im dritten Hof, Mezzanin, bei der Wasserleitung.«

War das der Lohn der Anschluß-Mühen, der Dank für den aufopferungsvollen Kampf: Zurückhaltung? Mäßigung? Sollten Juden gar beim deutschen Recht Zuflucht suchen können? »Räumen Sie auf, Herr Reichskommissar«, wurde Josef Bürckel, den man aus dem Saarland in diesen Hexenkessel entsandt hatte, aufgefordert. »Die Juden müssen hinaus aus dieser Stadt, früher wird nicht Ruhe!«, stand in der Postmappe des braunen Statthalters zu lesen. Der Handelsvertreter Franz Philipp forderte, »der jüdischen Verbrecher- & Mord-Rasse« die Benutzung der Straßenbahn zu verbieten: »Es gehört viel Überwindung dazu, sich immer wieder mit diesem jüdischen Gesindel zusammenpferchen zu lassen... sollen sie eben zu Fuß gehen oder ein Auto-Taxi bezahlen. Heil Hitler!«

»Die herrliche Geschichte des Nationalsozialismus und der Erhebung in Österreich hat durch das, was sich in den ersten Wochen an Raub und Diebstahl ereignet hat, eine gewisse Trübung erfahren«, klagte Bürckel, nach einigen Monaten sichtlich frustriert, in einem Geheimbericht seinem Berliner Vorgesetzten Hermann Göring. Umsonst »meine ganze Erziehungsarbeit«. Vergeblich die »schärfsten Maßnahmen«. Der Reichskommissar schickte politisch zuverlässige Vertrauensleute auf die Straße, die sich »der Zerstörungswut entgegenwarfen«. Sie holten sich blutige Köpfe und wurden »von Leuten aus den Gliederungen verprügelt, weil sie versucht haben, die Zerstörung aufzuhalten«. Der »Mentalität in Österreich« war eben nicht beizukommen.

Am 17. August 1938 verfaßte der Hilfsverein der jüdischen Blinden ein Gesuch an die »löbliche Arisierungskommission«: »Die gefertigte Vereinsleitung gestattet sich, Ihnen Nachstehendes ganz ergebenst zu unterbreiten: Im Zuge der Arisierung der in jüdischen Händen befindlichen Betriebe und Unternehmungen in der Ostmark, beabsichtigen die Behörden auch den jüdischen Blinden die Gewerbescheine abzuverlangen. Es handelt sich hier um ca. 8 blinde Bürsten- und Pinselerzeuger, um 4 Korb- und Stuhlflechter und um 6 Blinde, die mit Korb- und Bürstenwaren Handel treiben. Es sind dies kleine Betriebe, deren Inhaber kaum das Allernotwendigste verdienen, um ihr dürftiges Dasein zu fristen... In der angenehmen Erwartung, daß die löbliche Kommission unser ergebenes Ansuchen einer gütigen Behandlung zuführen wird, erlauben Reichskommissar unseren tiefsinnigsten Dank auszusprechen und zeichnen mit vorzüglicher Hochachtung für die Vereinsleitung *Obmann Leo Damm*.«

Die Antwort des Zunftsekretärs und des Zunftmeisters der Drechsler- und Bildhauerzunft, Gau Wien, kam postwendend: »Die gefertigte Zunft teilt mit, daß von einer Belassung für den Hilfsverein jüdischer Blinden keine Rede sein kann, daß vielmehr auch in diesem Fall eine Liquidierung unbedingt durchzuführen ist. Dies zur gefälligen Kenntnisnahme. Heil Hitler!«

Soweit die Aktenlage. Deutschland, und somit die Ostmark, war ein Rechtsstaat. Pogrome wurden erst später veranstaltet. Wer hätte sie ahnen können?

Carl Zuckmayer, der den März 1938 in seinem Wiener Exil erlebte, schilderte die erste Nacht der Ostmark so: »Die Unterwelt hatte ihre Pforten aufgetan und ihre niedrigsten, scheußlichsten, unreinsten Geister losgelassen...

Lemuren und Halbdämonen schienen aus Schmutzeiern gekrochen und aus versumpften Erdlöchern gestiegen. Die Luft war von einem unablässig gellenden, wüsten hysterischen Gekreische erfüllt, aus Männer- und Weiberkehlen, das tage- und nächtelang weiterschrillte. Und alle Menschen verloren ihr Gesicht, glichen verzerrten Fratzen: die einen in Angst, die andren in Lüge, die andren in wildem, haßerfülltem Triumph... Es war ein Hexensabbat des Pöbels und ein Begräbnis aller menschlichen Würde.«

An jenem 15. März 1938, an dem Adolf Hitler zufrieden und stolz von seinem Balkon der Neuen Hofburg die jubelnde Menschenmenge auf dem Heldenplatz unter ihm musterte, verließ Zuckmayer im Schnellzug nach Zürich die Stadt. In Salzburg wollte er sich am Bahnhofskiosk Zigaretten kaufen, doch die ihm wohlvertraute Tabaktrafikantin hatte keine Zeit, ihn zu bedienen, da sie zu sehr damit beschäftigt war, deutsche Soldaten mit Rauchwaren zu beschenken. »*Daitsche Brieder* kreischte sie und verdrehte die Augen ekstatisch. Der Schaum schien ihr vorm Mund zu stehen. Sie soll sich, als die erste deutsche Einheit einrückte, auf die Straße gekniet haben. Vor wenigen Wochen hatte ich sie noch beim Aufmarsch der Vaterländischen Front *Treu-Österreich* rufen hören. Der Gedanke, dieses Land zu verlassen, wurde mir immer leichter.«

Geschichte: Requiem für Steine

Es scheint überhaupt, daß jetzt wieder ein besseres Geschlecht heranwächst – mehr Haltung und weniger Geist.

Arthur Schnitzer: *Der einsame Weg*

Nein, auf die Suche nach ihrer verlorenen Zeit begibt sich die Stadt nun nicht mehr. Ihre Vergangenheit liegt in Trümmern, ihre Zukunft ist Stahlbeton. Unbehindert errichtete eine neue Klasse – zur *Klasse* wurde sie erst später, zur Aufsteigerklasse, die dann Kleinbürger zu Angestellten (noch eine *Neue Klasse*) pragmatisierte und Arbeiter zu arbeitenden Menschen sozialdemokratisierte –, unangefochten also errichtete diese anfänglich wesen- und willenlose Generation auf den Ruinen, die einst die Bourgeoisie und danach deren Henker beherbergt hatten, ihre Nachkriegsfassaden. Sie allein war übrig geblieben, das Inferno war über sie hinweggegangen und hatte sie unversehrt zurückgelassen. Es war nicht ihre Welt, die in Trümmern lag; sie, Treibsand der Zeit, die nun, da der Strom seine Kraft eingebüßt hatte, sich festzusetzen begannen, waren stets nur auf Abruf zugelassen gewesen. Die Katastrophe hatte ungeahnte Folgen: Das Personal des Geschehens, ein zappelndes Marionetten-Heer, hielt urplötzlich die Fäden in der Hand. Diese Getriebenen der Weltgeschichte waren jetzt reisemüde und überdrüssig der Rastlosigkeit und hegten den brennenden Wunsch, endlich selbst die Herren ihrer Zeit zu sein.

Zuerst mußten sie daher ihr Erscheinungsbild ändern. Darum erbauten sie Fassaden. Sie hofften, dieser historische Paravent werde sich schützend vor ihrer Vergangenheit ausbreiten; ein gründlich retuschiertes Tapetenbild, das nichts mehr von ihrer Herkunft verriete, nichts von ihrem Mitwissen und nichts von ihrer Mittäterschaft. Jenseits der Demarkationslinie, auf der zukunftsabgewandten Seite der Zeit: unschuldige Opfer, verscharrt in Vergessen; diesseits schuldlose Täter, von denen in der Erinnerung nur haften blieb, was ihre Schuldlosigkeit erstrahlen läßt. Man weiß: ein Theatertrick.

Im Schutz dieser Geschichtskulisse, so rechneten sie sich aus, könnte es ihnen gelingen, auf technokratischen Laufbahnen bis zu den Schaltstellen ihrer Gesellschaft, einer Gesellschaft der Schuldlosen, vorzudringen. Denn bis zu jenem Tag waren sie nur Objekte der Geschichte gewesen; Werkzeuge in den Händen jeweilig Mächtiger. Willfährig hatten sie dem alten Regime gedient. Als dieses untergegangen war, biederten sie sich den braunen Parvenüs an und beeilten sich, jedes Kommando in seiner ganzen Menschenverachtung zu exekutieren. Niemals waren sie jedoch in ihrer Rolle aufgegangen, nirgendwo seßhaft geworden. In die Gebäude, die sie bewohnten, in die Gedankengebäude, in die Mietskasernen und in die Staatsbehausungen, waren sie nur einquartiert worden; jederzeit bereit, umzusiedeln. Nun waren sie heimatlos. Eine obdachlose Generation, für die sich kein Quartiergeber mehr fand. Ihre eigentliche Geschichte konnte aber erst beginnen, sobald sie Unterkunft gefunden hatte. Innerhalb der Fassaden von Wien sollte sie heimisch werden.

Man mochte guten Mutes sein und an ein besseres Morgen glauben, man mochte vielleicht das Beste, nur das Allerbeste, gewollt haben, so betriebsam, fleißig, arbeitsam und unermüdlich waren die Bemühten; ja man mochte, doch im Rücken lag die versiegelte Zone Zeit, die so aussätzig war, daß nicht der kleinste Hauch entweichen durfte von dem Vergasungsgestank, der sich aus der Vergangenheit nicht verziehen konnte. »Aus der allgemeinen gesellschaftlichen Situation weit eher als aus der Psychpathologie ist denn wohl das Vergessen des Nationalsozialismus zu begreifen. Noch die psychologischen Mechanismen in der Abwehr peinlicher und unangenehmer Erinnerungen dienen höchst realitätsgerechten Zwecken... Die Tilgung der Erinnerung ist eher eine Leistung des allzu wachen Bewußtseins als dessen Schwäche gegenüber der Übermacht unbewußter Prozesse. Im Vergessen des kaum Vergangenen klingt die Wut mit, daß man, was alle wissen, sich selbst ausreden muß, ehe man es den anderen ausreden kann.« (Theodor W. Adorno: *Eingriffe*)

Im Rücken lag also Todesterrain, und alle, die am Leben geblieben waren, waren nunmehr bestrebt, möglichst große Distanz zwischen sich und die äußere Grenze des Abgrunds zu bringen. Es entstand das *schwarze Loch der Vergangenheit*, eine unergründliche Öffnung, in der jene leichenvergiftete Zeit endgelagert werden sollte, so als könnte man ins Erdinnere zurückschütten, was einstmals aus ihm herausgespien gekommen war.

Der Damm, der den brodelnden Abgrund abschirmt, hielt. Erwartungsgemäß. Langsam nährte das die Hoffnung, es könnte versickern, was dahinter aufgestaut bleiben mußte, und den Nachgeborenen bliebe nichts als nur ein vages Hörensagen. Noch war es allerdings nicht so weit; noch hatte sich der fette, schwere Rauch nicht verzogen; noch waren nicht alle Spuren beseitigt. Doch der Gedanke wuchs und wurde stärker, und schließlich wurde er aussprechbar, und ein flinker Zungenschlag bemaß die Dimension, in welcher sich das *schwarze Loch* ansiedeln ließe. Man nannte es Vergangenheitsbewältigung. Der Name verrät das Täuschungsmanöver. »Es ist aber sein Wesen, nie das zu sein, was es scheint, und alle Antithese so in sich einzubeziehen... Wissen wir denn, wissen sie selbst denn, womit sie uns plagen? Sie wissen es nicht; nicht was sie sind, und nicht einmal, was sie verleugnen. *Wir dürfen daher nicht* ist der logische Schluß aus der Erkenntnis, daß wir gedurft haben und immer noch dürfen.« (Karl Kraus: *Die dritte Walpurgisnacht*)

Wien war schon so vieles gewesen: ein Tor zu hundert Vergangenheiten, die Versuchsstation des Weltunterganges und später die Stadt ohne Juden. Nun wurde sie zur Fassadenstadt. Es ist Wiens Stigma, unzählige Ausstellungsstücke der Vergangenheit zu besitzen und dennoch die eigene Geschichte gerodet zu haben. Die Fassaden der Vergangenheit fügen sich daher glatt an jene der Gegenwart, ohne auch nur einen Augenblick lang Verdacht zu erregen. Sie sind das Ornament der Stadt.

Man meinte, es könnten die Erinnerungen und die alten Gefühle weggesperrt werden, eingewiesen in ein Irrenhaus für Unzeitgemäßes. Als Wien in Trümmern lag, da lag auch die Geschichte der Stadt in Trümmern. Die Trümmer der Zeit lagen neben den Trümmern der Geschichte, und der Schutt wurde aus Leibeskräften weggeräumt, weil er mehr war als nur ein wertloser Überrest, der den Neubeginn behinderte. Zu sehr verkörperte sich in den Trümmern die Anklage der Vertriebenen und der Ermordeten, und zu oft bohrte bei ihrem Anblick noch ein schlechtes Gewissen, das mehr Ahnung denn Bewußtsein oder Einbekenntnis der eigenen Schuld war. Die Ruinen bezeugten nämlich die Zerstörung und sie bezeichneten die Zerstörer. Sie mußten den Fassaden weichen.

Steine markieren den Ablauf der Geschichte, und es gibt so vielerlei Verwendung für ihren Überfluß. »Fast überall aber hat man schon die brauchbaren Ziegelsteine ausrangiert und sauber auf den Hauswänden aufgestapelt. Sie warten auf neue Verwendung. Denn wie ich schon sagte, hier lebt unverändert ein arbeitsames, ein ordentliches Volk. Sie haben, wie immer, einer Regierung, so zuletzt dem Hitler pariert und verstehen im großen und ganzen nicht, warum Gehorchen diesmal schlecht gewesen sein soll. Es wird leichter sein, ihre Städte wieder aufzubauen als sie dazu zu bringen, zu erfahren, was sie erfahren haben und wie es dazu kam.« (Alfred Döblin: *Wie das Land 1946 aussieht*)

So wie sich der Rauch, der aus den Schloten der Krematorien geweht war, bald zwischen den Wolken verlor und der Himmel auch danach, nachdem er mit der schwarzen Luft des vergasten Judenvolkes getränkt worden war, noch unbewölkte Sommersonnen kannte, so schoben sich ganz ungeniert neue Fassaden vor die teilnahmslose Leere, die der Todeskreis der Erinnerung umschließt. Historische Mechaniker bastelten fingerfertig aus dem zerfledderten Torso ein neues Körperganzes. »Denn der Wiener ist Weltbürger und daher von vornherein kein Antisemit«, belehrte bereits 1947 Theodor Körner, damals sozialdemokratischer Bürgermeister von Wien und später Präsident der Republik, all jene, die den Stadtumbau nicht hinnehmen wollten: »Antisemitische Tendenzen sind ihm auch heute vollkommen fremd. Erzählungen darüber sind bewußte Lügen oder gedankenloses Geschwätz.«

Die Trümmerfrauen legten zuerst Hand an. Dann kamen die Heimkehrerkolonnen, angeführt von unermüdlichen Wiederaufbaupolitikern, die jeden neuen Ziegel segneten, der einen alten Stein ersetzte. Schon unter den ersten Bulldozerraupen knirschte kein Zeitsand mehr. Als endlich alles gesäubert war, eingeebnet und verflacht, blieb eine wesenlose Landschaft zurück, die, beraubt ihrer Krater und ihres Zerfalls, nur mehr Terrain war, spurenlos und unverdächtig. Darauf setzte Wien seine Fassaden. »Architektur ist Schicksal«, sagte Günther Anders.

Jede Epoche manifestiert sich in ihren Bauten, und die Menschen verewigen sich in den Monumenten ihrer Zeit. Sie verleihen den Steinen, die sie verwenden, Wesen und Inhalt. So werden die Steine zu Zeugen der Zeit, in der sie gebrochen und aufgetürmt wurden. Und später noch einmal, wenn sie wieder zerbrochen und abgerissen werden. Sie bilden den Rahmen einer Stadt. Ihre Form gibt Auskunft über den Inhalt.

In Wien wurden die Ruinen nicht mehr restauriert, und die Steine, die ja nur mehr Trümmer waren, wurden nicht mehr in ihrer alten Ordnung aufeinandergeschichtet. So entging die Generation, die sich zur Aufsteigerklasse hochmästen sollte, der Pflicht, Verantwortung zu übernehmen und ein Geständnis abzulegen. Davor schob man die Fassaden von Wien und verwehrte damit auch der Diaspora des österreichischen Geistes Zutritt und Heimkehr. So schnell, so gründlich, so entstellend wie nur möglich wurde die Stadt, nein, nicht wiederaufgebaut, sondern umkonstruiert. Besitzergreifend brandmarkten sie Wien, und vorbedachtlos verkleidet war fortan die Stadt. Entleibt und geplündert wurden die Ruinen, zu Fassaden geschändet, und was der Zerstörung entgangen war, verfiel und verrottete nun, um zur Museumskulisse umdekoriert zu werden und neuen Konstruktionen Platz zu machen. »Die Konstruktion nimmt die Rolle des Unterbewußtseins ein«, erklärt Walter Benjamin die Impulse einer solchen Architektur.

Begingen so die Fassaden Vatermord an den Palästen des alten Regimes? Rächte sich so die Aufsteigerklasse an der alten Bourgeoisie, indem sie deren Geschichte verscharrte in einem Faulbett von Kitsch und Souvenirs? Warum veranstalteten diese Vorstadtrepublikaner einen Karneval, als die letzte gekrönte Kaiserin in Wien zu Grabe getragen wurde? Weshalb wurde eine Schaufensterpuppe, vorgeblich den nachdenklichen Dichter Peter Altenberg darstellend, in einer Attrappe von Kaffeehaus an ein Tischchen placiert, so als weilte er heute noch unter ihnen? Warum all der faule Budenzauber, als müßten sie mit allen Mitteln beweisen, daß es sie nicht erst seit heute gibt?

Und fühlten sie, die Nachgeborenen der Katastrophen, sich so sehr bedroht und belagert von der Geschichte der Stadt, daß sie, ein Nichts, in immer neuen Verwandlungen die Flucht ergriffen vor dem übermächtigen Zugriff der Zeit? Lag in der Zerstörung Rettung? Oder muß die Schuld zeugende Vergangenheit immer wieder neu umdekoriert, neu vernagelt werden? Verbarrikadieren sich nicht selbst ihre eigenen Fassaden hinter immer neuen Fassaden?

Und dennoch, trotz aller Fluchtverwandlungen blieb Wien besetztes Territorium. Die Stadt nahm Zuflucht bei der Diktatur der Mittelmäßigkeit und entdeckte für ihre verzweifelte Angst ein Versteck in der Selbstzufriedenheit eines nachgeahmten Kleinbürgertums. Die Gefühlsfassade wurde zu einer kongruenten Stadtfassade. Daraus entstand in Wien Baugesinnung. Und weil die Ausflüchte und Ausreden alle so ähnlich klangen, deswegen gleichen einander auch die Fassaden so sehr.

Immer sind sie zu laut. Immer zu grell. Immer zu aufdringlich. In ihnen erstarrt die brüllende Aufsteigerästhetik zu einem Schutzwall, hinter dem sich selbst der Wiener Lebens-Defätismus in seiner behaglichen Ruhe sicher wähnen mag. Zunächst verleihen die Fassaden Wien den Anschein einer tatsächlichen Stadt: den Anschein vielfältiger Betriebsamkeit, den Anschein möglicher Funktionstüchtigkeit und vor allem den Anschein von Leben. Die Fassaden halten den Strom von Eindrücken in Fluß. Augenblicklich fesseln sie die Aufmerksamkeit, geben ungefragt hastige Auskunft. Fragen jedoch wehren sie ab. Sie lassen keine Mitteilungen zu über die Tiefe von Raum und Zeit. In ihrer Montage ergeben sie das Stadtbild von Wien, doch dieses entspricht der tatsächlichen Stadt ebensowenig, wie die Propaganda vom modernen Wien Auskunft über das Dasein der Stadt gibt.

In der Wiener Stadtfassade, die zu einem Seelenpanzer

gegen Sein und Werden verhärtet ist, klaffen unvermittelt und zahlreich Lücken auf, dort wo die Bruchstellen der Zeit nicht verheilen und verwachsen konnten. Eingeschnitten in diese vernarbten Wundmale strahlen die Schaufenster für Lebenslügen, an denen ja Überfluß herrscht. Dort stellt sich Wien aus, wie es sich selbst verehrt. Man erblickt imitierte Wirklichkeit, geborgt auf jene Zeit, welcher die Fassaden standhalten können. Wien, wie weit sich die Stadt auch von ihrem Ursprung entfernt haben mag, wie sehr sie sich im Lauf der Zeit auch zerfleischt haben und wie groß der Selbstbetrug mittlerweile angewachsen sein mag, in ihren Schaufenstern präsentiert sich Wien unvergänglich. Hier bewahrheitet sich, was alle zu befürchten, niemand zu erhoffen gewagt hatte: die Drohung, Wien bleibe Wien.

Dieses Wien, das ist die Welt in Gestalt einer Bonbonniere, süß und cremig, Nougat, Marzipan und Nußkrokant. Die plumpen Liebenswürdigkeiten dieser Pralinewiener sind jedoch nur ein schnell schmelzender Zuckerguß über der bodenlosen Niedertracht. Die kleinbürgerliche Betulichkeit – was verheimlicht sie denn weiter, als daß sich die Leute selbst hinter dem größenwahnsinnigen Glanz ihrer Fassaden letztendlich schutzlos fühlen. Es muß wiederholt werden. Der schleppende Konservatismus Wiens, die Unglücksehe aus Kuschen und Stänkern, entlarvt die pseudobiedermeierliche Stadt: Sie hat nichts anderes zu verlieren als ihren Anschein. So bleibt man unter sich und gibt sich nur in Abbildern zu erkennen.

»Über allem Chaos der Lebensformen aber der Fibelsinn, mit dem die beamteten Schulbuben walten – und der Pallawatsch aus Vorschriftsmäßigkeit und Abnormität sich unaufhörlich selbstspiegelnd in der Zuversicht, nicht untergehen zu können und das Schoßkind der ganzen Welt zu sein, die überhaupt an nichts anderes denkt, als Fremde zu gruppieren, die diese Spezialität der Schöpfung zu besichtigen kommen werden. Aber überall dort, wo noch ein Gefühl für Menschenehre vorhanden ist, wird sich das Kulturniveau dieser absurden Gemeinschaft nicht so sehr in der Tatsache ausprägen, daß hier Schubert gelebt hat, als daß sie ihn in Schweineschmalz nachgebildet haben!« (Karl Kraus: *Rechenschaftsbericht*)

Und woran sich heute in Wien noch jeder pausbäckige Lausbub übt und worin ihm jedes Rotzmensch nacheifert (oder meinetwegen umgekehrt), daß sie sich nämlich an der Sprache vergreifen und sie zu ihrer Hure machen, indem sie die Worte gegen deren Sinn wenden und damit, sich gleichsam schöpferisch betätigend, Stumpfsinn in Balkenlettern zusammenfaseln, hinter dem verschanzt jeder Sinn entbehrlich wird, weil anstelle dessen undurchdringliche Schwaden von Gebrabbel getreten sind, das haben sie von der Wiener Architektur gelernt. Was Wien denkt, das sagen ihm der Herr Strudel und der Herr Staberl oder die Frau Hinterhuber, die schon seinerzeit nicht zu bändigen war.

Was anderer Meinung ist, das wohnt nur besser. Das heißt, es hat noch eine Überheblichkeitsfassade vor seiner schießartigen Niedertrachtsmauer aufgerichtet. Wenn überhaupt jemals Worte zu einem falschen Gewicht werden können, dann sind sie dazu in Wien geworden: jeglicher Bedeutung entleert. So wie ihre Häuser in Wahrheit Käfige sind, so ist ihre Sprache ein Gefängnis, aus dem sie hinausstarren – in der Meinung, sie sähen hinein. Auch dies Fassade: Sprache, die nicht nur nicht ist, was sie scheint, oder vielleicht das Gegenteil meint von dem, was sie sagt, sondern gar nichts ist und noch weniger meint. Eben bloß Geräusch, dessen Funktion es ist, die Sprachlosigkeit zu verbergen.

Und wenn's vom genagelten Schuhwerk in den Straßen hallt, in denen einmal barocker Lebensübermut schwebte, dann haben sie auch dafür eine Irreführung parat. Sie nennen es den Rhythmus der Zeit oder die Melodie ihrer Stadt.

Jawohl, aus Tod wird Tanz. Mit Haferlschuhen drehen sie sich zum Donauwalzer, so blau, so blutigblau.

Und sie werden nicht einmal mehr Operetten schreiben können, so fluchte das erste Opfer der Nationalsozialisten der Stadt. Hatte er Wien unterschätzt? Was aus der Stadt wurde, ist unsagbar, aber sehr anschaulich.

IV. WIEN RETOUR

Stadt ohne Wiederkehr

Du suchst Feuer? Du findest es in der Asche.
Rabbi Mosche Löw von Sasow

Wien, im Juni 1984
Sie ist müde, die alte Dame aus Jerusalem. Drückend legt sich der frühe Sommer auf ihr schwaches Herz, und die Erinnerung schnürt ihr die Kehle zu. Ihr Puls schlägt schneller, als müßte sein rasendes Pochen in einer schleudernden Hetzfahrt durch die Zeit die versäumten Jahre aufholen. Ich meine, sie möge sich in einen kühlen, schattigen Gasthausgarten setzen, sie möge ihrem Herzen Ruhe gönnen und nur langsam ihre Gedanken durch ihre Geschichte reisen lassen. Sie schüttelt ab. Mit ganzer Kraft geht sie weiter, resolut und auf ihren Schritten beharrend, erobert sie das Terrain, das sie betritt. Aufmerksam blickt sie sich um. Jede Winzigkeit zieht sie in Betracht. Alles muß ihr seltsam fremd und fern erscheinen, kaum noch eine Erinnerungskulisse, in der sie manchmal Zurückgebliebenes entdeckt. Über diese Eselsbrücken betritt sie ihre Vergangenheit.

Doch was sie sieht, das nimmt sie in Besitz. Sie entreißt es ihrem Vergessen.

Auch als sie das letzte Mal unbeschwert durch diese Wiener Gassen gegangen war, schlug ihr Herz aufgeregt. Damals war sie ein junges Mädchen und bis über beide Ohren verliebt. Damals sprach sie viel über lange Reisen, und die Liebesleute schwärmten vom Nachtexpreß, der nach Paris brauste, oder von den Ozeanriesen, die in alle Welt dampften. Ihr Vater war ein kleiner Handwerker, der nur mühsam die sechsköpfige Familie ernähren konnte. Trotzdem war sie sicher, daß alle ihre Träume in Erfüllung gehen müßten. Wer sollte sie daran hindern? Nie hegte sie

Zweifel daran, daß ihrem jungen Glück die Zukunft gehörte.

In diese Jungmädchenträume aber kroch der Mörderatem der Zeit, und zerfressend träufelte Angst in ihre Hoffnungen. So groß wuchs die Angst an, daß sie sich tagelang nicht auf die Gasse wagte und nur dann und wann verstohlen ihre Besorgungen erledigte. Sie fürchtete, erkannt zu werden und zur Ausweisleistung angehalten zu werden. Dann hätte sie sich identifizieren müssen: ein fettes, großes, unübersehbares J. Sie war gebrandmarkt und einmal entdeckt – sie hatte zugehört, wenn diese Geschichten erzählt wurden. Schnell verscheuchte sie damals die Gedanken wieder und versank in Scheu, Scham und Furcht.

Noch immer hat sie das Echo im Ohr. Beim Shabbat-Mahl, da knallten die Stiefel im Hausflur, Türenschlagen, Kinderschreien, Kommandorufe. Noch immer durchwacht sie die schlaflose Nacht, in der ihr Vater nicht mehr nach Hause kam. Noch immer ballt sie ihre Fäuste in Schmerz und Zorn. Noch immer spürt sie diese Hilflosigkeit, die aufkam, als sie ihre einstürzende Welt auffangen wollte. Noch immer sucht sie nach ihren Eltern, ihren Geschwistern, ihren Verwandten, dem jungen Mann, den sie unvergessen so innig durch ihr Leben trägt.

So lange ein Mensch nicht vergessen ist, sagt sie, so lange ist er auch nicht wirklich tot. Und selbst wenn sie Salz auf die Ruinen gestreut hätten, eine Welt geht nicht verloren, so lange man sich ihrer erinnert.

Aus dieser Erinnerung schöpft sie nun Kraft. Die Begegnung, meint sie, sei nicht ohne Gefahren, und sie ist erstaunt, nicht aufgehalten und zur Rede gestellt zu werden, nicht einmal aufzufallen. Verwundert blickt sie Leuten nach, die achtlos an ihr vorbeihasten. Sie sucht nach einem Geschäft, in dem sie einzukaufen pflegte, und findet statt dessen eine vernagelte Tür. Auch ihr Elternhaus steht nicht mehr. Dort versperrt jetzt ein Neubau mit rostschutzlakkierten Garagentoren den Zugang zur Erinnerung. Sie zeigt mir die Straßenecken und erzählt mir von den Begebenheiten, die sich dort zugetragen haben – lauter kleine Alltagsgeschichten, die mit der Zeit zu lieblichen Zierstükken versüßt wurden und schwermütige Gedanken zeugen, weil auch das Böse, mit dem alle Spuren ausgelöscht werden sollten, so binseneinfach und alltäglich war. Sie zeigt mir auch das Stück Trottoir, auf dem sie erstmals Juden kniend schrubben sah.

Rundherum sind die Mauern alt. Dort, wo früher *Juda verrecke* und *Wenn Judenblut vom Messer spritzt* hingeschmiert worden war, dort sind heute nicht nur die Kritzeleien von Anhängern des Fußballklubs »Rapid« zu finden. Dort steht auch *Ausländer raus*. Auch das fällt der alten Dame aus Jerusalem auf.

Sie bemerkte vieles. Vor allem, wie ruhig es geworden ist und wie sehr die Geschäftigkeit und die Betriebsamkeit einer bleiernen Lähmung gewichen sind. An diesem wolkenlosen, heißen Nachmittag sind die Gassenfenster im zweiten Bezirk weit geöffnet. Die alte Dame aus Jerusalem blickt zu den Wohnungen hinauf und lauscht. Früher, sagt sie, habe man um diese Zeit aus jedem Fenster Klavierspiel gehört. Die Gassen wären erfüllt gewesen davon, überall hätten die Kinder geübt. Beinahe geräuschlos klingt es ihr dagegen jetzt, kein Sterbenslaut, ganz totenstill. »Leise und leer sind diese Gassen geworden. Früher war alles so lebhaft hier, die Kinder sind herumgelaufen, und alle haben laut geredet«, erzählt sie.

»Hier lachen ja keine Kinder mehr«, sagt sie.

Ein vollklimatisierter, sanft gefederter Autobus steht bereit. Seine graugetönten Panoramascheiben schützen vor den Sonnenstrahlen. Der Stadtführer mit dem adrett getrimmten Bart und dem schwungvoll geknoteten Halstuch steigt zu. Freundlich begrüßt er die alten Herrschaften, entschuldigt sich für seine kleine Verspätung und macht alle auf die Wunder, die das neue Wien zu bieten hat, gespannt. Interessiert und unbetroffen betrachten die Heimkehrer aus dem Exil das Kindergesicht von Wien, die Stadtfassade einer Zeit, die sie nicht mehr kennen. Es fällt ihnen wenig dazu ein. Erst als der Bus durch die urbane Neubausteppe von Stadlau und Kagran schaukelt und der Stadtführer leichte Kritik an dem kommunalen Schaffensdrang im Bordlautsprecher laut werden läßt, protestieren sie. Nein, ganz im Gegenteil, dies sei doch alles sehr hübsch und sehr modern. So nehmen sie jetzt Wien vor den Wienern in Schutz.

Dann hält die Stadtrundfahrt vor dem Schloß Schönbrunn. Fünfzehn alte Wiener, die seit über vierzig Jahren die Stadt nicht mehr gesehen hatten, klettern aus dem Bus und mischen sich ganz widerspruchslos unter die bunten Menschenmenge. Es ist nur ein Kurzbesuch. Sie gehen vor bis zum Park, schauen sich schnell um und formieren sich zum Gruppenfoto. Die Polaroids zischen. Dann marschieren sie wieder retour und kaufen sich alle Eis. Sie sind Touristen in der Heimatstadt. Ellioth Merriman, 74 Jahre alt, ehemals aus der Brigittenau und jetzt aus Orlando, Florida, zwinkert mir zu: »So alt hab' ich werden müssen. Früher bin ich nie hierher gekommen.«

Es sollte eine Reise durch die Geschichte werden, zurück an die Stätten der Jugend und zurück an den Ursprung einer totgeprügelten Stadt. Die Kultusgemeinde hatte vertriebene Wiener aus Israel, Australien und den Vereinigten Staaten eingeladen, der Bürgermeister empfing sie, der Bundespräsident (der damals noch nicht Kurt Waldheim hieß; *Anm.*) rührte ihr Herz. Sie, die nur mit knapper Not ihr Leben hatten retten können; sie, deren Familien von der ortsansässigen Vernichtungsmaschine zerrissen und ausgerottet worden waren; sie, die, ausgestoßen und unterstandslos, fortan Willkürleben führen mußten – sie fühlten sich von ihrer Erinnerung gefoppt. Die

Stadtetikette schmeichelte ihnen, und mit einem zuvorkommenden Lächeln traten ihnen die Wiener entgegen, so, als wäre hier nie die Menschlichkeit verlorengegangen, und so, als wären es nicht die Wiener gewesen, die sie angespuckt hatten, die sich begierig auf ihre Habseligkeiten gestürzt und sie wie Vieh zusammengetrieben hatten.

Doch diese Bilder sind in ihr Gedächtnis eingebrannt. Flammenzeichen von Schmerz und Erniedrigung. Edith Merriman, 70 Jahre alt, muß daran denken, wie sie mit ihrem Bruder zur Registrierung getrieben wurde. Abgeriegelte Straßenzüge, Soldaten mit Gewehren im Anschlag. Ihr Bruder bat um Aufklärung widersprüchlicher Zeitangaben. Er erhielt sie: Ein Gewehrkolben zertrümmerte ihm den Kiefer. Sie erinnert sich an die Angst, die sie hatte, die Straße zu betreten, und sie spricht von den bösen Blikken und den zahllosen Gemeinheiten, die ihr überall entgegenstachen.

Auch sie weiß mit der vorbehaltlosen Freundlichkeit, die sie begrüßt, nicht umzugehen. Meist bleibt sie im Bus in ihrem Sitz verkrochen und sagt, ihr sei übel und sie fühle sich schwach. Sie verbirgt sich, während andere Fragen stellen. Bestürzt fragen sie ihren Begleiter aus der Kultusgemeinde: »Doktor, wie können Sie hier leben, hier bei den Mördern?«

Entgeistert suchen sie nach einer Erklärung für die Herzlichkeit des Fremdenführers: »Doktor, was haben Sie ihm erzählt, wie haben Sie ihn präpariert?«

»Gar nicht, das ist eben ein freundlicher Mensch«, erwidert der Begleiter. Aber auch er weiß, wie künstlich diese Fassade ist, was sie verbirgt und wie brüchig der Mörtel.

Wien, die Geisterstadt, die mit dem Phantom ihrer Vergangenheit umspringt, als wär's ein liebevolles Hausgespenst, gesteht sich Mildtätigkeit zu, Gemütlichkeit und Gutmütigkeit. Weder Reue zeigt die Stadt noch Schuldbewußtsein. Und die Stimme dieser Stadt, die aus ihrem tiefsten Herzen kommt, sagt: Willkommen, wir lassen euch am Leben.

Das klingt auch dem Ehepaar Papanek, Helene ist 84 Jahre, Rudolf ist 79 Jahre alt, im Ohr, als sie sich in den zweiten Bezirk begeben, um nach dem Installateurgeschäft, daß sie vor über vier Jahrzehnten besessen haben, Ausschau zu halten. Sie finden es nicht mehr. Und als sie ältere Anwohner um Auskunft bitten, ihre Geschichte erzählen und von ihrer weiten Reise berichten, da ernten sie nur indigniertes Schulterzucken. »Man hat nicht belästigt sein wollen. Alle sind sehr nett, aber man will nichts wissen von dem, was war.«

Jeder Stein spricht von Erinnerung. Und die Heimkehrer aus dem Exil ziehen sich hinter einen Seelenpanzer zurück, verbergen Furcht, Verbitterung und Traurigkeit. Sie haben gelernt, mit der Angst zu leben, unscheinbar zu sein und flink den Ort wieder zu verlassen, an dem ihnen Gefahr droht.

Doch dieser Panzer zerbricht zuweilen, und alter Schrecken und neue Rührung brechen hervor. Eine israelische Fahne im Wiener Rathaus genügt hier schon. Oder als der Bundespräsident zwei Damen bei der Hand nimmt und sie auf den Balkon der Hofburg führt. Da beginnen sie zu weinen. Die traurigen Tränen des Exils.

Denn das Exil, dieses Lebensgefühl, das jeder Definition entgleitet, läßt sich nur verschleiert und verborgen ertragen. Es bedarf der Masken und Verstellungen. Exil, gleichgültig ob bei Heimkehr oder Aufbruch, das erfordert, angepaßt zu sein an die Jeweiligkeit des Aufenthaltsortes. Und manche, wie Ellioth Merriman, balancieren so leichtfüßig, daß die entwurzelte Existenz kaum mehr zu erahnen ist. Als sich in der Nazizeit alle fürchteten, unter die Arier-Menschen zu gehen, da fuhr er munter mit der Straßenbahn durch Wien. Er ließ sich einen Zweitagebart stehen, schlüpfte in verschmuddelte Kleider und schleppte stets ein Paket mit sich herum, um wie ein Botengänger zu erscheinen. »Weil a Jud, ham sich die Nazis gedacht, der schaut aus wie a ordentlicher Mensch. Hab ich halt ausgeschaut, wie a Jud nicht ausschauen darf.«

Zurück in Wien, fährt er als einer der wenigen Heimkehrer wieder allein mit der Straßenbahn durch Wien und besucht das »Delka«-Schuhgeschäft, in dem er einmal Filialleiter war. Keck geht er hinein, schnuppert herum und mokiert sich deutlich vernehmbar, daß die Schuhe am Boden herumstünden und nicht, wie's sich gehört, ordentlich in Schachteln verpackt in den Regalen lagern. »Bei mir hätt's das nie gegeben«, meint er geringschätzig.

Bei der Heimfahrt begegnet er dann einem unwirschen Blick in der Tramway. »Glei hab i g'sehn: Oj weh, scho wieder a Nazi. Weil«, grinst er schelmisch und macht die Geste des Halsabschneidens, »die Alten in Wien san alle Nazis. Die sind so blöd geblieben, wie sie früher waren.« Lächelnd greift er dann zu seiner Polaroid-Kamera und knipst Erinnerungsfotos.

Entfremdet waren sie gekommen. Befremdet verließen sie die Stadt wieder. Als sie im Pan-Am-Flug 72 von New York kommend die Sonne im Kabinenfenster aufgehen sah, fragte mich Edith Merriman immer wieder: »Sagen Sie, werden wir sicher sein?«

Keinerlei Beschwichtigungen halfen. »Wieso können Sie sagen, daß wir sicher sein werden?«

Doch fortan schüttelte sie nur mehr den Kopf. Zum erstenmal bereits bei der Zwischenlandung am Flughafen Frankfurt, wo sie auf die Anschlußmaschine nach Wien wartete. Dort saß am Flugsteig B 41 auch eine steinalte, gebrechliche Wienerin, die unentwegt Schokolade schleckte und, vollkommen verwirrt von den zahllosen Durchsagen, Zuflucht bei Frau Merriman suchte. »Ah, foahrn Se eh a nach Wien?«, sagte sie im reinsten Bassena-Deutsch. »I hob mir denkt, i kenn Ihna. San Se ned a ausn fuffzehntn Bezirk. Na? Weil, i hob mir denkt, i kenn Ihna vom Eikaufm. Vum Moarkt. Nämli, Se kumman mir ähnlich fur. Wirkli, i glaub, i hob Se erst fur a poar Tog am Moarkt troffen. Wissen S' eh, zum Eikaufm...«

Kopfschüttelnd verließen Herr und Frau Merriman wieder Wien: »Nichts ist, wie es einmal war.«

Das war alles ganz anders. Das soll alles ganz anders gewesen sein. Das ist alles ganz anders geworden. Das sollte alles ganz anders werden. Geschichten, nichts als Geschichten. Hatte man es geahnt? Welche Rechnung ist noch unbeglichen? Wer hat die Schulden gezahlt? Wer tritt das Erbe an? Was ist geblieben? Wer küßt wem die Hand? Dämonen. »Und eines Namens wurde würdig, wahrhaft eines schrecklichen, was bei währender Begebenheit...« Nein. Wien, Stadt ohne Wiederkehr.

»Ich bin froh«, sagte Ellioth Merriman, ehemals aus der Brigittenau, nun aus Orlando, Florida, »Ich bin wirklich froh, wenn ich wieder daheim bin!« Aber: Daheim – wo ist das?

V. CODA

Zukunft: Dämonen

Nun riß er sich mit einem kleinen Ruck gleichsam von der einfallenden Dämmerung los, wandte sich in den Raum und schaltete das Licht ein. »Keine Ursache, gnädige Frau«, sagte Altschul höflich, aber etwas tonlos, »wir sind hier schon fertig« (Heimito von Doderer: *Die Dämonen*).

Bibliographische Hinweise

Natürlich verdankt der vorliegende Text alles dem, was bereits geschrieben steht. Eine Archäologie des Wiener Wesens lag nicht in meiner Absicht. Vielmehr habe ich versucht aus der Überfülle des Vorliegenden zu schöpfen, neu zu sortieren und Zusammenhänge und Gleichzeitigkeiten wie auf einem Panoramagemälde, dessen Gesamtheit man nur bei einer vollständigen Drehung wahrnimmt, aufzuzeichnen. Was ich alles im Lauf der Jahre zu diesem Thema gelesen habe, kann ich mit Gewißheit nicht rekonstruieren. Der vorliegende Text ist ein Extrakt, bei dem ich versucht habe, die häufige Beschäftigung mit Teilaspekten zu einem Ganzen zu verdichten. Die Methode mag im landläufigen Sinn nicht wissenschaftlich sein; dies war auch nicht bezweckt. Der Text ist ein Versuch, mit interdisziplinären Mitteln die Stadt und ihre Geschichte in den Griff zu kriegen. Mein Verständnis von Wien gründet sich dabei ebensosehr auf das Erleben wie auf das Erlesen.

In hohem Maße verpflichtet ist dieser Text auch Karl-Heinz Janßen aus der Redaktion der *Zeit*. Er hat über viele Jahre einzelne Teile des Buches in ihrer Urform für die Veröffentlichung in der *Zeit* redigiert; wer immer ihm vertrauen darf, kann sich glücklich schätzen.

Aus der umfangreichen Bibliographie sollen einige Werke hervorgehoben werden, die mir wertvoll und unverzichtbar erscheinen. Nicht näher erwähnt werden muß die jeweils zeitgenössische Literatur, aus der ich zitiere:

Die Werke von Kraus, Musil, Roth, Freud, Altenberg, Hofmannsthal, Polgar et. al. liegen mittlerweile alle in wissenschaftlich sorgsam edierten Neuausgaben vor, in den vergangenen zehn Jahren herrschte sogar ein Boom an Neuveröffentlichungen der Wiener Klassiker, so daß vieles, was früher nur schwer erhältlich war, nunmehr problemlos greifbar ist. Nur schwer zu finden sind leider die zahlreichen, verstreut veröffentlichten Aufsätze von Hermann Bahr. Die wichtigste Ausnahme im Rahmen neuer Editionen ist jedoch Johann Nepomuk Nestroy. Hier muß man sich mit einer antiquarischen Ausgabe bescheiden: Nach wie vor als Standardwerk ist die von Fritz Brukner und Otto Rommel besorgte Gesamtausgabe aus dem Schroll-Verlag (Wien 1924) anzusehen.

Wegbereitend für alle Literatur zum Komplex der Wiener Jahrhundertwende ist William M. Johnston's »Österreichische Kultur- und Geistesgeschichte« (Wien 1974; original: »The Austrian Mind«, Berkley 1972). Im Geleitwort zur deutschen Ausgabe meinte Friedrich Heer – und dies mag zur Charakterisierung der sicherlich wesentlichsten Arbeit zur intellektuellen Wiener Geschichte genügen: »Ein amerikanischer Kolumbus entdeckt einen Kontinent.«

Ebenfalls unübertroffen auf seinem Gebiet – die Entstehung der Psychoanalyse – ist die ethnopsychoanalytische Studie von Mario Erdheim »Die gesellschaftliche Produktion von Unbewußtheit« (Frankfurt 1982). Erdheim gelingt es, mit dem Instrumentarium des Analytikers einen kulturhistorischen Bericht über die Seelenlandschaft des Fin de siècle zu gestalten.

Mit gewisser Vorsicht, weil in ihrer Wahrnehmung zu eingeschränkt und im philosophischen Eifer überschäumend, ist die angloamerikanische Koproduktion »Wittgensteins Wien« (München 1984 und 1989; original »Wittgenstein's Vienna«, New York 1973) von Alan Janik und

Stephen Toumlin zu lesen. Noch größere Vorsicht ist bei dem erfolgreichen Buch von Carl E. Schorske »Wien – Geist und Gesellschaft im Fin de Siècle« (Frankfurt 1982; original: »Fin-de-siècle Vienna«, New York 1980) angeraten. Schorskes Buch hat etwas Landschullehrerhaftes. Das zweifelsohne faktenreiche Werk verbirgt geschickt, daß es interessante und wichtige Details birgt. Doch in seiner Gesamtschau enttäuscht es. Geblendet von Klimt-Gold und Hofmannsthalschem Pathos übersieht es das Prägende über dem Schmückenden. Sein Wien-Bild ist ein prachtvolles, ausgebleichtes Fresko, dem es an Tiefe fehlt. Ein Buch über die Wiener Jahrhundertwende, in dem weder Otto Weininger noch Joseph Roth irgendeine und Peter Altenberg lediglich zwei Erwähnungen finden, richtet sich selbst. Konsequenterweise bedankt sich der Autor im Anhang bei einem der am dumpfest bramabarsierenden konservativen Publizisten des Landes, der obendrein noch in die Nazi-Propagandamaschine verstrickt war: Dieser habe ihm die Augen geöffnet. Schorskes Buch tut gleiches nicht.

Hinzuweisen wäre noch auf die drei Kataloge der großen Wiener Jahrhundertwende-Ausstellung »Traum und Wirklichkeit« (1985), wobei der Katalog des Pariser Centre Pompidou der voluminöseste und geschwätzigste, der Katalog des New Yorker Museum of Modern Art der nüchternste und – dank Carl Schorskes Mitarbeit – der uninspirierteste ist und der Katalog der Wiener Ausstellung im Künstlerhaus den besten Kompromiß zwischen Emphase und Ornamentsabpauserei darstellt, obwohl er sich schwertut, Stellung zu beziehen, und gerne in verharmlosende Ambivalenz fällt. Nach wie vor unübertroffen: Werner Hofmanns Katalog »Experiment Weltuntergang« zur Ausstellung in der Hamburger Kunsthalle (1985).

En passant und in kleinen Dosen zu lesen wäre auch die von Wolfgang Pircher zusammengestellte Essay-Sammlung »Début eines Jahrhunderts« (Wien 1985), ein Band, der – mit einigen Ausnahmen – in modisch-schicker Posthistoire-Sprache dem Thema bemerkenswert Beiläufiges hinzuzufügen weiß.

Eine historische Pionierarbeit ist Albert Fuchs' »Geistige Strömungen in Österreich« (Reprint Wien, 1978; ursprünglich 1949 erschienen), eine noch im Exil entstandene Chronik des Unterganges des alten Regimes, ganz der Aufklärung und dem Sozialismus verpflichtet. Wenn nur ein Buch zu diesem Thema Bestand haben dürfte, dann sollte es der Bericht von Albert Fuchs sein: das authentische Memorandum eines Betroffenen.

Die von Gottfried Wunberg herausgegebene Anthologie »Die Wiener Moderne« (Stuttgart 1981) ist wohl die befriedigendste Textsammlung zu dieser Epoche: Sie enthält alles Wesentliche und bietet zusätzlich einige interessante Neuentdeckungen. Einen Streifzug durch die literarische Landschaft der Décadence unternimmt Hartmut Scheible in seinem Band »Literarischer Jugendstil in Wien« (München 1984), eine germanistisch korrekte, in ihrem Ausblick allerdings nicht sehr weitreichende Schilderung.

Die Werke zur Architekturgeschichte sind alle sehr spezifisch und konzentrieren sich vornehmlich auf die Fachdiskussion. Von der kulturhistorischen Perspektive wäre auf Donald J. Olson »Die Stadt als Kunstwerk« (Frankfurt 1988) hinzuweisen, ein entwicklungsgeschichtlicher Vergleich zwischen London, Paris und Wien. Zu Adolf Loos sei neben der Neuausgabe seiner Schriften, ediert von Adolf Opel (Wien 1981–83), auf den Reprint der Festschrift zu Loos' 60. Geburtstag und des Gästebuches im Haus am Michaelerplatz (Wien 1985) verwiesen.

Die Kehrseite der Wiener Jahrhundertwende-Herrlichkeit beleuchtet die von Hubert Ehalt, Gernot Heiß und Hannes Stekl herausgegebene Sammlung »Glücklich ist, wer vergißt...?« (Wien 1986). Ähnliches will in Ansätzen auch der kritische Stadtführer »Wien wirklich« (Wien 1983) leisten, überschreitet aber nie den Blickwinkel einer Ortsbesichtigung. Amüsant und lehrreich in diesem Zusammenhang ist die Studie von Marina Tichy »Alltag und Traum« (Wien 1984) über Lebenswelten und Eskapismen der Wiener Dienstmädchen.

Dem jüdischen Wien ist eine umfangreiche Literatur gewidmet. Herauszuheben wären hier drei Werke. Die ursprünglich 1933 erschienene Studie von Hans Tietze »Die Juden Wiens« liegt in einer Reprint-Ausgabe vor (Wien 1987) und ist nach wie vor die wahrscheinlich beste Übersicht über das Schicksal der Wiener jüdischen Gemeinde von ihrem Beginn bis zum Vorabend der Katastrophe. Da sie nicht unter dem Eindruck der Ausrottung geschrieben wurde, fehlt ihr der unheilbewußte Unterton, der jede Beschreibung aus der Nachkriegszeit notwendigerweise prägen muß. Die amerikanische Historikerin Marsha Rozenblit wählte für ihre Studie »The Jews of Vienna« (Albany 1983) eine weitgehend normative Methode, die einerseits zwar eine detaillierte Beschreibung der Untersuchungspopulation ermöglichte, andererseits aber die Darstellung sozialer Interaktion vernachlässigt, bei der Beschreibung eines intellektuellen Kosmos beschränkte sie sich aufs Sternezählen. Der Engländer Steven Beller versucht in seiner Kulturgeschichte »Vienna and the Jews« (Cambridge 1989) einen Kompromiß zwischen empirischer Erfassung und Bestimmung der Positionen anhand der Ideengeschichte. Sein Buch, das in vielem die oberflächliche Ästhetizismus-Apologie von Carl Schorske entkräftet, muß allerdings den Einwand hinnehmen, daß es sich zu ausschließlich mit kulturellen Glanzlichtern beschäftigt und kaum die tatsächliche Verrohung der antisemitischen Hetze erfaßt; dennoch ein Augenöffner. Nicht einmal augenblicksweise verläßt der Musikwissenschafter Leon Bronstein in seiner Essaysammlung »Judentum und Modernität« (Wien 1991) die Halböffentlichkeit der gebildeten Elite; in seiner Beschränkung bieten Bronsteins Überlegungen jedoch interessante Einblicke vor allem in die Musik-Geschichte und die Integrationsphantasien der Wiener Judenheit.

Natürlich ist die biographische Literatur zu den einzelnen Figuren der historischen und intellektuellen Geschichte ausufernd; vor allem die einzelnen Mitglieder der Familie Habsburg haben eine Veröffentlichungsflut ausgelöst, zumeist dem romantischen Genre der monarchistischen Schwärmerei zuzuordnen. Aus diesem Bereich nur ein Titel: François Fejtö »Joseph II.« (München 1987), eine tatsächlich mustergültige Lebensbeschreibung (Vorsicht allerdings vor dem neuesten Werk dieses Autors: F. F. »Requiem für eine Monarchie« [Wien 1991], worin der wenig glaubwürdige Versuch unternommen wird, den Untergang der Donaumonarchie als Komplott tschechischer Exilpolitiker hinzubiegen; zum Ausgleich dazu dient vielleicht die hochinteressante Habsburg-Philippika von Spiridion Gopcevic »Österreichs Untergang – die Folge von Franz Josephs Mißregierung« [Berlin 1920], die das sehr unwienerische Motto *De mortuis nil nisi – veritas!* trägt).

Aus den vielen Biographien und biographischen Skizzen seien hier nur einige in sehr subjektiver Auswahl erwähnt: das Standardwerk von David Bronson »Joseph Roth« (Köln 1974); Ulrich Weinzierl »Er war Zeuge: Alfred Polgar« (Wien 1978); Paul Michael Lützeler »Hermann Broch« (Frankfurt 1985); Renate Wagner: »Arthur Schnitzler« (Wien 1981; die Autorin besorgte auch die Herausgabe der Schnitzler-Autobiographie »Jugend in Wien«); Nike Wagners Aufsatz über Theodor Herzl (in: *Die Zeit*, Hamburg 15/1985), William W. Bartley III. »Wittgenstein, ein Leben« (München 1985); Brian McGuiness »Wittgensteins frühe Jahre« (Frankfurt 1988) und Jacques Le Rider »Der Fall Weininger« (Wien 1985). Zu warnen wäre hingegen vor Karl Corinos Bildband »Robert Musil« (Reinbek 1988): ein illustriertes Verwirrspiel für Freunde der literarischen Klatschspalte.

Die wahrscheinlich umfangreichste Literatur ist zu Sigmund Freud erschienen. Im Rahmen meines Textes genügt allerdings der Hinweis auf wenige Titel, da ja eine Erörterung der Psychanalyse nicht mein Gegenstand ist. Neben der klassischen Biographie von Ernest Jones ist vor allem Peter Gay's »Freud – A Life of Our Time« (New York 1988) hervorzuheben: eine Lebensbeschreibung mit allen hohen Tugenden der traditionellen Biographen-Zunft. Die Vorgeschichte der Pioniertat schildert Henry F. Ellenberger in »Die Entdeckung des Unbewußten« (Zürich 1985) auf über tausend Seiten ebenso umfangreich wie weitschweifend. Freuds Verhältnisses zum Judentum hat sich Yosef Hayim Yerushalemi in »Freud's Moses: Judaism Terminable and Interminable« (New Haven 1991) angenommen: eine zumindest originelle Untersuchung vor allem zu dem kulturgeschichtlichen Werk von Sigmund Freud.

Zugegebenermaßen große Mühe bereiten mir die vielen Bücher zum Werk von Karl Kraus. Es scheint, als hätte sich hier eine regelrechte Krausologie als Unterdisziplin der Germanistik etabliert. Alles zitatenreich, alles wortwichtig, alles im selbstherrlichen, blutleeren Seminarton: alles, so man gestattet, entbehrlich. Kraus, man nehme es zur Kenntnis, entzieht sich so vollkommen der Katheder-Diktion der Literatur- und verwandter Wissenschaften, daß es dem großen Moralisten so ergeht wie den Kleidern des Erlösers, um die seine Kreuziger schachern (ich weiß: ein unerträglich pathetisches Bild, aber justament!). Wohltuend hingegen Edward Timms mit seiner Biographie »Karl Kraus, Apocalyptic Satirist« (New Haven und London 1986); eben vornehm britisch, was auch in den Geisteswissenschaften ein Adelsprädikat ist. Ergänzend sei noch auf die Untersuchungen von Alfred Pfabigan »Karl Kraus und der Sozialismus« (Wien 1976) und von Martina Bilke »Zeitgenossen der ›Fackel‹« (Wien 1981) hingewiesen; Pfabigan beschreibt intelligent und kenntnisreich das komplexe politische Spannungsfeld, in dem sich Kraus verstrickte, Bilke sammelte viele Fakten über die Wirkungsgeschichte der *Fackel*, und dies tröstet über den Rest hinweg.

Von gemischter Qualität, aber dennoch immer wieder informativ und prägnant die von Jochen Jung herausgegebene Anthologie »Österreichische Porträts« (Salzburg 1985), ein Kompendium kurzer biographischer Skizzen (vor allem: Mario Erdheim über Sigmund Freud, Max Peintner über Otto Wagner, Friedrich Achleitner über Adolf Loos, Wolfgang Schreiber über Gustav Mahler und Erhard Busek über Karl Renner).

In einer Zwischenposition von Literatur und Literaturkritik befindet sich das Werk von Ernst Fischer, das von Karl Markus Gauß neu herausgegeben wird (Frankfurt 1985–1991). Im Zusammenhang des vorliegenden Textes verdient besonders der Einzelband »Von Grillparzer zu Kafka« Erwähnung; jedoch sind Fischers Schriften insgesamt unentbehrlich, wenn die Wiener Geistesgeschichte der vergangenen 150 Jahre zur Debatte steht; folgerichtig findet er sich kaum in irgendeinem Literaturverzeichnis (außer bei Johnston, natürlich).

Die zweckdienliche Literatur zum zweiten Hauptteil des Textes, der Frühgeschichte des Nationalsozialismus und des Wiener Antisemitismus, ist weit weniger opulent. Hier liegt noch viel Quellenmaterial in den Archiven, schlummern zahlreiche Details in den Berichten der Wiener Tageszeitungen der ersten Nachkriegsjahre, als das wachende Auge der Alliierten und die unmittelbare Betroffenheit es noch nicht zuließen, einen versöhnlichen

Filter zwischen Geschehen und Aufzeichnung zu spannen.

Nichts aber ließe sich beschreiben ohne das unerreichte Werk von Friedrich Heer. Ihm schuldet mein Text am meisten. Vor allem Heers »Der Glaube des Adolf Hitler« (München 1968) muß hier genannt werden. Wenn ein Buch je Erschrecken, Erkennen, Begreifen und Erklären auf einen Nenner gebracht hat, dann dieses. So wie jedermann, der Freud liest, das erhebende Gefühl verspürt, in eine Sphäre reiner Vernunft einzutauchen, so ergeht es dem Leser bei der Lektüre von Friedrich Heer: unbestechliche Ehrlichkeit als oberste Tugend.

Eine Pioniertat, der selten der ihr gebührende Tribut gezollt wird, ist die Entdeckungsreise des Analytikers Wilfried Daim in den wahnwitzigen Gedankendschungel von Hitlers Lehrer Lanz von Liebenfels und seines Umfeldes. W. Daims analytische Studie »Der Mann, der Hitler die Ideen gab« (München 1958) zählt zu jenen großen Forschungen, die noch immer verdrängt werden.

Eine Reise in das mörderische Reich des grotesk-absurden Rassismus unternimmt Dusty Sklar in »Gods and Beasts – The Nazis and the Occult« (New York 1977); ihr Buch analysiert die erschreckende Wirkungsgeschichte des Wiener Wahns im Dritten Reich.

Die beiden Historiker Gerhard Botz von der Universität Salzburg und Gerhard Jagschitz vom Institut für Zeitgeschichte der Universität Wien haben in zahlreichen Veröffentlichungen wichtige Aspekte der Anfangsjahre der Hitlerei deutlich gemacht.

Die Entstehungsgeschichte des Nationalsozialismus in Österreich ist zusammengesetzt aus zahllosen Mosaiksteinchen, was eine langwierige Sammeltätigkeit voraussetzt. Einige Darstellungen dieses historischen Spezialthemas seien hervorgehoben. Zunächst der Klassiker von Charles A. Gulick »Austria from Habsburg to Hitler«

(Berkley 1948). Weiter Bruce Pauley »Hahnenschwanz und Hakenkreuz« (Wien 1972), Francis L. Carsten »Fascist Movements in Austria« (London 1977) und C. Earl Edmonson »The Heimwehr and Austrian Politics« (Athens 1978). Alle drei Historiker haben nach sorgfältigem Quellenstudium die Verstrickungen des konservativen, völkischen und nationalsozialistischen Lagers offengelegt. Sie alle liefern eine distanzierte Beschreibung des österreichischen Selbstmordes; woran es notwendigerweise bei angloamerikanischen Autoren mangeln muß, ist ein Verständnis der Psychopathologie des Geschehens und seiner Hauptfiguren. Einmal mehr machen diese, zweifelsohne mustergültigen, wissenschaftlich unanfechtbaren Studien klar, daß nur ein interdisziplinärer Ansatz die Wahrhaftigkeit der Geschichte vermitteln kann. Ein Satz, den Sigmund Freud in »Der Mann Moses und die monotheistische Religion«, obwohl in anderem Zusammenhang, geschrieben hat, mag zur Erläuterung dienen: »Wenn wir den Fortbestand solcher Erinnerungsspuren in der archaischen Erbschaft annehmen, haben wir die Kluft zwischen Individual- und Massenpsychologie überbrückt, können die Völker behandeln wie den einzelnen Neurotiker... es ist eine unvermeidliche Kühnheit.«

Besonders die kaum begreifbare Geschichte der abendländischen Verrohung macht deutlich, daß die Geschichtswissenschaft offenbar an Grenzen gestoßen ist. Ihre durchaus zahlreichen Darstellungen helfen dem Verstehen der Zeit kaum weiter. Daß vor allem in seiner Heimatstadt das kulturhistorische Werk von Sigmund Freud vernachlässigt wird (man begnügt sich mit dem Kotau vor der »Traumdeutung«), daß der große Aufdecker Friedrich Heer, daß der entschlossene Forscher Wilfried Daim von marginalem Einfluß sind, mag bereits als Erklärungsansatz dienen.

Unter den Arbeiten der jungen österreichischen Historiker, die sich dem Konflikt mit der Zeitgeschichte aussetzen, möchte ich die beklemmende Dokumentensammlung zur Arisierung in Wien im März 1938, Hans Safrian und Hans Witek, »Und keiner war dabei« (Wien 1988) hervorheben; mir scheint es unmöglich, dies zu lesen und nicht vor Scham und Trauer zu erstarren, weil Mitmenschen zu derartig bodenloser Bestialität fähig waren – und sind?

Abschließend sei noch eine Erläuterung angebracht, die das Verständnis eines Zitats von Karl Kraus erleichtert. Im Kapitel »Geschichte: Requiem für Steine« (III/3) kommt Kraus zu Wort: «... wird sich das Kulturniveau dieser absurden Gemeinschaft nicht so sehr in der Tatsache ausprägen, daß hier Schubert gelebt hat, als daß sie ihn in Schweineschmalz nachgebildet haben!« (Seite 219).

Kraus bezieht sich in seiner Anspielung auf das Spektakel des 100. Todestages von Franz Schubert im Sommer 1928, der wohl ähnliche Spitzenleistungen des Kitschgewerbes ermöglichte, wie das Mozart-Jubiläum 1991. Damals, 1928, berichtete Ernst Fischer in der Wiener *Arbeiter-Zeitung*:

»Im Schaufenster eines Lebensmittelgeschäftes steht die Büste Schuberts. Sie ist aus dem Stoff geformt, der für Backhendln und für die Heroen des österreichischen Spießers unentbehrlich ist: aus *Schmalz*. Es gibt auch Schubert-Büsten aus Gips, aus Seife, aus Marmelade, aber kein Material entspricht so sehr dem Wesen unserer Heldenverehrung als das Schmalz, das der ingeniöse Kaufmann von Künstlerhänden bearbeiten ließ, bis es dem Schubert glich, den der Spießer begreift. Konkurrenten haben sich über den glücklichen Einfall geärgert: einer ließ über die ganze Fassade seines Warenhauses ein Schubert-Porträt malen, hinter dem das Geschäft floriert, ein anderer engagierte einen Arbeitslosen (einen Schilling für die Stunde) und stellte ihn als Schubert verkleidet, in die Auslage, ein dritter, der Inhaber des Kunstverlages *Wolfrum*, verschaffte sich einen leibhaftigen Urgroßneffen des Künstlers, einen dreieinhalbjährigen Knaben, steckte ihn in ein Schubert-Kostüm und paradierte mit ihm vor den Fremden. Man sieht, daß die Wiener Geschäftswelt ihren Schubert zu würdigen weiß, aber die Büste aus Schmalz ist und bleibt das Beste... Was an Schubert unsterblich ist, kann nicht weggefeiert werden; aber viele, die Schubert sagen, meinen die gute alte Zeit, das Wien der Habsburger, Hausherren und der Heurigenschenken, das Wien der Backhendl und des Absolutismus, die Reaktion, die im Schmalz der Romantik herausgebacken wird.«